Collection folio junior

Leon Garfield est né à Brighton en 1921. Lorsque la Seconde Guerre mondiale éclate, il doit interrompre ses études artistiques pour s'engager dans l'armée. Après la guerre, tout en écrivant, il travaille comme biochimiste : métier qu'il abandonne dès qu'il rencontre ses premiers succès littéraires. Il vit actuellement au nord de Londres, à Highgate. Plusieurs de ses œuvres ont été adaptées à la télévision anglaise et au cinéma : *Black Jack* remporte, en 1979, le prix international du Jury au Festival de Cannes, et *Le Fantôme de l'apothicaire* (collection Folio Junior) est porté à l'écran par John Huston. Leon Garfield est également l'auteur de *La Rose de Décembre* et de *Leon Garfield raconte Shakespeare*, publiés également dans Folio Junior, et de *La Montre en or*, publié dans la collection Lecture Junior.

Edward Blishen a été professeur avant de devenir écrivain, journaliste et éducateur. Il est depuis longtemps proche de l'écriture pour la jeunesse, en tant que critique littéraire, conférencier et éditeur. Son œuvre pour la jeunesse comprend plusieurs recueils de prose et de poésie, notamment les six *Anthologies* annuelles qu'il a publiées chez Oxford University Press, une des maisons d'édition les plus prestigieuses d'Angleterre. Il a également écrit deux romans qui traitent de la vie dans une école secondaire à Londres, inspirés de ses propres expériences de professeur. Il est marié et a deux enfants.

Rémi Chayé est né le 2 janvier 1968 à Poitiers. Après un passage à l'École supérieure d'Arts Graphiques de Paris, il s'essaye au Story-board, fait du dessin de presse, puis publie une B.D. Il en prépare actuellement une deuxième. *Le Printemps des dieux* est son premier livre pour la jeunesse. Il adore le croquis, les journaux de voyage, les machines et la musique, aussi bien la musique classique que le jazz et le rock qu'il pratique en amateur.

Titre original :

The God beneath the sea

Publié pour la première fois par Longman Group Limited, Londres

ISBN 2-07-052639-9
Loi n°49-956 du 16 juillet 1949
sur les publications destinées à la jeunesse

Dépôt légal : avril 1999
N° d'édition : 90127 - N° d'impression : 46591
Imprimé en France sur les presses de l'imprimerie Hérissey

Leon Garfield
Edward Blishen

Le printemps des dieux

le roman de la mythologie grecque

Traduit de l'anglais
par Noël Chassériau

Illustrations de Rémi Chayé

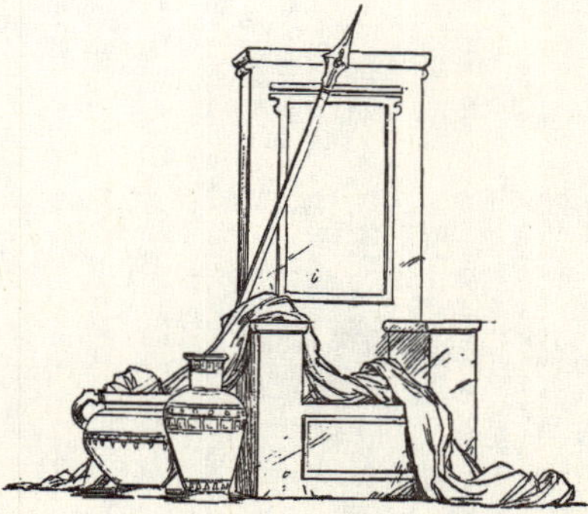

Gallimard

Préface

Il serait peut-être bon que deux auteurs ayant tiré de certaines des plus vieilles légendes du monde, bien souvent ressassées, ce qu'ils espèrent être une œuvre de fiction originale expliquent pourquoi ils l'ont fait et quel rapport existe entre leur œuvre et ces légendes dans leur forme (ou leurs formes) initiale.

Le désir d'écrire ce livre est né d'une conversation qui nous a fait découvrir à tous deux que, dans notre enfance, nous avions été profondément influencés par les mythes grecs. Il nous est apparu que nous avions tiré de ces contes fascinants quelques-unes de nos impressions les plus précises et les plus marquantes sur la nature de la destinée humaine, ainsi que sur l'essence et la violence des passions humaines. Bien entendu, nous n'en avions pas été conscients sur le moment mais, avec le recul du temps, nous nous rendions compte que, pour nous, une partie de la grande carte vide de l'existence avait été remplie, d'une manière générale et puissamment efficace, par ces mythes. On y trouvait l'amour et la volupté ; la puissance et l'impuissance ; la ruse et la simplicité ; la colère et le désespoir ; la faiblesse et le courage. Jamais, dans aucune autre histoire que nous ayons entendue, ces passions n'étaient aussi concrétisées que dans les mythes grecs.

Nous comprîmes, au cours de cette conversation, que cela devait être dû non seulement au fait que ces légendes sont les ancêtres de la plupart des récits rédigés depuis, mais qu'elles doivent être encore imprégnées de la vigueur et de la ferveur de l'intention qui a présidé à leur création. Cette intention était, sinon d'expliquer la vie, au moins de fournir un schéma constituant une vaste alternative imaginaire à cette explication. Ce schéma fut conçu de façon à englober et, d'une manière plus subtile, à justifier l'origine de la vie, la force et la persistance des éléments face à la fragilité et à la brièveté de la vie humaine, l'extrême confusion des qualités humaines et le paradoxe résidant dans notre faculté de concevoir – et presque, par moments, de nous intégrer à – des forces à la fois plus pures et infiniment plus durables que nous-mêmes.

Nous fondant sur des souvenirs tirés de nos propres expériences en tant qu'enfants, il nous a paru tout à fait absurde de considérer ces mythes comme de simples romans antiques, ou comme d'amusantes fantaisies, ou comme des fables religieuses surannées. Au mieux (du point de vue où nous étions alors parvenus), les versions les plus répandues actuellement parmi les jeunes sont une suite incohérente d'histoires invraisemblables, souvent présentées d'une manière influencée par les conventions admises dans la traduction des poésies grecques et ressemblant peu à la littérature de notre époque. Nous nous sommes demandé s'il serait possible de concevoir une nouvelle façon de raconter ces histoires, dans un style dégagé, dans une grande mesure, de ces conventions.

Mais, surtout, nous avons senti qu'il y avait place pour une tentative de présenter la mythologie non comme une collection d'histoires indépendantes, mais comme une narration continue. Manifestement, avec un ensemble aussi touffu et aussi disparate de récits parfois très anciens, parfois assez tardifs, toujours remaniés à maintes et maintes reprises, étoffés et volontairement déformés par les Grecs eux-mêmes chaque fois qu'ils ressentaient le besoin de tenir compte d'une vie politique, sociale et religieuse de plus en plus complexe, nous ne pouvions évidemment pas espérer emboîter tous les morceaux comme s'ils composaient un seul et unique puzzle : si tel a jamais été le cas, ils résistent aujourd'hui, dans la forme sous laquelle ils nous sont parvenus, à toute tentative de chronologie avec une obstination digne de Zeus en personne.

Mais avant même d'avoir commencé à écrire, nous nous étions rendu compte que ces mythes recelaient mille possibilités de cohérence : il existait sûrement de nombreuses manières de relier certains de ces récits de façon à composer une histoire exprimant tout le poids de signification que les créateurs des mythes avaient désiré transmettre. Il nous suffirait pour cela de nous imprégner de ces légendes jusqu'au moment où nous sentirions comment, en commençant ici ou là et en nous déplaçant d'un point à un autre du vaste panorama mythologique, nous pourrions raconter une histoire complète qui, tout en présentant d'énormes lacunes au niveau de la quantité, en présenterait le moins possible au niveau du sens général de toute la structure mythologique.

C'est ce que nous avons fait, et nous avons été profondément émus de nous trouver entraînés, par une sorte de courant issu de ce panorama, dans un voyage dont nous n'aurions pas pu tracer l'itinéraire avant de nous mettre à l'œuvre. Nous tenons à préciser au lecteur qu'il s'agit seulement là d'*un* voyage parmi tous ceux qui nous paraissent possibles. Toute personne souhaitant effectuer son propre trajet aura intérêt à faire comme nous, c'est-à-dire à s'en tenir, après avoir beaucoup lu, à quatre ouvrages seulement : l'*Iliade* et l'*Odyssée* d'Homère, les *Métamorphoses* d'Ovide et *Les Mythes grecs* de Robert Graves. Homère nous a donné l'immense envergure des récits, leur formidable panache. Ovide nous a fourni des détails, des touches de couleur... et de nombreuses tentations auxquelles nous n'avons pas succombé, Ovide étant, par moments, remarquablement doué pour fausser le sens d'un texte traditionnel. Nous avions l'intention d'inventer, bien sûr, mais non de fausser, et nous étions décidés à affabuler uniquement dans le cadre de la logique des mythes : pour chaque passage de chacun des mythes que nous avons abordés, il existe une base dans les relations les plus érudites que nous avons pu découvrir. Ce qui nous amène à M. Graves, envers lequel nous avons une très grosse dette. Ses deux volumes sont le fruit de toute une vie d'étude, et ils figurent certainement parmi les ouvrages de référence les plus intéressants jamais publiés dans n'importe quel domaine. Si nous avons atteint l'un de nos buts, qui est resté l'un des objectifs essentiels de cette entreprise – ne rien écrire qui puisse se trouver en contradiction avec de discutables versions des mythes qu'un jeune lecteur aurait pu avoir entre les mains –, c'est en grande partie parce que nous avions l'œuvre de M. Graves sous le coude.

Nous espérons avoir atteint, au moins partiellement, un autre but : raconter ces mythes d'une façon qui leur permette de devenir, pour de jeunes lecteurs de notre époque, des sources de compréhension imaginaire de l'existence, comme ils l'ont été pour nous il y a bien longtemps de cela. Il n'y a évidemment aucun espoir que nous éprouvions aujourd'hui pour ces légendes les mêmes sentiments que les anciens Grecs : nous n'avons plus la spontanéité ni la candeur nécessaires pour croire à l'existence de l'Olympe et admettre la participation divine dans les affaires des hommes. Mais il serait étrange que nous, et spécialement les jeunes, ayons totalement perdu la capacité de vibrer aux transformations magiques et à la merveilleuse incertitude qui plane sur ce qui forme la base des mythes et qui n'a pas dû disparaître complètement du cœur des hommes, quel que soit le chemin parcouru.

Ce qui nous a personnellement frappés, en travaillant sur notre texte, c'est l'éternelle modernité des mythes. Pour sentir toute la force de ce qu'ils ont à exprimer sur les passions humaines et sur la tragédie, la comédie, la violence et la tendresse de l'existence des créatures de Prométhée, il n'y a pas besoin d'être un ancien Grec. Nous avons été inspirés par la conscience de la formidable énergie et de la formidable violence qui sous-tendent les mythes. Un monde de formes colossales...

Bien que ce soit par des récits très précis et très émouvants que ce monde se manifeste dans les mythes, c'est finalement des mystères de la création et de la destruction (quand, tel Sisyphe dans les bois de Corinthe, on ne sait pas très bien ce qu'on voit) que traite cette histoire.

Leon Garfield
Edward Blishen

première partie

La création des dieux

1
Les graines du pouvoir

Cela commença par un point lumineux, une minuscule tache de lumière ; comme si le soleil, en le frôlant, avait éraflé l'immense tissu bleu du ciel. Elle brilla, scintilla, et puis on s'aperçut qu'elle se déplaçait, telle une aiguille d'or ravaudant la voûte des cieux.

La chose était apparue en début de matinée. A midi, son éclat avait diminué. Dans le flamboiement du soleil au zénith, ce n'était plus qu'une poussière de braise rougeoyante. Le soleil poursuivit sa course vers l'ouest. Lorsque le ciel s'assombrit, la braise avait grandi jusqu'à atteindre la taille de l'ongle d'un pouce.

Déjà sa lueur projetait une grande flaque d'or sur la mer enténébrée, et dans les airs flottait un son étrange, une sorte de gémissement ténu qui, par moments, s'enflait jusqu'à devenir un cri...

Maintenant, le soleil avait disparu, et la chose tournoyante, virevoltante, rayonnante, striait la nuit d'une traînée de lumière en se ruant à la rencontre de la mer.

Le son devint plus aigu, plus perçant. Les vagues commencèrent à s'agiter, à s'affoler, à se bousculer. La chose arrivait... Et puis, pendant une fraction de seconde, on distingua très nettement la forme qui tombait en tournant inlassablement sur elle-même. C'était un bébé colérique et glapissant.

Soudain, deux bras blancs surgirent de la mer. Ils saisirent le nouveau-né au vol et l'entraînèrent rapidement sous les flots. La lumière s'éteignit, et la mer se remit à onduler, obscure et paisible sous les étoiles.

Les poissons, bouche bée, et les tortues pataudes s'enfuirent. Les gracieux hippocampes et les crabes géants qui semblaient porter sur leur dos des tribus entières de créatures spiralées détalèrent et se blottirent dans quelque trou tandis que la déesse passait parmi eux dans un tourbillon de bulles irisées.

Elle s'enfonça plus profond, toujours plus profond, en serrant dans ses bras le bébé trépignant. Les redoutables monstres du fond de l'océan se recroquevillèrent en rampant dans les forêts de corail où les lueurs chatoyantes des nymphes de la mer guidèrent la course de la déesse. Elle finit par atteindre l'entrée d'une caverne. A cet endroit, la configuration particulièrement tortueuse des rochers faisait tournoyer les courants, et les remous qui en résultaient obligeaient les eaux à traverser une gigantesque conque marine, dont elles ressortaient en bouillonnant et en se bousculant sur le seuil de la grotte comme un troupeau de moutons aux blanches toisons.

La déesse fit halte, puis traversa les eaux écumantes et pénétra dans la caverne.

– Ma sœur, murmura-t-elle. Ma sœur, voici le bébé qui est tombé du ciel.

Les deux déesses, Thétis et Eurynome, se penchèrent sur l'enfant, qui avait sombré dans un sommeil profond, l'air renfrogné. Durant un bon moment, elles contemplèrent ses membres et son visage fripé. Elles ne parlaient ni l'une ni l'autre, et le seul bruit de la caverne était la musique sauvage que faisait la mer en s'engouffrant dans la grande conque qui en défendait l'entrée. Puis Eurynome dit doucement :

– Ma sœur, bien que tu aies eu raison de le sauver, il est certain que cet enfant est... hideux.

Thétis soupira.

– Pourtant, il brillait tellement en tombant...

– Alors, appelons-le Héphaïstos, celui qui brille, et... et espérons qu'il embellira en grandissant.

– Héphaïstos, murmura Thétis en se penchant sur le bébé endormi au point que ses cheveux chatoyants lui caressaient la joue. Quel genre de dieu deviendras-tu ?

Il couchait dans un berceau d'argent, et les puissantes déesses lui apportaient des jouets de son âge : hochets de corail et de perles, cailloux de toutes les couleurs et coquillages aux formes étranges. Elles façonnèrent un hublot de cristal qu'elles sertirent dans la paroi de la caverne, afin que l'enfant puisse contempler le mystérieux monde extérieur qui miroitait dans sa glauque immensité. Parfois, les nymphes de la mer s'approchaient de son hublot et y collaient leur visage, ce qui le faisait rire jusqu'à ce que les nobles sœurs les congédient d'un geste, quand il était l'heure que l'enfant-dieu s'endorme.

Jamais elles ne lui parlaient de sa naissance, ni de la façon dont il était parvenu dans la caverne. Il avait déjà un caractère anxieux, insatisfait, et cela ne l'aurait sûrement pas amélioré. Aussi, lorsque Héphaïstos demanda comment il était venu au monde, la douce Thétis jugea-t-elle préférable de lui dire que tout avait commencé par le néant, un sommeil sans rêve. Et puis, un beau jour, Eurynome s'était éveillée la première. Elle avait tendu un pied, mais n'avait trouvé aucun endroit où le poser. Alors elle avait séparé la mer du ciel et dansé nue sur les vagues. (Là, Eurynome, qui pas plus que sa sœur n'était issue des prémices de l'éternité, étouffa un rire et secoua la tête.) Mais Thétis insista, soutenant que les choses s'étaient bien passées de cette façon et que, pendant qu'Eurynome dansait, le vent s'était levé derrière elle. Or c'était le vent du nord, qui a le pouvoir de féconder toutes les créatures.

Héphaïstos regarda Eurynome. Ses yeux brillaient et Eurynome y découvrit un reflet d'elle-même et de sa danse solitaire et passionnée. C'en fut fait de l'insatisfaction d'Héphaïstos, qui parut oublier ce qui avait été son principal souci.

Et puis, par le hublot de cristal, il commença à s'intéresser aux voluptueuses étreintes des nymphes de la mer. Il observa les sinueux enroulements des créatures des grands fonds lorsqu'elles s'accouplaient. Il était excité et perplexe. Tous ses rêves en étaient troublés. L'insatisfaction réapparut, et ses airs renfrognés assombrirent l'ambiance de la caverne.

Alors Eurynome elle-même estima que le moment était venu pour le disgracieux petit dieu d'apprendre qu'il était descendu des hauteurs de l'Olympe et que...

– L'Olympe ? Qu'est-ce que c'est ?

– Une montagne dans le ciel, Héphaïstos. C'est là qu'habitent les dieux.

– Qui sont les dieux ?

– Les enfants des Titans, les anciens maîtres de l'univers.

– Dis-moi comment ils sont nés et ce qui leur est

arrivé. Dis-moi qui était avant eux, car, d'après Thétis, c'est toi qui fus la première. C'est vrai, Eurynome ?

La déesse sourit. Pendant un bon moment, elle garda le silence. Petit à petit, le sourire s'effaça de son visage, et des ombres voilèrent son front. Puis elle se mit à parler, et les parois de la caverne semblèrent reculer sous le choc de ses mots. Elle parla d'un vide immense, ténébreux, plein de cris et de fureur. Il était partout, et de terribles commotions l'ébranlaient lorsque les éléments invisibles combattaient les uns contre les autres. Tel était le Chaos.

Et puis un esprit isolé, personne ne sait lequel, dissocia les éléments et les sépara comme les nymphes de la mer et les tortues séparent les fougères entrelacées qui entravent leur cheminement à travers la mer obscure. Plus haut, toujours plus haut, s'éleva l'éther, en se séparant de l'air en suspens. Tout ce qui était pesant tomba vers le fond. Pendant un moment, cela parut danser comme le sable danse dans le sillage des hippocampes avant de retomber lentement. Et puis la terre devint ferme, solide, et reposa enfin dans les bras de l'océan, le plus lourd de tous les éléments.

Alors se produisit une merveille encore plus prodigieuse. Dans les profondeurs du Chaos, enfouies dans sa consistance et sa nuit, reposaient quelques graines immortelles. Ces graines germèrent et, nourries par l'air et par la terre, donnèrent naissance à d'étincelantes et gigantesques créatures qui s'adjugèrent le pouvoir sur tout l'univers. C'était les sept Titans.

– Tu m'écoutes, Héphaïstos ?

L'enfant leva les yeux. Il jouait avec ses perles et ses cailloux, qu'il disposait de manière à représenter les algues et les poissons qu'il avait observés par son hublot.

– Tu veux que je continue ?

Pendant un instant, il chercha d'autres perles pour achever son dessin, puis, n'en trouvant pas, acquiesça d'un hochement de tête.

– C'est une histoire tragique, effrayante, Héphaïstos. Tu n'as pas peur qu'elle te donne des cauchemars ?

– Serait-ce encore pire que ce rêve où je tombe, où je tombe, où je tombe toujours ?

Eurynome fronça les sourcils et leva les yeux. On aurait dit que ses regards transperçaient le plafond de la caverne pour accuser le ciel. Puis elle tendit la main et caressa doucement la tignasse noire d'Héphaïstos.

– Il faut chevaucher ton cauchemar, enfant, alors même qu'il t'entraîne vers le bas. Il faut le dominer jusqu'à ce qu'il obéisse aux rênes et s'envole.

L'enfant secoua la tête pour se libérer de la main de la déesse et fixa sur celle-ci ses yeux farouches.

– Raconte l'histoire effrayante. Donne-moi un autre cauchemar à chevaucher.

Le roi des sept Titans s'appelait Ouranos. En ces temps très lointains, il choisit la terre pour s'en faire un jardin. Il la cultiva jusqu'à ce que montagnes et vallées se couvrent de vert et d'or en un perpétuel printemps. Ouranos féconda alors la Terre-Mère, qui donna naissance à une deuxième génération de Titans. Ceux-là étaient aussi rudes et aussi grossiers que les rochers dont ils étaient issus. Parmi eux se trouvaient les Cyclopes, qui n'avaient qu'un œil, et les Géants aux cent mains, des monstres rocailleux qui, dans le silence de la nuit, ressemblaient à des escarpements abrupts. Orgueilleux et brutaux, ils se révoltèrent contre leur père.

Mais ils n'avaient pas sa puissance. Ouranos les précipita dans un gouffre effroyable, le Tartare. Semblables à des montagnes noires qui se seraient débattues, ils tombèrent durant neuf jours et neuf nuits et, finalement, il ne subsista d'eux que les échos de leurs cris de rage et de leurs gémissements.

Ouranos les écouta et sourit. Rien, désormais, ni sur la terre ni dans les cieux, ne pouvait plus s'opposer à lui. Son trône était le fondement même de l'univers. Il ferma les yeux, et le soleil et les étoiles s'éteignirent. Il s'endormit et rêva que la Terre-Mère était dans ses bras. Il la vit sourire, il l'entendit soupirer. Ses énormes poings se serrèrent, et il rêva que la respiration de la Terre devenait haletante, passionnée.

Il distinguait même chacune de ses inspirations, qui semblaient ressortir chargées d'un air presque secret, et percevait les battements de son cœur. Mais il continua à dormir, et une lampe projetait sur le mur colossal de sa chambre l'ombre de sa poitrine que soulevait un souffle régulier. La lampe vacilla, faisant onduler l'ombre endormie au rythme de son rêve.

Le cœur battant et la respiration sifflante se rapprochaient. La flamme, à bout de mèche, se mit à danser. L'ombre s'enfla et se déforma, car une deuxième ombre s'était jointe à elle, une ombre furtive, hideuse, qui ressembla d'abord à un oiseau levant une de ses ailes. Mais ce n'était pas un oiseau. C'était Cronos, le fils aîné d'Ouranos, et l'aile était en réalité une énorme faucille de pierre !

Ouranos ouvrit les yeux, et l'univers s'embrasa autour de lui. Alors Cronos frappa. Et, pour Ouranos, tout fut à jamais terminé. On n'entendit même pas son râle d'agonie, car il fut couvert par le tonitruant hurlement de triomphe de Cronos. Le terrible roi était mort.

Les portes et les couloirs du grand château de pierre s'emplirent de cris et de rires lorsque les Titans acclamèrent le fils, plus terrible encore que le père. Ils déchiquetèrent le cadavre et jetèrent les morceaux à la mer. Ils ricanèrent, s'esclaffèrent et plaisantèrent en regardant les flots obscurs s'ouvrir en cent lieux pour engloutir les restes d'Ouranos. Et puis la mer se referma, et ce fut comme s'il n'avait jamais existé.

Mais l'océan ne put dissimuler entièrement ce qui s'était passé. A l'insu de tous, trois gouttes de sang provenant de la blessure mortelle étaient tombées sur la terre et, à cet endroit, trois effroyables créatures jaillirent silencieusement du sol. Sans un geste, sans un bruit, elles restèrent d'abord figées dans l'ombre du château, le long du mur sud, où on aurait pu les prendre pour des arbres rabougris, ou même pour des arbustes au feuillage noir et lisse, pendant comme une cape. Mais un mouvement vint à se produire dans ce qui aurait pu être leurs branches supérieures, comme si un souffle de brise les ébouriffait : c'était des nids de serpents qui sifflaient et se tordaient en sortant de la tête ombreuse de ces étranges arbustes. Et, tout à coup, les créatures bougèrent. Leur feuillage noir se déploya en larges ailes membraneuses qui battirent l'air deux ou trois fois avant que les créatures ne prennent leur essor. Pendant un bon moment, elles tournèrent autour du château, et leurs ombres semblaient égratigner les pierres. Elles reconnaîtraient l'endroit. Et puis elles disparurent dans les cieux. C'était les Érinyes, dont la mission est de venger les pères assassinés par leur fils.

Cronos dormit dans le lit de son père en compagnie de Rhéa, sa sœur-épouse. Il y fit de beaux rêves qui, tels d'épais rideaux, semblaient voiler ses pensées. Soudain, il s'éveilla comme si ces rideaux s'étaient brusquement écartés. Il scruta les ténèbres avec inquiétude, mais ne vit rien. Il referma les yeux et tenta de chasser par un sourire ce qui avait pu le troubler. Mais cette étrange sensation ne se dissipa pas. C'était là, ou semblait être là, dans l'air qui l'entourait. Un bruissement et une odeur de serpent. Il se tourna sur le dos et regarda le plafond. Rien. Néanmoins, quelques gouttes d'humidité tombèrent sur son visage. Elles brûlaient comme du venin, et il poussa un cri de peur et de dégoût. Cette nuit-là, il ne parvint pas à se rendormir.

Les Érinyes revinrent la nuit suivante. Elles contemplèrent le nouveau roi qui souriait dans son sommeil. Puis, avec leurs étranges instruments tranchants, elles percèrent un autre trou dans les rideaux de ses rêves et, par ce trou, lui chuchotèrent que, tout comme son père, il serait anéanti par son propre fils. Elles s'envolèrent à l'aube, mais laissèrent derrière elles les traces de leur ombre. Elles reviendraient.

Nuit après nuit, les Érinyes rendirent visite à Cronos. Ses rêves finirent par pendre en lambeaux, et de chaque déchirure sortaient les mots haïs :

– Cronos, tu seras détruit par ton fils ! Tu ne peux pas y échapper !

Un vent de folie souffla dans la tête du roi jusqu'aux profondes cavernes de son esprit, qui devinrent douloureuses et commencèrent à se lézarder. Rien ne le réconfortait, ni son trône, ni sa reine. Tout était emporté par la terreur nocturne des Érinyes et la menace du fils à venir. Désespérément, il enlaçait Rhéa, puis, avec un sanglot d'épouvante, la rejetait loin de lui en se rappelant que c'était de sa plus grande consolation que viendrait son plus grand danger.

Pourtant, il ne pouvait se passer d'elle et, finalement, elle lui donna un enfant. Lorsqu'elle lui apporta fièrement le bébé emmailloté, la prédiction des Érinyes retentit dans la tête du roi comme un coup de tonnerre. Ses mains se mirent à trembler, et son cerveau chancelant sombra dans la folie. Il prit presque tendrement le bébé des bras de la reine et l'enfourna, tout vivant, dans sa gigantesque bouche. Puis il se mit à rire, à rire au point que son palais de pierre oscilla au sommet de la montagne : il avait berné les Érinyes.

Cette nuit-là, elles revinrent. Cronos les attendait et les attaqua à mains nues, mais il eut beau griffer l'air et marteler les murs, elles ne s'envolèrent qu'à l'aube. Il les vit disparaître dans le ciel comme de petits papillons noirs.

Le roi fou ricana, triomphant. Tôt ou tard, il détruirait ses persécutrices, tout comme il avait dévoré son enfant. Aussi garnit-il sa chambre à coucher de lances, de poignards et de flèches. Les Érinyes entrèrent par les embrasures et balafrèrent les murs de leurs ailes pendant que Cronos lacérait le vide.

Et puis Rhéa porta un nouvel enfant. Cronos serait-il trahi par sa couche ? Qu'importe ! Il était cuirassé contre toutes les éventualités. De nouveau, il mangea le bébé.

Il régnerait éternellement.

Par la suite, le Titan forcené avala encore d'autres enfants. Pourtant, chaque fois, c'était presque avec amour qu'il les prenait des bras de leur mère, si bien que l'espoir décuplait l'angoisse de Rhéa.

Et, finalement, elle donna le jour à un fils qu'elle ne put se résoudre à perdre. Il brillait comme une étoile, et le cœur de Rhéa saigna lorsqu'il sourit, inconscient du danger.

– Apporte-moi l'enfant ! rugissait le roi fou. L'enfant ! L'enfant !

Les mains tremblantes, elle cacha le bébé sous les draps, puis fouilla désespérément la pièce des yeux. A côté de la porte était posée une pierre qui servait à la maintenir ouverte durant les heures chaudes de la journée. Cette pierre était de la même taille que le nouveau-né. Rhéa la prit et l'emmaillota hâtivement dans les langes.

Une grande ombre obscurcit la chambre. Rhéa leva les yeux. Cronos se tenait devant elle.

– Donne-moi l'enfant !

Les yeux de Cronos se posèrent sur les draps sens dessus dessous. Affolée, Rhéa serra sur son cœur la pierre emmaillotée. Il la lui prit des mains.

– Mon fils ! Mon fils ! dit le roi, mi-chuchotant, mi-grondant, et sa bouche s'ouvrit toute grande.

Rhéa se détourna, et la terreur l'envahit : les draps bougeaient. Le cœur battant, elle observa craintivement son mari. S'en était-il aperçu ? Le roi avait les yeux perdus dans le vague, à demi fermés, et ses mains pendaient à ses côtés, vides.

Il tendit le bras, caressa la joue de sa femme, puis s'essuya la bouche et sortit de la pièce.

Après son départ, Rhéa tomba à genoux à côté du lit. Elle souleva les draps froissés et sursauta. Deux yeux d'or la regardaient fixement, et un sourire prophétique retroussait les lèvres du bébé.

2
La guerre des dieux et des Titans

– Était-ce un dieu, Eurynome ?

Dans la caverne sous la mer, Héphaïstos dévorait la déesse des yeux, mais celle-ci, apparemment absorbée par ses pensées et ses souvenirs, ne lui répondit pas.

– Oui, c'était un dieu, dit la douce Thétis.

Elle tendit les bras, et Héphaïstos clopina vers elle et s'accroupit à ses pieds. Elle sourit de plaisir et raconta au disgracieux petit dieu comment l'enfant rayonnant avait été transporté secrètement dans une grotte de l'île de Crète. C'était là que vivait la progéniture des Titans et de la terre, d'étranges créatures vives et sauvages qui étaient la vigueur de l'air : les nymphes et les esprits des bois et des eaux. Le bébé fut confié à ces nymphes, qui le nourrirent avec du miel de la montagne et couvrirent ses vagissements par leurs chants, afin que Cronos ne les entende pas.

– Que chantaient-elles, Thétis ?

Thétis soupira et, d'une voix mélodieuse, entonna la chanson que les nymphes avaient chantée au bébé, accompagnée par la musique fantastique de la mer s'engouffrant dans la conque marine. Derrière le hublot, les nymphes de la mer écoutaient, et les sirènes apprirent la chanson.

Les yeux d'Héphaïstos se fermaient.

– Comment s'appelait-il ? marmonna-t-il d'une voix endormie.

– Zeus.

Mais les yeux du dieu étaient clos, et le nom resta suspendu en l'air.

Combien de temps dormit-il, voilà ce que l'on ne saurait mesurer : dans la caverne sous la mer, il n'y avait ni jour ni nuit. Quoi qu'il en soit, il finit par se réveiller, et le nom de Zeus était sur ses lèvres. Alors Thétis lui raconta d'autres histoires de la Crète et du mont Ida où Zeus passa toute sa jeunesse. Elle relata comment, alors qu'il était encore tout petit, les astucieuses nymphes avaient suspendu son berceau aux branches d'un arbre pour que Cronos ne le trouve ni sur la terre ni dans le ciel. Elle lui expliqua que, durant les nuits sans lune, la lumière qui émanait de ses membres grandissants risquait d'être visible lorsqu'il courait sous les frondaisons du mont Ida. Et, toujours, elle terminait son récit par la chanson qu'avaient chantée les nymphes... et Héphaïstos glissait doucement dans le monde des rêves. Mais parmi ceux-ci, invariablement, revenait au galop le cauchemar qui le désarçonnait, et il se réveillait en poussant le cri désolé de celui qui est tombé de haut.

Sa laideur empira. Il était difforme, ayant une grande force dans les épaules et les bras et une grande faiblesse dans les jambes. Cette infirmité paraissait inguérissable jusqu'au jour où Thétis lui donna, en guise de jouets, une enclume et un marteau et où Eurynome lui fabriqua une forge. Il put dès lors donner libre cours à la furie de sa nature sur des métaux qui ignoraient la douleur.

Les déesses lui apportèrent de l'or et de l'argent et le regardèrent marteler et façonner ceux-ci pour leur donner des formes aussi tourmentées que la sienne. Son front se creusa de rides et ses yeux s'enfoncèrent dans les profondeurs de ses orbites. Finalement, les métaux commencèrent à lui obéir, et le monstre gloussa de plaisir.

Les déesses s'émerveillèrent de découvrir qu'il existait, chez Héphaïstos, une seconde nature beaucoup plus profonde que la première. Comme il n'y avait pas de miroir dans la caverne, sa vision du monde n'était pas déformée par le spectacle de sa propre laideur, et lorsqu'il traduisit en métaux immuables les changeantes merveilles qu'il avait sous les yeux, ce fut un flot ininterrompu de beauté qui sortit de sa forge.

Il fabriqua pour les deux déesses des bracelets, des colliers, des peignes et des boucles aussi parfaitement assujettis que les miroitantes écailles des créatures marines qui se pressaient derrière le hublot de cristal. Il leur confectionna des sandales, en argent pour Thétis, en or travaillé, aussi gracieuses que les ondulantes fougères, pour la grave Eurynome, à qui il rappela le temps où elle dansait sur l'immense mer primitive en les enjolivant de ciselures représentant des vagues.

Le plus ravissant objet qui sortit de ses mains fut une broche. Il avait enchâssé, dans de l'argent étiré et battu jusqu'à ressembler à de l'écume, une nymphe marine et son amant enlacés dans une étreinte de nacre et de corail. Cette petite broche recelait toute la furieuse et bouillonnante passion de la création, en même temps qu'une surprenante et toute nouvelle tendresse.

– Héphaïstos ! murmura Thétis. Si seulement l'Olympe savait quel dieu elle a perdu en mer !

Elle tendit la main vers la broche merveilleuse, mais l'affreux Héphaïstos recula. Il se referma sur lui-même avec sa sauvagerie et son mauvais caractère habituels et claudiqua jusqu'au fond de la caverne, où il s'adossa au rocher, haletant, foudroyant du regard la déesse qui l'avait élevé et lui avait révélé les premiers chapitres de l'histoire de la Création.

– Qu'est-ce que ça signifie ? marmonna-t-il. En quoi suis-je perdu pour l'Olympe ? Qui suis-je ? (Son front bosselé luisait de sueur comme s'il tentait d'arracher les réponses au néant.) Pourquoi est-ce que je rêve toujours que je tombe ?

Il leva la broche d'un air menaçant.

– Réponds-moi ou je la détruis !

Un grand silence descendit sur la caverne. On n'entendait pas un bruit, en dehors de celui des flots se précipitant dans la conque et au loin, très loin, les voix cristallines des sirènes chantant la chanson qu'elles avaient apprise de Thétis, cette chanson qui, longtemps auparavant, avait bercé le bébé Zeus sur le mont Ida.

Et puis la grave Eurynome leva les yeux. Ils se posèrent d'abord, à l'autre bout de la caverne, sur l'enfant sauvage, aussi revêche que le rocher sur lequel il s'appuyait, puis se détournèrent et semblèrent regarder au-delà, replonger dans les temps anciens comme si la question de l'enfant tourmenté avait ravivé le souvenir d'événements survenus bien longtemps auparavant. Elle se mit à parler et, bien que sa voix fût douce, la température parut se refroidir, un vent de tristesse balaya la caverne, et la flamme de la petite forge vacilla et s'éteignit. Une fois de plus, les murailles de roc se dissipèrent pendant qu'Eurynome contait la monstrueuse histoire de Zeus et de son père fou, Cronos.

Lorsque Cronos s'endormait, le vieil Ouranos hantait ses rêves jusqu'à ce qu'il s'éveille, gémissant et se débattant, avec une violente douleur dans la main gauche, celle avec laquelle il avait empoigné son père lorsqu'il l'avait assassiné d'un coup de faucille. Trempé de sueur, il restait étendu dans l'obscurité saturée de battements d'ailes et de la puanteur des serpents. Il s'épuisait à scruter la nuit jusqu'à ce que ses yeux semblent prêts à jaillir hors de sa tête, et puis une aile le frôlait et il se retournait en poussant un cri d'horreur et en enfouissant sa tête dans l'oreiller sur lequel, au matin, on trouverait des gouttes de sang. Comme toujours, les Érinyes se retiraient à l'aube, mais maintenant, quand leur départ obscurcissait l'embrasure, elles laissaient derrière elles leurs chuchotements, qui se tapissaient dans tous les coins sombres en susurrant inlassablement :

– La vengeance est proche. Elle frappera bientôt... bientôt... bientôt...

Le roi fou se levait en titubant et lançait des regards furieux sur le monde qui s'éveillait paisiblement aux premières lueurs de l'aurore. Craintivement, ses yeux exploraient les vallées ombreuses et les montagnes mystérieuses dont les formes évoquaient des monstres redoutables. Qu'était-ce donc ? Un miroitement dans les frondaisons du mont Ida. Il l'avait déjà aperçu plusieurs fois, mais ce n'était jamais qu'une lueur, éteinte aussitôt qu'allumée. Et cependant, elle semblait le menacer. Qu'est-ce que cela pouvait bien être... si fugace et si affreusement brillant ? Rien, absolument rien. Une illusion de son cerveau détraqué... Assez. Mais elle reparaissait... et, comme toujours, sur le mont Ida.

Il appela ses gardes et leur ordonna de fouiller la montagne et de tuer quiconque s'y trouvait. Vite, vite... avant qu'il ne soit trop tard.

Les gardes partirent, et Cronos, jusqu'à leur retour, se mordit les lèvres d'angoisse. Mais ils n'avaient rien trouvé dans la montagne, en dehors de quelques ours et d'un curieux serpent qui jetait des éclairs en rampant. Peut-être était-ce ce serpent que le roi avait vu ?

La nuit suivante, le mont Ida resta obscur. Aucun miroitement mystérieux ne brilla sous le feuillage de ses arbres, et surtout, ô merveille ! les Érinyes ne se manifestèrent pas. Pour la première fois depuis qu'il avait tué son père, Cronos dormit longtemps et paisiblement. Quand il se réveilla en sursaut, il faisait grand jour. La douleur de sa main gauche avait disparu, et il se serait senti parfaitement bien s'il n'avait pas eu aussi soif.

Il cria à un échanson de lui apporter sa boisson miellée, mais son étrange soif n'en fut pas étanchée. Au contraire, le fait de boire semblait même l'avoir accrue. Aussi lui apporta-t-on une deuxième coupe. Il la vida d'un trait et rit gauchement. Qu'importait la soif, après les nuits des Érinyes ? Il lança la coupe gravée à l'autre bout de la chambre, où elle s'écrasa contre le mur et vola en éclats. Une troisième coupe ! Le roi était toujours assoiffé. Vite ! Vite ! Il injuria l'échanson, le traitant de stupide lambin. A ce moment Rhéa toute bruissante, souriant aimablement, entra pour calmer son seigneur. Elle était suivie d'un autre échanson portant une nouvelle coupe.

– Tiens, Cronos, mon seigneur et maître ! Bois ! Il ne faut pas que le roi ait soif. Bois tout ton soûl !

Alors Cronos prit la coupe et but.

Il but en regardant à peine le curieux échanson, et la boisson coula dans son gosier avant qu'une bizarrerie ne le frappe. Bien qu'il se trouvât dans l'ombre de Rhéa, cet échanson semblait briller comme s'il était éclairé par un deuxième soleil, invisible celui-là. Et, à ce moment-là, il vit Rhéa échanger un regard avec l'inconnu, dont l'étrange éclat lui parut soudain menaçant. La boisson avait un goût amer, et sa gorge commençait à le brûler. Mais c'était trop tard, il avait vidé la coupe. Rhéa sourit, l'échanson sourit, et Cronos comprit qu'ils l'avaient empoisonné.

– Qui... qui es-tu ? murmura-t-il. (L'éclat de l'inconnu parut augmenter jusqu'à ce que Cronos, aveuglé, soit obligé de détourner les yeux.) Qui... es-tu ?

– Demande-le aux Érinyes, Cronos.

Cronos ouvrit la bouche pour appeler à l'aide, mais aucun son n'en sortit. Sa gorge était en feu, et des aiguilles de douleur lui transperçaient le ventre. Il retomba sur le dos, tordu par des crampes et des nausées lui soulevèrent le cœur. Sa gigantesque bouche s'ouvrit de plus en plus, démesurément au point qu'il sentit ses tendons se déchirer, s'arracher à la base. Un grand tumulte grondait dans sa tête, un épouvantable vacarme. Ses mâchoires béantes, brutalement écartées, craquèrent, les os volèrent en éclats. Et pendant tout ce temps, durant toute son abominable agonie, il vit Rhéa, son épouse, et Zeus, son fils, l'observer avec une haine implacable.

Puis Cronos commença à vomir. Six fois de suite,

le Titan empoisonné régurgita et, tel un volcan en éruption, rejeta le brûlant contenu de ses entrailles. Lorsque les spasmes cessèrent enfin, Cronos contempla avec épouvante ce qu'il avait rendu. Devant lui, telles des colonnes de feu, se dressaient les enfants qu'il avait dévorés. Au milieu d'eux se tenait Rhéa, berçant ironiquement dans ses bras la pierre fatidique avec laquelle elle l'avait trompé.

– Regarde tes fils et tes filles ! lui cria-t-elle. Regarde les dieux vengeurs !

Cronos poussa un hurlement déchirant et s'enfuit.

Il s'enfuit dans les montagnes de granit, trébuchant à chaque pas et appelant l'univers à son aide. Il finit par atteindre sa forteresse, et ce fut là qu'Atlas et tous les Titans de la première génération vinrent se joindre à lui pour combattre les dieux.

Certains prétendent que la guerre fit rage pendant dix ans, mais rien ne permet de déterminer sa durée avec certitude. Le jour et la nuit étaient tellement obscurcis que le temps lui-même en fut aveuglé et dut se borner à enregistrer les ouragans, les cataclysmes et les bouillants orages des batailles. Des montagnes gigantesques furent arrachées à la terre et jetées comme des cailloux contre le ciel, où elles percèrent des trous noirs dans le tissu laiteux des étoiles. Vingt fois, cent fois, les dieux s'approchèrent de la forteresse de Cronos, et vingt fois, cent fois, ils furent refoulés.

Furieux et désespéré, Zeus leva les yeux vers l'inexpugnable citadelle qui semblait faire partie du ciel lui-même et, soudain, se rappela un récit que lui avaient fait les nymphes immortelles du mont Ida (car elles ne passaient pas tout leur temps à chanter). Elles lui avaient parlé des prisonniers qui croupissaient toujours dans le Tartare, les Cyclopes et les Géants aux cent mains, les enfants colossaux de la Terre-Mère que Cronos, dans sa folie et son orgueil, avait oubliés. Ils y étaient encore, enrageant et croupissant dans leur prison. Maintenant comme alors, ils attendaient.

Accompagné de ses frères Hadès et Poséidon, Zeus descendit dans le Tartare. Les trois dieux, tels des feux follets, traversèrent les bois de peupliers noirs et franchirent le sombre et large fleuve Styx. Plus loin, toujours plus loin, ils s'enfoncèrent dans cette redoutable contrée, passèrent entre des rochers fumants, longèrent de noires murailles de jais et atteignirent enfin un endroit dont l'air vicié était saturé de brouillard. Brièvement, les trois dieux projetèrent autour d'eux une vive lumière. Des gémissements et des sanglots déchirants retentirent un peu partout, entrecoupés de grincements de chaînes. Et puis le brouillard s'éclaircit comme s'il était usé jusqu'à la corde par l'angoisse et la détresse, et au travers de ses trous et de ses déchirures, les dieux aperçurent les gigantesques prisonniers, enchaînés aux indestructibles falaises. Des anneaux de fer immobilisaient les incroyables Géants aux cent mains et, à côté d'eux, si énormes qu'ils s'élevaient aussi haut que les falaises, les Cyclopes, dont l'œil unique reflétait une telle douleur et un tel désespoir que les dieux eux-mêmes en furent bouleversés.

Les trois frères les libérèrent rapidement et les conduisirent hors du Tartare. Ils franchirent le Styx et traversèrent les bois de peupliers noirs qui bordent l'océan. La masse des créatures qui venaient d'être délivrées était si colossale que, dans les ténèbres, les dieux ressemblaient à des étoiles filantes suivies par une deuxième nuit, plus épaisse encore. Ils arrivèrent enfin à la montagne de Cronos, où les trois dieux saluèrent leurs trois sœurs, qui les attendaient. Ensemble, les enfants de Cronos contemplèrent leurs terribles alliés.

L'étrange œil unique des Cyclopes, serti au milieu du front comme un monstrueux joyau, brillait faiblement à la lueur des étoiles. Pour la première fois depuis le temps du vieil Ouranos, ils souriaient. Ils regardèrent la forteresse dans le ciel, hochèrent la tête et remirent aux dieux les armes dont ceux-ci allaient avoir besoin. A Hadès, ils donnèrent le casque qui rend invisible ; à Poséidon, le trident qui ébranle le monde ; et au puissant Zeus, les éclairs devant lesquels tout doit s'incliner.

Hadès se coiffa du casque et disparut aussitôt : à l'endroit où se tenait précédemment le dieu funèbre ne subsistait plus qu'une ombre floue comme peut en imaginer un œil fatigué. Silencieusement, cette ombre vaporeuse commença à escalader la montagne en direction de l'altière forteresse, et les dieux armés la suivirent furtivement.

Un peu à l'écart, suivant cependant le même chemin, montait en sautillant une autre créature, agile, mais curieusement terrifiante. Elle franchit les crevasses d'un bond puis disparut dans les ténèbres. Était-ce un allié... ou un espion ?

Le Titan fou était assis sur son trône. Les Érinyes elles-mêmes ne pouvaient plus rien contre lui. Avec le monumental Atlas, il s'était juré de réduire l'univers en pièces plutôt que d'en céder une seule étoile. Dix années s'étaient-elles vraiment écoulées depuis que la guerre avait commencé ? Que sont dix années, pour des êtres aussi gigantesques que les Titans ? A peine plus d'une journée, à leur formidable échelle.

Parfois, Cronos croyait voir le fantôme de son père, le vieil Ouranos, tapi dans un coin sombre, poussant de hauts cris et bredouillant des menaces vengeresses. A dire vrai, Cronos imaginait beaucoup de choses. Il imaginait que Rhéa, son épouse, était encore à ses côtés. Il imaginait qu'il était de nouveau jeune et que son père était encore vivant et cultivait toujours son jardin, la terre... et que les Érinyes n'étaient que des oiseaux apprivoisés qui prenaient ses yeux pour des miettes de pain. Néanmoins, il savait que tout cela se passait dans sa tête.

Cronos crut voir une ombre légère entrer par la fenêtre ouverte. Il secoua la tête. Ses yeux étaient fatigués. Il n'y avait pas d'ombre. De petits bruits parurent traverser la pièce. Cronos soupira. Il entendait beaucoup de petits bruits dans sa tête. Il s'adossa à son trône. A portée de sa main étaient posés son énorme lance et le cor dont l'appel ferait accourir tous les Titans et même les éléments, si jamais il avait besoin d'eux.

Il crut voir le cor bouger, comme s'il se déplaçait de sa propre initiative. Il ferma les yeux : ils voyaient beaucoup de choses bizarres, ces temps derniers, et Cronos savait qu'il lui suffisait de les fermer pour que le rêve se dissipe. Il rouvrit les yeux. Son cor et sa lance avaient disparu. Il se redressa.

Hadès se tenait devant lui ! Il poussa un petit cri... et se détourna. L'immense Poséidon était là, le menaçant de son trident !

– Des rêves... toujours des rêves ! geignit le Titan accablé, et il s'ébroua pour les chasser.

A ce moment, le monde entier s'embrasa et le flamboyant Zeus lui apparut. Cronos se tassa sur lui-même et tomba de son trône à l'instant précis où la foudre frappait celui-ci, le réduisant en poussière.

– Des rêves... toujours des rêves ! gémit Cronos gisant au milieu des décombres de sa puissance.

Mais le grondement du tonnerre avait réveillé les Titans. Conduits par le puissant Atlas, ils se ruèrent dans la salle pour secourir leur roi. Inférieurs en nombre, les dieux reculèrent. Leur rapide victoire semblait tourner en défaite non moins rapide. C'est alors que par la vaste embrasure bondit la silhouette imprécise qui avait suivi les dieux à l'assaut de la montagne.

Mi-bouc mi-dieu, l'étrange créature ricana avec une joie sauvage. Ouvrant toute grande sa bouche barbue, elle poussa un cri strident, un cri qu'aucune oreille ne pouvait endurer et qu'aucun cerveau ne pouvait supporter. Un cri venu du Chaos. Qui s'enfonça dans la tête des Titans et les replongea dans les tumultueuses ténèbres dont ils étaient issus.

Rendus fous par leurs obscures terreurs, les Titans s'enfuirent devant le dieu-bouc dont le nom était Pan, celui qui engendre la panique. Ils furent poursuivis par les Géants. Chacune de leurs cent mains était une arme furieuse dont les coups vengeaient leur abominable captivité. Le règne des Titans était terminé. Celui des dieux commençait.

Pan disparut aussi mystérieusement qu'il était apparu. Personne n'a jamais su avec certitude qui il était. Certains disent que c'est un frère de lait de Zeus, d'autres qu'il est plus vieux, infiniment plus vieux. Il retourna dans les champs et les bois de l'Arcadie, laissant aux dieux le soin de traquer les Titans, l'un après l'autre. Rhéa et ses sœurs furent épargnées, ainsi que le puissant Prométhée et son frère, qui avaient eu la bonne idée de ne pas prendre part à la guerre. Tout Titans qu'ils étaient, il y avait, chez ces deux êtres gigantesques, une majesté qui fit hésiter Zeus lui-même. On les laissa libres de se chercher une demeure dans ce que la terre ravagée pouvait leur offrir, mais tous les autres furent emprisonnés dans le hideux Tartare, où les Géants aux cent mains les surveillent toujours de leurs yeux éternels. Le dernier à être capturé fut le colossal Atlas, dont la sanction fut la pire de toutes : il fut condamné à porter le ciel sur ses épaules aussi longtemps que les dieux régneraient. La prédiction des Érinyes s'était finalement réalisée : le meurtre d'Ouranos était vengé.

3
Les fruits du pouvoir

Les dieux victorieux parcoururent le vaste univers en tout sens et finirent par élire domicile sur le mont Olympe, dont la cime altière se perdait dans les nuages. Ils y bâtirent leurs palais et une imposante salle du conseil dont les colonnes étaient en ivoire et le sol en or. Ce fut dans cette salle du conseil que les trois puissants frères se partagèrent les trois royaumes en les tirant au sort dans un casque. A Hadès échut le monde souterrain, domaine des ombres et des futurs morts ; au grand Poséidon, la mer et tout ce qu'elle contient ; quant à Zeus, leur maître à tous, il reçut le pouvoir de régner sur les cieux infinis. Mais la terre, le beau jardin du vieil Ouranos, ne fut attribuée à personne : Zeus la décréta ouverte à tous.

Zeus se tourna ensuite vers les trois sœurs immortelles et leur distribua leurs pouvoirs. A Hestia, la ravissante et douce Hestia, il confia la garde de tous les foyers et la charge d'y faire régner la paix. A la merveilleuse Déméter, il donna les moissons et les fruits du jardin de la terre. Puis il se tourna vers la dernière déesse – qu'il aurait mieux fait d'honorer la première –, la flamboyante Héra, la plus puissante des trois sœurs.

Ce ne fut pas un succès. Dans sa hâte à se montrer magnanime, le dieu rayonnant avait oublié la plus importante de ses sœurs et n'avait plus rien à lui offrir.

Hestia et Déméter, déjà comblées, lancèrent à Zeus un regard réprobateur. Comment avait-il pu oublier Héra ? Poséidon et Hadès détournèrent les yeux. Alors Zeus, magnifique en toute circonstance, sourit à la noble dame.

– Et toi, dit-il avec majesté, tu auras le plus précieux de tous les biens : le roi lui-même. Tu seras la reine du ciel. A toi, je fais don de... ma personne. Tu seras ma femme, Héra...

Son divin sourire flottant toujours sur ses lèvres, il ouvrit tout grands ses bras d'or. Un silence se fit dans la salle du conseil. Même les nuages, derrière les croisées, semblèrent s'arrêter, mal à l'aise. Le sourire du dieu demeura sans écho ; ses bras restèrent vides.

– Tu seras ma femme, Héra.

Mais Héra ne répondait pas. La colère assombrissait son visage. S'estimant traitée sans égards, sans considération, elle sortit à grands pas de la salle du conseil, sa somptueuse tunique flottant derrière elle. Ses yeux lançaient des éclairs. Saisis d'une crainte respectueuse, les dieux la regardèrent partir... puis se tournèrent vers le roi du ciel qui ne bougeait pas, ses bras d'or toujours écartés.

Zeus fronça les sourcils, et de menaçantes nuées d'orage s'amassèrent dans ses yeux. Il était le seigneur du ciel et des dieux. Il serait également celui d'Héra. Même s'il lui fallait pour cela mettre l'univers sens dessus dessous, il la retrouverait et la soumettrait.

Elle avait quitté l'Olympe. Des lambeaux de nuage accrochés à la falaise semblaient encore marquer la trace de sa fuite ; les arbres se penchaient sur son passage, leurs frondaisons se desséchaient sous le feu de sa colère. Zeus la suivit comme un flamboyant météore, dissipant toutes les ombres et illuminant les ténèbres pour qu'Héra ne trouve de cachette nulle part.

Il interrogea les esprits de la terre et demanda aux sœurs de Rhéa si elles l'avaient vue passer, mais aucune d'elles ne put – ou ne voulut – lui dire où Héra s'était enfuie. Alors il assouvit sur elles le feu de sa passion avant de poursuivre sa route. Après son départ, Thémis conçut les Saisons, et Mnémosyne, la nymphe de la Mémoire – qui s'était montrée assez habile pour le garder auprès d'elle durant neuf nuits –, engendra les Muses.

Il finit par atteindre la montagne où Cronos, son père, avait livré son ultime combat. La forteresse ruinée était toujours debout. Zeus leva les yeux et aperçut un rayon de lumière derrière les embrasures démantelées. Il avait retrouvé Héra.

Une fois déjà, il avait triomphé de cette forteresse. Cette fois, il en triompherait à nouveau. Il en entreprit l'escalade. Arrivé à mi-hauteur, il fit halte. Les sourcils froncés, il réfléchit en observant la masse imposante des murailles qui se profilaient sur le ciel obscurci. Comment les abattre... comment les faire crouler ? Il sourit...

Seule dans l'ancienne salle du trône de Cronos, Héra contemplait la nuit. Sa fureur ne s'était pas apaisée : elle brûlait de colère contre Zeus. Jamais elle ne l'accepterait. Elle resterait vierge pour l'éternité et brillerait stérilement dans un ciel désert.

Elle soupira et s'accouda à l'embrasure éboulée. Soudain, elle entendit un chant ténu, mélancolique. Elle tressaillit... et sourit. Ce n'était qu'un coucou, égaré au sommet de la montagne de granit. Elle l'appela doucement, et le petit oiseau vint en voletant se percher sur sa main. Il était maigre et pitoyable, avec ses plumes ébouriffées. Apparemment, il avait volé longtemps à la recherche d'un nid.

– Viens, petit oiseau, murmura la déesse. Toi et moi, nous allons partager la solitude de ce belvédère. Tiens... voici un nid.

Elle prit tendrement l'oiseau et le réchauffa dans son sein...

La déesse poussa un grand cri ! Elle se débattit, elle lutta... mais c'était trop tard. Elle avait été abusée. Un rire éclatant retentit dans la nuit, et Zeus reprit son aspect divin.

– Tu seras ma femme, Héra ! murmura-t-il triomphalement, en la serrant dans ses bras d'où il était impossible de s'évader.

Aussi Héra renonça-t-elle à un combat inégal et posa-t-elle sur le grand dieu des yeux graves et prophétiques.

La nuit devint alors d'une opacité veloutée qu'aucune autre nuit n'avait jamais connue jusque-là et qu'aucune autre nuit ne connaîtrait jamais plus. C'était une obscurité étrange, suave, qui semblait apaiser le monde. Elle n'avait rien d'effrayant, et cependant elle était pleine de mystère et de bruits bizarres, délicats. Des rires étouffés fusaient de toute part... coupés de soudains et tendres gémissements qui se dissolvaient en soupirs et en chuchotements...

Et cette nuit singulière ne donna pas non plus naissance au jour. Comme toutes les nuits qui l'avaient précédée. Elle s'attarda et dura longtemps, longtemps, tandis que Zeus et Héra, au sommet de la montagne, célébraient leur divine nuit de noces. Finalement, ce fut le soleil qui se lassa d'attendre et qui se hissa au-dessus de l'horizon pour illuminer un monde vert et or. Alors Zeus et Héra se levèrent et retournèrent sur le mont Olympe, roi et reine du ciel.

L'immortel Zeus avait gagné, mais Héra fit son entrée dans le palais des cieux d'un pas encore plus conquérant que le sien : elle serait bientôt mère.

Souvent, Héra entretenait ses sœurs du glorieux enfant qui se développait dans son sein, de la façon dont il remuait, comme s'il était pressé d'entreprendre sa divine destinée. Parfois, elle souriait en se rappelant la passion de Zeus et la manière dont il avait distendu la nuit pour profiter à loisir des charmes infinis de son épouse. La victoire, ce n'était pas Zeus qui l'avait remportée, mais Héra, et le témoin de sa conquête était l'enfant qu'elle portait, cet enfant dont la conception avait exigé une nuit aussi démesurée.

Vint le temps des couches, et l'enfantement fut aussi prodigieux que la conception. Les plaintes d'Héra ébranlèrent les cieux, et toute la création vécut dans l'attente. Enfin retentit un immense cri de joie. L'enfant était né !

Ce cri fut entendu dans les champs et les bois où Pan, le dieu-bouc, et les nymphes suspendirent leurs ébats et sourirent. Il fut entendu dans l'obscur monde souterrain où le sévère Hadès soupira. Il fut entendu sous la mer où Poséidon harnacha ses chevaux aux sabots d'airain et les attela à son char d'or. Et tous les dieux montèrent sur l'Olympe pour honorer Héra, mère du divin nouveau-né.

Elle était étendue sur le dos, les yeux clos, l'enfant blotti contre sa poitrine. Elle entendit arriver les immortels. La chambre s'emplit d'étranges parfums et de murmures impatients. Elle ouvrit les yeux.

– Voyez-vous ! cria-t-elle. Voyez l'enfant d'Héra et de Zeus !

Elle souleva le bébé de sa poitrine et le présenta à l'admiration des dieux.

Silence. Les visages bouleversés semblaient changés en pierres. Les regards étaient figés, les yeux d'or écarquillés. Que se passait-il donc ? Inquiète, la reine Héra retourna le bébé et le regarda pour la première fois. Elle eut le souffle coupé. Son cœur orgueilleux se brisa, et la douleur, tel un bec de vautour, lacéra son sein.

L'enfant était hideux. La dévorante passion du roi et de la reine des Cieux avait engendré un monstre.

Elle gémit, et sa plainte fut terrible. Puis elle se leva de la couche où elle venait d'enfanter et, les yeux brillants de larmes de fureur, se dirigea vers la grande croisée. Là, elle souleva la minuscule créature et, après un unique baiser, la jeta dans le ciel. Le bébé scintilla dans l'immensité bleue, parut hésiter un instant, comme s'il allait prendre son essor et revenir au palais, puis il commença à tomber, à tomber, et ses cris et ses pleurs s'estompèrent au fur et à mesure qu'il s'enfonçait plus bas, toujours plus bas, vers la mer.

4
Le printemps des dieux

Sous la mer, il y eut un silence. Thétis et Eurynome observaient le dieu qu'elles avaient sauvé et qui était tapi contre la muraille froide et rêche comme un souvenir tourmenté, pétrifié dans sa laideur.

Soudain, on entendit un petit bruit. Quelque chose venait de tomber. Thétis poussa un cri consterné. La main d'Héphaïstos avait lâché la broche, la merveilleuse broche qui, maintenant, gisait sur le sol de la caverne. Une pièce s'était détachée. La petite nymphe de corail s'était cassée net. Seul son amoureux subsistait. Jambes repliées, comme quand il enlaçait sa compagne, et bras tendus, désormais vides, il ressemblait à Héphaïstos clopinant à la recherche d'un rêve brisé.

Sous les yeux de la déesse, une vaguelette frangée d'écume vint lécher le sol sableux de la caverne et engloutit la nymphe. Quand elle se retira, la merveille avait disparu.

– M'aurais-tu sauvé, Thétis, murmura Héphaïstos, si tu avais su que c'était ma propre mère qui m'avait jeté du haut des cieux ?

– Je... je... soupira Thétis, mais sa réponse fut couverte par l'explosion de fureur, de haine et de douleur de l'enfant banni maudissant sa puissante mère.

Il martela la muraille jusqu'à ce que le rocher se fendille et s'effrite et que ses mains se couvrent de cloques et d'écorchures. Alors, petit à petit, son grondement décrut, s'éteignit et ne fut plus qu'un gémissement étouffé.

– Que vas-tu faire, Héphaïstos, chuchota Eurynome, maintenant que tu sais tout ?

Le dieu releva la tête et regarda vers le plafond de la caverne. Son visage bouffi, ravagé par les larmes, ressemblait au foyer d'un four où les flammes, ayant atteint l'apogée de leur furie, prennent l'aspect d'yeux, de narines et d'une bouche frémissante.

– Je vais y retourner. Je vais arracher leur montagne du ciel. Je vais...

– Regarde ! Regarde !

Thétis regardait fixement le hublot de cristal. Audehors, la mer s'agitait. On aurait dit qu'un vent sous-marin couchait les fougères et faisait onduler les forêts de corail d'où sortaient une multitude de nymphes miroitantes et de monstres étranges qui s'enfuyaient en désordre. Le monde glauque tout entier était bouleversé, et de brefs éclats blanc et or scintillaient au milieu des remous et des tourbillons de bulles.

Brusquement le hublot s'obscurcit. Une énorme masse de bronze, blanchâtre et ridée, se posa sur le cristal. Elle était beaucoup trop volumineuse pour que l'on pût discerner sa forme générale, mais elle était arrondie et semblait recouverte d'un fin duvet qui dansait dans la mer tournoyante. Et puis elle disparut.

– Qu'est-ce que c'était, Thétis ?

– Le petit doigt de Poséidon, mon enfant. Et Poséidon est seulement le frère de Zeus. Tu espères toujours te venger ?

Au-dessus de la caverne, la mer immense ondulait à l'infini, si bien que, sous le grand soleil, sa soyeuse courtepointe semblait soulevée par des rêves agités. Mais ces rêves secrets, et même les vagues qui déferlaient inlassablement sur le sable des grèves ne révélaient rien de ce qui se passait sous les eaux.

L'enfant tombé du ciel fut oublié comme s'il n'avait jamais existé. Quand les dieux regardaient du haut de l'Olympe, la mer ne leur renvoyait que leur propre image. Hautaine et resplendissante, la montagne immortelle trônait parmi les nuages.

Ce furent les Cyclopes qui édifièrent l'Olympe, pour remercier les dieux de les avoir délivrés. Suant et soufflant sous le soleil implacable, ils élevèrent les murs, posèrent les toits et pavèrent cours et allées de dalles d'or et de bronze. On n'avait utilisé aucun mortier, mais le poids s'était conjugué au poids pour que les pierres soigneusement taillées et polies, parfaitement jointives, donnent une impression de légèreté aérienne en dépit de leur indestructible solidité. Et de crainte que les Titans emprisonnés ne viennent à s'échapper, les Cyclopes construisirent pour Zeus une armurerie dont ils garnirent les râteliers d'éclairs et de deux grands arcs d'argent munis chacun de son carquois plein de flèches véloces empennées de noir.

Pan, le dieu-bouc qui passait son temps à jouer avec les nymphes, avait peuplé les bois et les clairières de l'Arcadie de créatures à son image, et ces petits gloutons avaient sauté les uns sur les autres et engendré d'autres créatures encore plus étranges : chèvres et béliers, cerfs et lions, curieux chats tachetés et sangliers grommelants qui progressaient à coups de boutoir à la recherche de bauges, de querelles et de truffes...

Les dieux riaient... et les suivaient des yeux. C'est ainsi que Zeus aperçut la ravissante Léto, fille d'un Titan, qui se promenait au bord d'un lac. Aussitôt, le ciel fut balayé par un grand vent et embrasé par une lumière éblouissante. De l'œil du dieu s'envola une caille. A tire-d'aile, le dieu transfiguré gagna la terre et la pensive Léto. Poussant des cris enamourés, l'oiseau voleta autour d'elle et, au milieu de frénétiques battements d'ailes, assouvit son brûlant désir.

Mais Héra avait tout vu, et quand Zeus, épanoui, réintégra sa forme divine, il fut fort mal accueilli. La déesse lui fit une scène épouvantable, l'accusant de répandre sa semence sur tout le monde, sauf sur elle. Après quoi la reine des Cieux, drapée dans sa tunique noir et rouge, se pencha sur le monde et, aussitôt, un serpent énorme et maléfique descendit les pentes abruptes de l'Olympe. Par monts et par vaux, le monstre rampa à la poursuite de Léto, la rivale d'Héra... car la fille du Titan attendait déjà un enfant.

La fuite éperdue de Léto avait commencé, et les nuits et les jours retentirent des échos de sa course rapide et de sa respiration haletante. Partout où elle se reposait, partout où elle s'arrêtait pour boire un peu d'eau ou se cacher dans quelque ombre propice, elle entendait le bruissement menaçant des écailles et les sifflements venimeux de son poursuivant. Sa course se ralentissait au fur et à mesure que le fardeau qu'elle portait devenait plus lourd et plus encombrant.

Elle arriva finalement dans l'île de Délos et, à bout de souffrance et de terreur, s'écroula dans une grotte : le terme était proche.

Les yeux impitoyables d'Héra la surveillaient toujours du haut de l'Olympe, tandis que son serpent se glissait en ondulant vers la caverne. A côté d'elle, le tout-puissant Zeus observait la scène.

– Quel effroi te fait trembler, grand Zeus ?

Le dieu détourna les yeux, et le monstre, toujours soumis à la volonté d'Héra, se lova à l'entrée de la grotte de Léto.

– Pourquoi parler de caille, Héra ? Aurais-tu oublié le coucou ?

La noble Héra se détourna à son tour, et le serpent, hésitant, se tordit vainement dans l'herbe.

Zeus entoura d'un bras d'or les blanches épaules d'Héra et l'attira vers le lit. Le serpent siffla : il ne savait plus quoi faire.

La reine des Cieux sourit lorsque le visage passionné de Zeus lui cacha le ciel...

Le serpent gémit, ses contorsions devinrent langoureuses, et il s'éloigna en rampant de la caverne de Léto.

A ce moment-là, on entendit un cri perçant. Il provenait des ténèbres de la grotte, et c'était un cri de douleur. Il fut suivi d'un autre, plus grave, plus mélodieux, un cri de joie. Sur les hauteurs de l'Olympe, Zeus redressa la tête.

– Qu'est-ce qui te trouble ? murmura Héra.

Le père des dieux ne lui répondit pas. Au lieu de cela, il secoua la tête et éclata de rire... un rire triomphal.

Très, très loin de là, tout en bas, la surface de la mer se couvrit d'un million de rides comme pour s'ouvrir au rire du grand dieu. Et puis le clapotis se calma et les flots reprirent leur houle monotone et désolée comme si un dieu, oublié dans leurs sombres profondeurs, martelait de ses poings des murailles aveugles en comprenant qu'il avait été doublement trahi.

Les nymphes marines frissonnèrent et plaquèrent leurs mains sur leurs oreilles ; les crabes géants s'enfuirent affolés. Leur débandade soulevait les délicats débris qui gisaient au fond de l'océan : coquilles abandonnées, cailloux verts, et un curieux morceau de corail ressemblant à une nymphe. Ce dernier fit du chemin, parfois retombant, parfois emporté par de nouveaux remous, mais toujours dans la même direction, celle d'un certain rivage...

Il y avait autrefois, dans l'Olympe, une garderie d'enfants où les Muses élevaient la progéniture des fantasques nymphes. Certains de ces enfants étaient éveillés, d'autres paresseux, quelques-uns aussi insouciants que leur mère. Mais il y en avait deux qui n'étaient rien de tout cela, un frère et une sœur étranges, d'une beauté sans égale, qui apprenaient comme s'ils se souvenaient et dont les yeux, dans leurs moments de rêverie se tournaient invariablement vers la Lune et le Soleil.

De temps en temps, les nymphes venaient réclamer leur enfant et l'emportaient, éblouies et ravies. Mais personne ne venait jamais chercher le frère et la sœur. Seule une fille de Titan d'une tragique beauté sortait parfois des bois pour les regarder s'ébattre.

Finalement, un beau jour, Léto ne put en supporter davantage. Elle quitta sa retraite et vint serrer ses enfants dans ses bras. Elle les couvrit de larmes et de baisers, et les exhorta à aller trouver leur père et à lui réclamer les droits que leur conférait leur naissance.

– Qui est notre père ?

Léto secoua la tête. Ses yeux étaient emplis de chagrin et de peur.

– Comment le reconnaîtrons-nous ? Où le trouverons-nous ?

– Au sommet de la plus haute montagne. Allez, enfants, allez.

Le frère et la sœur se mirent donc en route et marchèrent jusqu'au pied d'une montagne dont la cime chatoyante se perdait dans les nuages. La main dans la main, ils grimpèrent à travers bois, franchirent des torrents, escaladèrent de rébarbatives murailles de rocher. Le soleil les illuminait de ses feux, si bien que, par moments, ils ressemblaient à deux flammes dansantes, l'une d'or, l'autre d'argent. Finalement, ils pénétrèrent dans la région des nuages, où tout était estompé et incertain.

Ces nuages étaient semblables à des tentures dont les replis mouvants se paraient de motifs étranges. Parfois ils cachaient les rochers, parfois ils ondulaient et s'ouvraient sur de vertigineux précipices plongeant jusqu'au lointain monde inférieur. Mais les jumeaux continuaient à monter, plus haut, toujours plus haut.

– Frère, regarde !

Les dernières tentures s'étaient écartées, et un immense palais se dressait devant eux. De ses portes ouvertes sortait une éblouissante lumière dorée.

– Sœur, voici notre père !

Zeus, le roi des dieux, leur tendit ses puissantes mains.

– Mes enfants, soyez les bienvenus chez vous. Demandez-moi ce que vous désirez, car votre naissance vous en donne le droit.

– Père, nous voudrions le Soleil et la Lune.

Zeus fit une courte pause, puis il hocha la tête et toute la création trembla à l'unisson.

Artémis et le lumineux Apollon étaient entrés en possession de leur patrimoine, et ils prirent dans l'armurerie de l'Olympe les grands arcs d'argent et les carquois de flèches empennées de noir, car ils étaient jeunes et férus de sport.

Héra sourit. Sa colère contre Léto était oubliée. La reine des Cieux était à nouveau enceinte, et elle était décidée à garder son calme, car elle n'avait pas oublié le fruit monstrueux de sa prodigieuse nuit de noces. Cette fois, rien ne viendrait perturber l'enfant qui était en elle.

Celui-ci se développa donc à son propre rythme, qui était lent et majestueux. Le Temps et la Nature étaient alors jeunes, leur autorité était imprécise, et les événements se déroulaient encore en fonction de leur importance et au gré des dieux immortels.

Le grand calme d'Héra s'étendit sur tout l'univers comme un baldaquin, et le puissant Zeus en profita pour accueillir un autre de ses enfants.

La nouvelle venue était grave et charmante. Elle avait la jambe fine, le front haut et, où qu'elle aille, portait toujours sur l'épaule une chouette dont les immenses yeux interrogateurs rendaient Héra nerveuse. Mais la reine des Cieux garda son calme...

Zeus prétendit d'abord que cette jeune personne était la fille du Géant Pallas. Puis il admit qu'elle était née des amours de Poséidon et d'une nymphe. Poséidon ayant formellement nié la chose, l'étincelant Zeus confessa à la toujours sereine Héra que la nouvelle déesse avait vu le jour d'une façon tellement extraordinaire qu'il avait hésité à troubler la divine grossesse de son épouse par une histoire aussi surprenante.

Alors qu'il se promenait au bord du lac Triton, le roi des dieux avait soudain ressenti un violent mal de tête. Quelle douleur ! Il avait hurlé, tempêté... Héra avait dû l'entendre crier ?

Non.

Alors... alors c'était Prométhée, le bon Titan, qui était venu à son secours. L'ingénieux Prométhée avait tout de suite compris de quoi il retournait. Il avait pratiqué une profonde incision sur la tempe de Zeus – Regarde ! On voit toujours la cicatrice – et, aussitôt, la déesse en avait jailli tout armée.

Héra dévisagea le rayonnant Zeus, puis elle dévisagea la grave et fière déesse et sa chouette. La nouvelle venue garda prudemment le silence. Aussi Héra haussa-t-elle ses blanches épaules, et Athéna, déesse de la Sagesse, fut admise dans l'Olympe sans plus de cérémonie.

Le tout-puissant Zeus poussa un soupir de soulagement et glissa furtivement un nouveau regard sur le monde inférieur, toujours tentateur. Dans chaque clairière, dans chaque bois luisaient de jolies jambes et pétillaient des yeux énamourés. Aussi y descendit-il maintes et maintes fois, brûlant de désir, parfois sous l'aspect d'un oiseau, parfois sous celui d'un brouillard ou d'une pluie, à l'occasion (mais rarement, seulement lorsque la nymphe qui était alors l'objet de sa passion ne manifestait aucune attirance particulière ni pour les averses ni pour les plumes) sous sa glorieuse apparence. Et Héra, toujours pleine d'attentions pour le dieu qu'elle portait dans son sein, continuait de garder son calme.

Aussi le grand dieu multiplia-t-il ses fredaines, tombant parfois du ciel comme un météore, parfois comme une blanche colombe. Des cris de joie et d'étonnement s'élevaient des ombrages discrets sous lesquels il s'abritait, provisoirement hors de vue de l'Olympe. Mais deux yeux le suivaient partout. Des yeux amers, réprobateurs. C'était ceux du gigantesque Titan Atlas, qui gémissait sous le fardeau du ciel. Cette puissante créature contemplait avec douleur et envie le monde qu'elle avait perdu. Sa sanction éternelle était encore aggravée par la félicité qui, de tout côté, affligeait ses regards. Il ne vivait plus – si l'on peut appeler vivre un destin aussi épouvantable – que pour une chose. La seule lueur de joie qui éclairait son cœur ténébreux était la vue de son enfant resté en liberté.

Car Atlas avait une fille. Elle s'appelait Maïa et vivait dans une grotte, au flanc d'une grande montagne bleue.

Maïa était une vierge des montagnes et des étoiles. Elle chantait comme l'eau chante quand elle tombe le long d'une muraille de roc, se rassemble en fontaines, retombe et poursuit sa course mélodieuse jusqu'à ce qu'elle se perde dans le grand silence vert. Sa chanson ressemblait à celle que les nymphes chantaient sur le mont Ida quand Zeus n'était qu'un petit enfant. Ce fut du moins l'impression qu'eut Zeus lorsqu'il aperçut Maïa nue, en train de jouer. Pénétré d'une joie soudaine, le dieu libertin s'arrêta. Il hésita, plana un instant, puis piqua vers le sol sur les ailes du vent.

Au loin, vers le sud, l'énorme Atlas gémit. Le poids qui pesait douloureusement sur ses épaules était moins lourd que celui qui broyait son cœur. Impuissant, il regarda sa fille enveloppée par la brûlante étreinte de son ennemi. En dépit de tous ses efforts, il ne parvint pas à fermer les yeux, et ceux-ci restèrent grands ouverts jusqu'au départ du maître du ciel.

– Oh Maïa, ma fille, mon enfant !

5
Le premier voleur

Un bébé naquit sur la grande montagne bleue. De délicates peaux de bête l'emmaillotèrent, et une feuille lui servit de berceau. Il gloussa, gazouilla et, par moments, leva ses petits bras vers le ciel et le soleil. Cela fit rire Maïa, sa mère, qui lui tendit un doigt auquel il se cramponna comme s'il voulait le lui dérober. Alors Maïa desserra ses petits doigts et lui chanta la seule chanson qu'elle connût. Quand, enfin, il s'endormit, elle le laissa à ses rêves, sous la garde de la montagne.

Au bout de quelques pas, elle s'arrêta et se retourna. Elle eut l'impression que l'enfant avait souri, un curieux sourire narquois. Mais non, c'était impossible, il était beaucoup trop jeune. Elle continua son chemin. Un peu plus loin, elle fit à nouveau halte, croyant avoir entendu des rires et le trottinement de petits pieds dodus. Pour la deuxième fois, elle secoua la tête : il s'agissait sûrement de quelque jeune créature de la montagne, pas de son cher dieu nouveau-né.

– Cyllène ! Cyllène ! cria-t-elle à la nymphe qui la servait. Va vite voir mon bébé.

Cyllène s'empressa d'obéir, et Maïa ajouta à mi-voix :

– Mais sans faire de bruit, car je crois qu'il dort.

Or, le domaine du Soleil comprenait, entre autres biens, un troupeau de bêtes dont les mufles d'or enrichissaient les pâturages qu'ils paissaient. Ces bêtes portaient le sceau du puissant Apollon, dieu des flèches empennées de noir et maître du Soleil.

Chaque matin, le dieu-soleil, en se levant, regardait ses bêtes et les dénombrait en projetant leurs ombres en direction de l'ouest. Le puissant dieu était si confiant dans cette arithmétique quotidienne que, ce jour-là, il était déjà parvenu au milieu du ciel quand il s'avisa que les pâturages étaient déserts. Son bétail avait disparu.

Il fronça les sourcils, et la terre trembla sous son regard menaçant.

Il appela ses bêtes, mais elles ne se montrèrent pas. Il cria plus fort, mais sans succès :

– Au voleur ! Au voleur !

Flamboyant de colère, le grand dieu abandonna son char et descendit dans les prés où paissaient naguère ses bêtes bien-aimées. Il examina le sol : les traces de leurs sabots elles-mêmes s'étaient volatilisées.

De plus en plus furieux, il entreprit des recherches. Ses yeux scrutèrent les vallées, contournèrent les montagnes et longèrent les rivières chatoyantes, mais n'y découvrirent pas le bout de la queue d'une seule vache.

Finalement, Apollon arriva en Arcadie. En passant devant un bois, il entendit des hoquets, des rires étouffés et des craquements de coquilles de noix. Le dégoût assombrit son front. Écartant les branches, il pénétra dans une clairière où trônait l'obèse et hirsute Silène, le fils de Pan. Le demi-dieu rotait en racontant des histoires graveleuses à une douzaine de satyres de son acabit, quoique plus jeunes et un peu moins gros, qui l'écoutaient en frappant le sol de leurs sabots, en gloussant et en bâfrant. Leurs mentons ruisselaient de jus de mûre, et leurs solides dents jaunes étaient encroûtées de noix à demi mâchées.

En sentant peser sur eux le regard du dieu-soleil, les satyres tournèrent l'un après l'autre leur cou épais et, Silène se retrouva bientôt racontant ses histoires dans le vide. Sa toison étant plus épaisse, le rayonnement d'Apollon mit plus de temps à la traverser, mais, à la longue, il se retourna également, se lécha les lèvres et battit des paupières avec inquiétude devant l'expression courroucée du dieu-soleil.

– Mon bétail a disparu, déclara Apollon. (Les satyres affichèrent en chœur une vertueuse innocence.) Qui s'en est emparé ?

Pas de réponse. Silène secoua tristement la tête.

Les yeux d'Apollon sondèrent les profondeurs du bois.

– Je vous donnerai, dit-il, une montagne de mûres, de raisin et de noix. Je vous donnerai de la chaleur quand vous aurez froid et de la lumière dans les ténèbres. Je satisferai tous vos désirs lubriques si vous retrouvez mon bétail... et le voleur.

Des mûres ? Du raisin ? Des noix ? Des désirs lubriques ?

Ils eurent un large sourire d'une oreille à l'autre... et se mirent en chasse. Ils s'éparpillèrent dans les bois, puis au-delà, dans toutes les directions, et le bruit de leurs sabots retentit comme un lointain tambourinement de grêle.

Ils cherchèrent toute la journée, puis regardèrent les cieux avec inquiétude : la nuit ne se décidait pas à tomber. Furieux, le dieu-soleil n'était pas remonté dans son char, et celui-ci flamboyait toujours dans un ciel matinal.

Les satyres atteignirent enfin une haute montagne bleue. Ils contemplèrent ses pentes rocailleuses. Silène grogna. Pas un endroit où cacher du bétail... fût-ce celui du dieu-soleil. Et, soudain, un son bizarre s'éleva. C'était de la musique, mais elle ne ressemblait à aucune de celles qu'ils avaient entendues jusqu'ici. Les notes étaient vibrantes, modulées. Très étranges, très troublantes.

– Allez voir, ordonna le gros Silène, et revenez me dire ce que c'est.

Aussi ses compagnons escaladèrent-ils la montagne avec force grognements, exclamations et claquements de sabots. La musique se tut comme si elle avait peur. Les satyres se regardèrent.

– Vous cherchez quelque chose ?

Une nymphe était assise à l'entrée d'une caverne.

– Non, répondit un satyre. (Il rota et posa une main velue sur sa bouche.) On a entendu de la musique, c'est tout.

– Voilà que ça recommence, dit un autre en tournant sa tête faunesque vers la caverne.

Ils commencèrent à se dandiner et à traîner les pieds, mal à l'aise dans leurs sabots.

Du bas de la montagne s'élevait la voix impatiente de Silène.

– Qu'est-ce qui vous retient ?

– Une nymphe.

– A une telle hauteur ?

– C'est une nymphe de montagne.

– J'en ai eu dans ma jeunesse. Elles sont aussi dures et aussi froides que leurs rochers. Redescendez !

– A cette altitude-là, Silène, les rochers sont doux et tièdes. Et la nymphe également !

Bruits de Silène s'agitant en bas. Des glissades, des tâtonnements, comme si une créature pesante essayait de grimper à quatre pattes.

– Chut, dit la nymphe. Il y a un bébé qui dort. (Elle soupira.) Et quel bébé ! Il est arrivé à persuader une tortue de sortir de sa carapace. La tortue en est morte, malheureusement, mais avec cette carapace, ce prodigieux enfant a fabriqué un instrument de musique. Il l'a tendue de boyaux de vache...

– De quoi ?

– De boyaux de vache, dit sèchement la nymphe, vexée d'être interrompue au milieu de son récit attendrissant.

– Où a-t-il trouvé les vaches ?

Et le Soleil continuait à briller au firmament.

Oubliant qu'il avait laissé la matinée inachevée, le grand aurige monta vers l'Olympe. Il portait sur son épaule les peaux de deux de ses vaches, tout ce qui restait des pauvres bêtes. Sous son bras gauche, il portait autre chose.

Zeus éprouva un sentiment d'affection et d'inquiétude en voyant qu'il s'agissait du bébé nouveau-né de Maïa.

Suffoquant d'essoufflement et de colère, Apollon jeta aux pieds de son père les peaux de ses vaches abattues, puis, à peine plus doucement, y posa le petit enfant.

– Voilà le voleur.

Le bébé enfonça ses petits doigts dans l'épaisse toison rousse et regarda les deux dieux avec une innocente perplexité.

– Qui... moi ? Mais je ne suis né que depuis hier.

Il se mit à pleurer et enfouit son visage dans ses

mains en jetant de temps en temps un coup d'œil entre ses doigts pour voir si un cœur se laissait attendrir.

Pas celui d'Apollon, car les peaux avaient été découvertes dans la caverne de l'enfant.

Celui-ci se tourna vers le tout-puissant Zeus et leva ses petites mains dans un geste de stupéfaction et d'incrédulité. Apollon se jeta sur lui.

– Regarde ! s'écria-t-il en saisissant l'un des poignets tendus. En flagrant délit !

Zeus baissa les yeux. Le doute n'était pas permis : les doigts coupables de l'enfant étaient barbouillés de sang frais.

Zeus fronça les sourcils. Sentant deux nuages menaçant s'amasser au-dessus de sa tête, l'enfant sourit humblement au plus petit des deux.

– Grand Apollon, dit-il, personne, en dehors de toi, n'aurait trouvé que c'était moi le fautif. Aucun des autres dieux n'a la moitié de ta perspicacité.

Apollon hocha la tête, et le tout-puissant Zeus ne put s'empêcher de se féliciter de la diplomatie de son nouveau fils. L'enfant fouilla alors parmi les peaux et en tira la carapace de tortue garnie de cordes faites avec les malencontreux boyaux de vache, et que le dieu-soleil avait apportée comme preuve supplémentaire de son crime. Apollon regarda l'objet avec curiosité.

– Je l'ai fabriqué spécialement pour toi, dit l'enfant. Écoute !

Il pinça les cordes, et l'harmonieuse musique qu'avaient entendue les satyres se répandit dans toute l'Olympe. Elle emplit les cours et les terrasses, et les dieux et les déesses, qui vaquaient à leurs importantes occupations, s'arrêtèrent pour l'écouter. La puissante Héra, que le bébé qui continuait à se développer en elle faisait souffrir, sourit et rêva à sa délivrance prochaine.

Alors l'enfant se mit à chanter. Il célébra la beauté d'Apollon, la sagesse d'Apollon, la bonté d'Apollon... et la générosité d'Apollon envers le fils de Maïa. Quand sa chanson prit fin, les deux nuages suspendus au-dessus de sa tête avaient disparu.

Le dieu-soleil et son père souriaient.

– Explique-moi, dit Apollon. Comment t'y es-tu pris ?

– J'ai percé des trous dans la carapace et...

– Non ! Pour voler mes vaches ! Il n'y avait aucune empreinte de sabot, pas une seule.

– Ah oui... les vaches.

Et l'enfant raconta, avec force sourires charmeurs et regards furtifs en direction de Zeus, qu'il avait enveloppé les sabots des vaches du dieu-soleil dans des plaques d'écorce, afin qu'elles puissent aller n'importe où sans laisser la moindre trace.

– Mais tu peux garder mon jouet en échange, conclut l'enfant en tendant la merveilleuse carapace.

Apollon la prit avec un sourire piteux.

– Garde les vaches, soupira-t-il.

Négligemment, Apollon fit courir ses doigts sur les cordes. Puis il fronça les sourcils et commença à découvrir les possibilités de l'instrument. Il était si absorbé qu'il ne regardait plus l'enfant. Aussi fut-il surpris lorsque des sons nouveaux se joignirent aux siens, une musique délicate, légère, cristalline, qui s'entrelaça aux majestueux accords du dieu-soleil pour tisser une sorte de fine tapisserie d'argent. L'enfant avait un deuxième jouet, une flûte faite de roseaux coupés à des longueurs subtilement graduées. Apollon la dévora des yeux.

– Je te la donnerai, déclara ce surprenant bébé, si tu m'apprends à connaître l'avenir.

Cette fois, il avait surestimé ses talents. Apollon prit la flûte, mais ne donna en échange que la baguette d'or avec laquelle il conduisait le troupeau qu'il ne possédait plus. Et l'enfant, parce qu'il était petit, jeune et sans défense, fit contre mauvaise fortune bon cœur et accepta la baguette.

– Pour connaître l'avenir, dit Apollon qui avait peut-être conscience de s'être conduit d'une façon déloyale, il faut que tu ailles trouver les Muses sur le mont Parnasse. Elles t'instruiront comme elles m'ont instruit.

Cela dit, Apollon se déclara satisfait et retourna à son char qui flamboyait toujours dans le ciel de midi.

– La matinée a été longue, dit le nouveau dieu à son père avec un sourire de connivence.

Zeus soupira.

– Je ne te demanderai pas quelle part tu désires : elle serait sûrement trop élevée. Je préfère te donner ce que j'estime convenable. Tu seras le dieu des voleurs, des mystifications et des faux-semblants.

– Et... dit l'enfant.

Zeus rit.

– Et tu seras mon messager, si tu promets de ne jamais dire un mensonge.

– Je promets, père, à condition de ne pas être obligé de dire toute la vérité. Il faut laisser une certaine marge à l'imagination.

Zeus rit une fois de plus et acquiesça d'un hochement de tête. Après quoi il remit au nouveau dieu un insigne de héraut orné de rubans blancs. Il lui donna également des sandales ailées pour qu'il puisse se déplacer à la vitesse de la pensée, et il le baptisa Hermès.

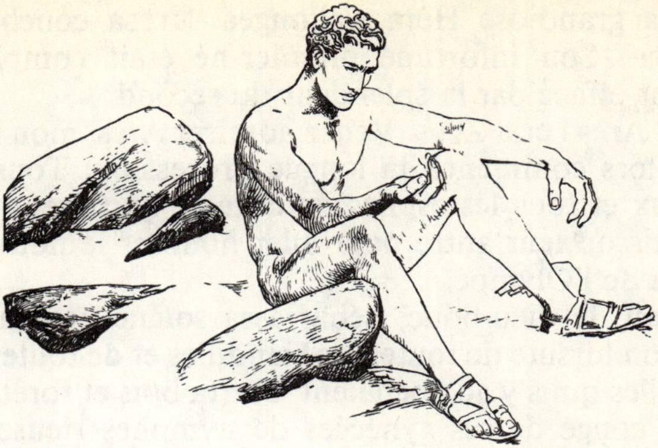

6
Désir

Un hurlement assourdissant ébranla les cieux. Partout, dans les bois comme sur les prairies, toutes les créatures vivantes s'immobilisèrent, tournèrent la tête et levèrent les yeux.

Une étrange inquiétude étreignit tous les cœurs. Au sommet de l'Olympe brillait une nouvelle lumière. L'enfant d'Héra était né.

Le nouveau-né poussa un deuxième cri, cette fois parce que son gigantesque père l'avait soulevé à bout de bras afin que l'univers entier puisse le contempler. Il était en tout point parfait : c'était le digne fils de Zeus. Le rayonnement de son père et l'orgueil de sa mère illuminaient son visage et vivifiaient sa magnifique constitution.

Il décocha dans les bras de son père de vigoureux coups de pied, comme s'il voulait expulser les étoiles hors du ciel...

La grandiose Héra s'allongea sur sa couche et sourit. Son infortuné premier-né était complètement effacé par la splendeur du second.

– Arès ! cria Zeus. Venez admirer Arès, mon fils !

Alors commença la longue procession. Tous les dieux et tous les esprits de la terre quittèrent leur palais ou leur antre pour aller honorer le nouveau dieu de l'Olympe.

Pan, le dieu-bouc, débarrassa soigneusement sa toison hirsute de toutes les brindilles et de toutes les feuilles qui s'y accrochaient, écarta bois et forêts, et prit congé de ses gynécées de nymphes rieuses et soupirantes.

Le bon Titan Prométhée et son frère Épiméthée quittèrent leur jardin. Au passage, ils croisèrent le regard tragique d'Atlas. Devant la virulence des reproches de l'énorme Titan, Prométhée frissonna et eut l'impression de trahir sa race. Il tenta de sonder l'esprit du grand Atlas et de lui communiquer ce qu'il y avait dans le sien, mais en vain : son ancien chef semblait changé en pierre. Aussi Prométhée pressa-t-il le pas pour aller rendre hommage au fils de Zeus, mais, comme toujours, ses pensées étaient ailleurs...

Le sévère Hadès harnacha ses quatre chevaux noirs pour quitter l'obscur monde souterrain, et Poséidon, celui qui ébranle la terre, monta dans son char d'or, sous l'océan. Devant lui, toutes les créatures de la mer s'enfuirent en désordre, les forêts marines se couchèrent, les algues s'écartèrent, et la conque, à l'entrée de la caverne de Thétis et d'Eurynome, fit retentir les eaux comme une trompette. Poséidon s'adossa un bref instant au rocher, posa négligemment son petit doigt sur un curieux bloc de cristal et chargea une nymphe de prévenir les déesses de la caverne que l'enfant d'Héra était né et qu'elles devaient, comme toute la Création, se rendre sur l'Olympe pour l'honorer.

– Quelle sera la part de mon fils, grand Zeus ? interrogea Héra en se levant de sa couche et en arpentant sa chambre au milieu des nuages.

Par les hautes croisées, elle apercevait au loin la miroitante cohorte des immortels chargés de bénédictions et, très certainement, de cadeaux pour Arès...

– Et toi, tout-puissant Zeus, quel cadeau vas-tu lui offrir ?

Le roi des dieux sourit. Il avait déjà disposé du Soleil et de la Lune, ainsi que des moissons, des troupeaux, de la mer et du monde souterrain. L'espace d'un instant, il se demanda si quelque lointaine étoile n'aurait pas besoin d'un seigneur ?

Héra fronça les sourcils. Le sourire de Zeus ne lui disait rien qui vaille.

– Ton cadeau, maître du ciel ? Quel sera-t-il ?

– Ne me bouscule pas, Héra. Quand le moment sera venu, mon cadeau ne lui fera pas défaut.

– Que reste-t-il, majestueux Zeus, que tu n'aies pas déjà distribué ? Mon fils devrait-il rester oisif alors que les fruits de ta luxure se pavanent partout ?

– Ne me harcèle pas, Héra. Si tu es la reine des Cieux, n'oublie pas que j'en suis le roi. Arès aura sa part... en temps voulu.

Sur ces mots, le grand Zeus sortit de la pièce en se demandant ce qu'il pourrait bien donner à son fils.

Il parcourut les nuages et sillonna l'univers sans trouver de réponse à cette question. Enfin, il fit venir Hermès son messager.

– Va, ordonna-t-il au dieu des voleurs et des mensonges. Trouve-moi un cadeau pour Arès.

Et l'immortel Hermès, vif comme l'air et léger

comme le feu, virevolta de bosquet en forêt en quête de quelque bagatelle brillante et voyante. De quelque objet facile à se procurer, mais qui paraîtrait d'une valeur inestimable. Quelque chose qui ferait honneur à son propre jugement, satisferait la puissante Héra et contenterait son irascible rejeton.

Hermès n'aimait pas Arès. Bien que le nouveau dieu fût aussi beau qu'on pouvait l'espérer, il n'était, aux yeux d'Hermès, qu'une petite brute hargneuse et bornée. Une grosse voix et de vigoureux coups de pied semblaient constituer tous ses talents et le summum de ses capacités. C'était un imbécile, et le messager de Zeus détestait les imbéciles...

Il n'en chaussa pas moins ses sandales ailées pour survoler l'Arcadie et les montagnes qui la prolongeaient vers l'ouest, descendant du ciel chaque fois que quelque chose scintillait sur le sol. Ici c'était une source au flanc d'un coteau, là un lac de forêt qui attirait le dieu voleur. Une fois, il atterrit dans un bosquet de myrte et s'y attarda un moment avant de repartir en riant. Qu'avait-il volé ? La virginité d'une nymphe et son ravissant collier de perles, l'une comme l'autre escamotés par magie.

Il arriva dans l'île de Chypre et se reposa sur le sable ondulé de l'immense plage qui bordait l'océan. Le soleil se levait et, çà et là, de petites flaques d'eau de mer miroitaient et semblaient danser.

Hermès, captivé, oublia tout. Perles, diamants et or n'étaient rien à côté de ces humbles gouttelettes serties dans du sable grossier. S'il l'avait pu, il les aurait toutes emportées dans l'Olympe et les aurait suspendues à un mur où elles l'auraient comblé de joie pour l'éternité.

Le collier de perles s'échappa de ses doigts, tandis que d'étranges et toutes nouvelles pensées envahissaient son esprit subtil, l'absorbant tellement qu'il ne se rendit pas compte qu'une violente commotion venait d'ébranler la mer.

Les flots bouillonnèrent, se soulevèrent et s'ouvrirent. Du gouffre tumultueux surgirent de grandes créatures marines qui brillèrent au soleil, tournoyèrent et s'enfuirent. Il en sortit alors quatre gigantesques chevaux blancs, ruisselants sous des voiles d'algues vertes, et l'imposant char d'or de Poséidon se dressa au-dessus des flots.

Le Soleil abaissa des yeux qui parurent s'embuer de dépit devant l'éclat supérieur du dieu, et les nymphes et les Tritons qui l'avaient précédé en soufflant à pleins poumons dans leurs conques s'évaporèrent sous le flamboiement de Poséidon.

Le dieu de la mer dirigea ses coursiers vers l'Olympe et commença à s'élever : il était l'hôte d'honneur du banquet donné pour le fils d'Héra.

Tandis que le char sortait de l'onde et que les derniers filets d'eau s'écoulaient de ses roues d'or, la commotion se calma et se dispersa sur l'océan. De grosses vagues se ruèrent vers la côte en apportant dans leur crête d'écume, tels des messages des profondeurs, de fragiles coquilles et des cailloux aux formes tourmentées. Lorsqu'elles approchèrent du rivage, leur vitesse décrut, leur fureur s'apaisa, et c'est tout à fait calmées qu'elles se brisèrent sur le sable. Elles déferlèrent doucement devant le pensif dieu des voleurs et vinrent lécher ses pieds ailés.

Hermès baissa les yeux. Les vagues avaient recouvert de sable le collier de perles, mais peu lui importait.

Ce qui l'intéressait, c'était ce que la mer avait rejeté. Un fragment de corail. Du corail bizarre, délicatement teinté de rose.

Hermès le ramassa. C'était à peine plus grand

que l'ongle du pouce et, ô merveille ! cela ressemblait à s'y méprendre à une nymphe. Regardez ! Voilà ses seins, son ventre, ses adorables jambes fuselées ! Voici sa tête, rejetée en arrière par une extase rêveuse, et ses longs cheveux roulés en torsades compliquées. Le dieu parvint même à distinguer le visage de la nymphe, telle une fleur minuscule couronnant la tige du cou.

Qui donc avait bien pu façonner cette merveille ? A moins que ce ne fût l'effet du hasard et que les incessants courants sous-marins eussent donné cette forme au corail ?

Hermès réfléchit, mais ne trouva pas la réponse. La nymphe de corail le troublait, et son esprit infiniment fertile en était désorienté.

– Hermès ! Hermès !

Un tonnerre lointain grondait sur les pentes du mont Olympe. Zeus appelait son messager.

– Hermès ! Hermès !

Le tonnerre se réduisit à un grognement rageur. Hermès émergea à demi de son rêve. Il se leva et tourna les yeux vers l'Olympe. Des éclairs fulgurèrent sur les sommets empanachés de nuages. Son puissant père se lassait d'attendre. Aussi le judicieux Hermès préféra-t-il se dépêcher.

Ses pas soulevèrent d'infimes nuages de sable qui retombèrent en recouvrant les étranges empreintes de ses pieds : le jeune dieu ne laissait jamais aucune trace de son passage et se déplaçait aussi vite et aussi discrètement que la pensée. Il rencontra Zeus sur les pentes de l'Olympe, à l'endroit où les rochers faisaient place aux arbres et où naissaient les torrents.

– Alors, mon garçon, il faut que je t'appelle deux fois ?

– Je suis venu tout droit, vénérable père.

– Mensonge ! Je t'ai vu rêvasser au bord de la mer. Tu étais tellement absorbé que Poséidon lui-même ne t'a pas dérangé en surgissant bruyamment des flots. A quoi songeais-tu, Hermès ?

– Je songeais... à Arès, seigneur.

– As-tu le cadeau ? As-tu exécuté mes ordres, petit menteur ?

Hermès tendit sa main, au creux de laquelle reposait la nymphe de corail. Le maître du ciel fronça les sourcils, prit le fragment de corail et l'examina.

– Qui a fait cela, Hermès ?

– La mer, peut-être... ?

– Seuls les immortels peuvent créer.

– Mais ce n'est pas une création. Ce n'est qu'un morceau de corail, rien de plus. Cela ne grandit pas, cela ne vit pas...

– Cela vit, Hermès, cela grandit...

– Dans l'esprit, grand Zeus.

– Dans l'esprit d'un dieu.

La méditation fit briller les yeux de Zeus d'un éclat insoutenable. Il se pencha au-dessus de la cime des arbres et posa son menton sur sa main toute-puissante. Hermès, subjugué, s'accroupit à côté de lui, et une étrange attente saisit la montagne et se répandit sur le monde inférieur.

Des sources jaillirent à l'improviste, et des rivières paisibles sortirent de leur lit lorsque leurs esprits tutélaires cessèrent de les surveiller pour observer les deux dieux plongés dans leurs sombres pensées au sommet de la montagne.

– Regarde là-bas, petit.

L'éminence sur laquelle ils se tenaient dominait une vaste étendue marine. Les yeux du grand Hermès suivirent la direction des regards du très grand Zeus.

Un curieux mouvement se dessinait à la surface

des eaux tranquilles. Il s'agissait de l'écume dont la mer était toujours pailletée. Aussi calmes que fussent les vagues, cette écume ne disparaissait jamais. D'un blanc argenté, elle avait tendance à s'agglutiner pour former des plaques en forme d'étoile, jamais bien loin du rivage. Aucun mouvement des flots n'était responsable de cette écume, et elle n'était pas venue des profondeurs, apportée par des courants passant par les crevasses et les anfractuosités des rochers sous-marins. Son origine était beaucoup plus extraordinaire. Elle était formée par les millions de bulles qu'un bouillonnement d'agonie avait amassées autour des débris du cadavre d'Ouranos, lorsque ceux-ci avaient été jetés à la mer, après son assassinat, en des temps très, très reculés. Rien ne pouvait les disperser. Elles s'accrochaient à la surface des flots comme des bribes de souvenirs diffus, éparpillés...

Et voilà que ces plaques d'écume se déplaçaient d'une étrange façon. A une vitesse incroyable, elles se réunissaient pour former un duveteux tapis blanc. Cela se passait au large, si loin qu'il était impossible de distinguer l'écume de la nappe de brume qui la recouvrait. Par moments, elles semblaient ne faire qu'une seule et même chose, unir la mer et le ciel comme un pilier de confuse blancheur qui parfois s'inclinait, parfois se redressait, étincelante tornade semblable à celles que les Tritons, les enfants du dieu de la mer, s'amusaient quelquefois à souffler pour faire peur aux nymphes effarouchées...

Soudain, des lueurs roses et rouges se mêlèrent à toute cette blancheur, d'où un mince filet d'or jaillit comme d'une source en traçant des dessins compliqués dans l'air troublé.

Les voiles de brume tournoyèrent, puis s'enflèrent comme s'ils recouvraient une forme solide qui avait commencé à bouger.

Une subtile douceur se répandit dans l'air. Lorsqu'elle atteignit le rivage, des nuées d'oiseaux s'élevèrent subitement des bois et des bosquets. De petits groupes de moineaux et de colombes se formèrent au-dessus des arbres, voletèrent un instant en tournant en rond, puis, poussés par une hâte irrépressible, s'élancèrent à tire-d'aile vers le prodige de la mer.

Ils le rejoignirent aux abords de l'île de Chypre, et leurs frénétiques battements d'ailes dispersèrent les voiles de brume.

– Regarde, murmura Zeus, toujours immobile sur le flanc de la montagne avec Hermès à ses pieds. Aphrodite, née de l'écume de la mer, déesse du désir.

Elle voguait sur les eaux dans une coquille et adressa un sourire aux dieux pensifs.

– Père, chuchota Hermès, ne dirait-on pas que ces moineaux et ces colombes cherchent à se prendre au piège de sa chevelure ?

Zeus garda le silence et continua à observer la souriante Dame de la Mer qui débarquait dans l'île de Chypre. Le dernier voile de brume tomba en la laissant toute nue sous le soleil.

– Père... regarde l'endroit où elle pose les pieds. Il y pousse des fleurs... de l'herbe et des fleurs, au beau milieu du sable de la plage !

Zeus ne répondit pas au dieu accroupi à ses pieds. Sa tête était penchée, ses yeux étaient graves, et son esprit insondable était plongé dans des profondeurs où Hermès lui-même ne pouvait le suivre.

– Père... regarde comment elle traverse les forêts. Regarde la façon dont les oiseaux se rompent les ailes contre les branches pour la suivre ! Regarde !

Voilà que des bêtes sauvages sortent de leur tanière. Sauve-la, père ! Sauve ta merveilleuse fille ! Ces animaux vont la tuer... la déchiqueter...

Mais Zeus réfléchissait, tandis que léopards, lions et loups agressifs grondaient dans les broussailles et les fourrés sur les pas de l'éblouissante Aphrodite.

Tout à coup, la déesse s'arrêta et se retourna.

Les bêtes sauvages gémirent. Leurs têtes cruelles oscillèrent, leurs yeux s'écarquillèrent, immenses et dorés.

Et puis chaque animal, en compagnie de sa femelle, se retira dans l'ombre avec ses rêves.

Là, sous le couvert de l'obscurité, tous s'accouplèrent en grondant, chacun avec son propre rêve.

Alors Aphrodite éclata de rire, et tous les bruits de la forêt s'éteignirent dans un sommeil béat. Seuls les oiseaux continuèrent à chanter, mais pitoyablement, car ils étaient lacérés par les branches tranchantes et, en voletant désespérément derrière la déesse, tachaient les feuilles de leur sang.

Alors le tout-puissant Zeus se redressa et sourit à son messager en tendant la main au creux de laquelle reposait la minuscule nymphe de corail.

– Elle vit, mon garçon. Maintenant, elle vit.

La réception

Les portes de l'Olympe avaient beau être grandes ouvertes, il y avait tout juste assez de place entre le linteau et les montants pour que le char de Poséidon puisse y passer.

Toujours prompt, celui qui faisait trembler le monde conduisit ses gigantesques chevaux dans les écuries d'or. Leurs sabots claquèrent sur les dalles de bronze, airain contre airain, faisant voler de rouges étincelles.

Mais Poséidon n'était pas le premier. Quatre étalons d'un noir sépulcral hochèrent, dans leurs stalles, leurs têtes empanachées et, à leur vue, les coursiers du dieu de la mer se cabrèrent et semblèrent érafler l'air. Le premier convive du banquet donné en l'honneur d'Arès était le sombre Hadès.

Les deux frères se retrouvèrent dans la grande salle. Cette pièce spacieuse était le couronnement de l'œuvre des Cyclopes, avec ses hautes croisées, si larges que les chevaux ailés du soleil auraient pu les franchir sans les effleurer ni de leurs sabots ni de leurs plumes étincelantes.

– Tu es venu bien vite, frère, dit Poséidon en regardant le ciel semé d'étoiles et le monde inférieur comme s'il pensait y découvrir le sombre sillage de la randonnée d'Hadès. Étais-tu donc si pressé d'honorer l'enfant d'Héra ?

– Mon royaume est solitaire, frère.

Les deux dieux contemplèrent alors avec envie la terre, domaine non attribué où tous les immortels étaient seulement des visiteurs. Échoirait-il maintenant en partage à l'enfant d'Héra, le vagissant Arès ?

Pendant que les frères réfléchissaient en admirant le fertile jardin d'Ouranos sur lequel les Titans vaincus avaient jadis exercé leur domination, la grande salle commença à resplendir et à bourdonner. La scintillante procession qu'Héra avait aperçue de loin atteignait l'Olympe. Les énormes et avides enfants de l'univers s'y pressaient, leurs yeux éblouis et emplis de toutes les merveilles découvertes en cours de route.

Rois des étoiles venus au galop par la Voie Lactée ; nymphes de la mer et ruisselants dieux des rivières évitant ostensiblement la compagnie de Poséidon, leur terrible seigneur ; esprits turbulents peuplant les champs et les bois de l'Arcadie. Pan, le dieu-bouc, se trouvait parmi eux, sa rêche toison si bien brossée qu'elle scintillait comme une cascade de chaque côté de son visage grimaçant.

Hermès les accueillait et papillonnait à travers la salle comme un rêve argenté, arrondissant les angles, mettant tout le monde à l'aise, souriant avec l'un, grave avec l'autre, s'exclamant de surprise avec un troisième.

Oui, oui, Arès serait bientôt parmi nous. Un dieu plein de vigueur, aussi lumineux que le soleil. Beau ? Oh oui, bien sûr. Aussi beau au-dedans qu'au-dehors, affirmait le dieu du tact et des mensonges.

Il se dirigea vers Prométhée et son frère qui restaient à l'écart, gênés d'être les derniers Titans dans une assemblée de dieux.

– Quel sera l'apanage du nouveau dieu ? demanda Prométhée dont les yeux anxieux essayaient d'imiter l'éclat débonnaire de la courtoisie d'Hermès.

– Comment savoir quels sont les projets de mon père ?

– Heu... la terre, peut-être ?

Mais la question resta sans réponse, Hermès s'étant éclipsé.

– L'apanage, petit. Quel sera-t-il ? gronda la voix rauque de Poséidon dans l'oreille d'Hermès.

– Le grand Zeus est le seul à le savoir, mon oncle.

– La terre ? Serait-ce la terre ? Ton père aurait-il oublié sa promesse ? La terre n'est pour aucun de nous. S'il renie sa parole, petit, ce sera...

Poséidon hésita. Son attention fut détournée par un remue-ménage au fond de la salle, un mouvement de reflux dans la foule, un accroissement soudain de la lumière. La famille olympienne faisait son entrée, resplendissante de puissance et de beauté. Athéna, les splendides Artémis et Apollon, Déméter et Hestia, les sœurs majestueuses et, au milieu d'eux, le maître du ciel et sa reine encadrant le bougon et maussade Arès dont les vociférations avaient ébranlé les étoiles.

– ... la guerre, termina Poséidon. Ce sera la guerre.

La mère d'Arès s'avança parmi ses invités,

complimentant chacun et les remerciant tous des joyaux et des jouets précieux qu'ils avaient apportés. Hermès, toujours charmeur, la guida dans la foule, lui frayant un chemin, s'effaçant devant elle, reculant d'un pas : la reine des Cieux... la puissante Héra... l'épouse de notre noble père... faites place à l'impériale dame du ciel...

– Et toi, mon oncle, que m'as-tu apporté ?

Arès tira le songeur Hadès par la manche, arrachant ainsi à ses rêves le dieu ténébreux. Impatient de voir de quels présents ils étaient chargés, le fils d'Héra s'était faufilé parmi les immortels.

Hadès sourit à son jeune neveu.

– Charmant Arès... ton cadeau est resté dans mon royaume souterrain. C'est un chien. Un chien très beau, très fort, qui a trois têtes. Il se nomme Cerbère et monte la garde sur la rive opposée du fleuve Styx. Sans arrêt, il court d'un côté et de l'autre en aboyant, les yeux étincelants comme des rubis et ses trois gueules béantes réclamant à manger. Tu viendras le nourrir, Arès. Après quoi tu pourras le caresser et lui lancer des étoiles pour qu'il aille les chercher. C'est un bon chien, Arès... et il t'aimera beaucoup.

– Qu'est-ce que je lui donnerai à manger, mon oncle ?

Une ombre aussi noire que la nuit passa sur le visage du seigneur Hadès.

– Je te dirai cela quand je connaîtrai ton apanage, Arès. Quel cadeau te destine ton père ? Quelle couronne vas-tu porter ?

– Comment pourrait-on pénétrer les desseins du paternel Zeus ? chuchota soudain Hermès en s'interposant entre les deux dieux.

Le subtil messager prit alors Arès par la main et s'efforça, tout courbettes et sourires, de l'éloigner de son trop curieux oncle.

– Regarde, petit Arès ! Regarde ce que t'a apporté Hermès !

L'enfant commença par se débattre et ses traits se convulsèrent comme s'il allait hurler, puis, tout à coup, son visage doré s'illumina. Il gloussa de plaisir et tenta de saisir la petite nymphe de corail que lui présentait Hermès qui rit et recula en levant la nymphe hors de sa portée. Arès la suivit en titubant. Hermès fut ravi. En dépit de sa beauté, Arès était plus pataud qu'un sanglier. Des rires fusèrent sur son passage. L'effort et une colère naissante empourprèrent le visage de l'enfant qui, brusquement, s'arrêta :

– Donne-moi ça ! cria-t-il. Un cadeau pour Arès !

Il agrippa une robe d'argent et tendit la main vers une radieuse poitrine sur laquelle dansait la chevelure d'une déesse. La douce Thétis regarda Arès qui essayait de lui prendre sa broche.

Cette broche était faite d'argent étiré et battu jusqu'à ressembler à de l'écume et recelait une minuscule figurine de corail représentant un marin amoureux, aux jambes pliées comme s'il était infirme et aux bras tendus comme si un rêve venait d'échapper à son étreinte. Ce petit fragment de corail renfermait une douloureuse extase et la brûlante expression d'une passion désespérée.

Hermès lui-même fut saisi par la langoureuse tristesse qui émanait de la merveilleuse broche de Thétis. En comparaison, tous les trésors que contenait cette salle – et même l'univers qui l'entourait – semblaient flous, informes...

– Douce Thétis... c'est ravissant.

C'était la puissante Héra qui venait de parler. Attirée par le surprenant silence qui régnait autour de son fils à la voix d'airain, elle aussi avait vu la broche. Elle porta la main à ses propres bijoux, tous somptueux. Bien que Zeus ait pillé la Création tout entière pour parer son épouse, celle-ci ne possédait rien de comparable à la broche de la déesse marine.

Héra sentit l'aiguillon de la jalousie lui transpercer le cœur. Elle brûlait de demander à Thétis quelle main divine avait façonné la broche, quelle douleur divine avait été aussi tendrement exprimée.

C'est alors qu'Hermès leva la main comme dans un rêve et déposa délicatement la petite nymphe de corail dans les bras de l'amoureux. Une fois de plus, celui-ci l'étreignit. Ses jambes arquées prirent tout leur sens et ses bras écartés furent comblés. Jamais une telle manifestation de désir ne fut aussi complètement satisfaite.

Mais le bouillant Arès le fut beaucoup moins. Voyant la nymphe de corail lui échapper, l'enfant se mit à hurler, à trépigner de colère. La nymphe ! La nymphe ! Il voulait la nymphe...

Il s'arrêta. Ses cris se répercutèrent sur les voûtes de la salle en faisant frissonner quelques écharpes de nuage, puis leurs échos s'éteignirent. Le silence s'établit. La foule des immortels, jusque-là si remuante et bruyante, se retourna et regarda autour d'elle. Une étrange douceur flottait dans l'air, accompagnée de battements d'ailes. Des colombes et des moineaux voletaient en pépiant au-dessus des têtes. Éperdus de passion, ils s'entrecroisaient frénétiquement, franchissaient d'un trait les vastes croisées pour rentrer aussitôt, décochant au passage des coups de bec à la chouette d'Athéna comme s'ils cherchaient à attirer l'oiseau de la sagesse dans leur délirant tourbillon. Choquée et perplexe, la chouette ferma les yeux. Elle détestait les colombes et les moineaux lubriques. Elle détestait le nouveau rayonnement qui illuminait la grande salle.

– La nymphe ! La nymphe ! Je veux la nymphe !

Elle fit son entrée drapée dans des voiles vert et safran au travers desquels ses formes gracieuses luisaient faiblement. Elle sourit, lèvres entrouvertes, mais ne put s'empêcher de rougir lorsque ses pas déplacèrent ses voiles et que ceux-ci s'écartèrent. Aphrodite, déesse du désir...

– La nymphe ! Je veux la nymphe ! rugit le petit Arès en se détournant de la minuscule figurine de corail qui venait si merveilleusement de prendre vie. Pour Arès ! Un cadeau pour Arès !

Complètement hors de lui, le vigoureux bambin, dévoré de convoitise pour la sémillante déesse, se débattait pour l'atteindre...

– Regardez ! Non, mais regardez-le ! A son âge !

Athéna, Hestia et la froide Artémis se détournèrent, les joues rouges de colère, devant la brusque manifestation de désir du petit Arès. Indiscutablement, c'était bien le fils de son tout-puissant père...

Mais Héra, dans son impériale dignité, ne manifesta aucune contrariété. Elle lâcha l'enfant, le laissant courir se jeter sur Aphrodite qui riait comme s'il s'agissait d'un jeu.

Elle était toujours absorbée par la broche, qui paraissait la fasciner.

– Qui a fait cela, Thétis ?

La déesse marine se mordit les lèvres et lança un regard implorant à sa sœur, la grave Eurynome. Mais la mystérieuse Eurynome était en grande conversation avec Zeus et il n'était pas question de l'interrompre.

– Qui a fabriqué la broche, dame Thétis ? Pourquoi ne réponds-tu pas à la question d'Héra ? Que redoutes-tu ? Que caches-tu dans ta caverne ? Serait-ce le produit de la concupiscence de quelque créature marine ? Un enfant à l'origine inavouable mais au talent étrange ? Réponds, Thétis. La reine des Cieux te l'ordonne.

– C'est Héphaïstos qui l'a ciselée.

– Qui donc ?

– Héphaïstos.

– Je ne connais aucun Héphaïstos. Où se trouve ce... prodige ?

– Sous la mer, grande Héra. Dans ma caverne.

Héra se tourna vers Hermès, le messager.

– Va, petit. Plus rapide que le vent, cours chercher cet Héphaïstos sous la mer et amène-le sur l'Olympe. Dis-lui que la reine des Cieux voudrait qu'il lui confectionne une broche. (Elle lança un regard noir à Thétis qui, mal à l'aise, se dandinait d'un pied sur l'autre, et remarqua ses sandales d'argent.) Et des sandales. Et n'oublie pas, Hermès, de préciser que c'est la puissante Héra en personne qui souhaite sa venue.

Timidement, Thétis tendit la main pour retenir le messager, mais c'était trop tard : il avait déjà enjambé la croisée et s'était élancé dans le ciel infini, où ses sandales ailées brillaient comme deux étoiles filantes. Très vite, il diminua jusqu'à n'être plus qu'un point argenté. Les déesses aperçurent alors au loin, très loin, un éclaboussement vert et blanc : il avait crevé la surface des flots.

– Quel dieu es-tu ?

L'affreux Héphaïstos, seul occupant de la caverne, regardait l'être vif et brillant qui papillonnait autour de lui.

– Je suis Hermès, le messager des dieux.

– Qu'est-ce que tu me veux ?

– Héra, la reine des Cieux, m'a envoyé te chercher pour te ramener sur l'Olympe.

Le difforme habitant de la caverne fronça tellement les sourcils que ses yeux farouches semblèrent disparaître dans les profondeurs de son crâne. Il clopina jusqu'à sa forge et en attisa les braises à grands coups de soufflet. La lueur du feu fit danser des images fantastiques sur son visage contrefait, au point qu'Hermès crut que la formidable créature souriait.

– Et si je refuse, Hermès ?

Le dieu des mensonges et des ruses, qui avait aperçu du coin de l'œil les divers bracelets et les magnifiques colliers qui jonchaient la forge, s'assit et regarda aimablement Héphaïstos.

– De toi à moi, Héphaïstos, je comprendrais très bien que tu préfères rester ici, dans ta forge confortable, avec tous tes outils à portée de la main et personne pour te déranger. Seulement, Héra a un mari, Zeus, maître du ciel... et roi des dieux. Et, bien que Zeus soit mon père, Héphaïstos, je ne me risquerais pas à le contrarier. Sa colère pourrait rendre ta forge plus brûlante que tu ne le souhaites, mon ami. Crois-moi, Héphaïstos : ce que je t'en dis, c'est pour ton bien.

Héphaïstos souleva son tablier de cuir et gratta sa puissante poitrine.

– Ainsi, tu es le fils de Zeus, murmura-t-il.

Les deux immortels s'observèrent, le subtil dieu des illusions, de la vivacité d'esprit et de la fourberie, et le lent et solitaire dieu de la beauté issue de l'angoisse, de la sérénité forgée par la souffrance.

Et Héphaïstos grimaça un sourire en contemplant la caverne qu'il en était venu à aimer. Ses yeux caves pétillèrent brièvement en voyant qu'Hermès avait dérobé une bague en forme de serpent et essayait de lui cacher son larcin.

– Viens, frère, allons-y.

– Voici le fabricant de la broche, noble dame. Voici le dieu venu de sous la mer.

Et Hermès, les jambes encore emperlées de gouttelettes d'eau de mer, s'éclipsa au milieu de la brillante assemblée qui encombrait la salle.

Un monstre se profila alors sur le ciel. Grossier, sauvage, contrefait, ses yeux enfoncés clignotant dans la lumière trop vive. Sa formidable carrure semblait écraser ses fragiles jambes torses, et il oscillait au bord de la croisée dans le courant d'air qui ébouriffait sa tignasse noire.

Instinctivement, Héra tendit la main pour l'empêcher de tomber... mais, soudain, un regard perçant la lui fit retirer. Indiscutablement, ces yeux-là étaient ceux d'un dieu.

Héphaïstos contempla la majestueuse déesse vêtue d'écarlate et de noir : la reine des Cieux.

Il y avait longtemps qu'il attendait cet instant.

– Tu songes toujours à te venger ?

La question qu'Eurynome lui avait posée dans la caverne résonnait encore à ses oreilles. Pendant qu'il escaladait le ciel aux côtés d'Hermès, ces mots grondaient dans sa tête comme le tonnerre. Et maintenant... eh bien, maintenant, le songe était devenu réalité.

Ses yeux firent le tour des dieux contre lesquels il n'avait aucun grief – là-bas s'appuyait Poséidon, énorme et maussade ; près de lui se tenait Hadès, plus loin Hestia... – et revinrent se poser sur l'impériale souveraine du ciel. Elle tressaillit légèrement lorsque leurs regards se croisèrent. Vengeance... Mais elle était un peu moins que la cruelle déesse de ses rêves ; un peu plus aussi. Elle avait tendu la main pour l'empêcher de tomber... Il secoua son horrible tête et soupira. L'oiseau de la vengance, si longtemps attendu, avait enfin atteint son but et pondu son œuf... mais il n'avait pas le cœur de le consommer : c'était un œuf trop petit.

– Qui... qui es-tu, Héphaïstos ?

La majestueuse Héra était toute pâle. Son sein palpita lorsque les yeux de l'étrange monstre la transpercèrent de part en part.

– Je suis ton fils, grande Héra. Je suis le bébé que tu as jeté à la mer. A ce moment-là, j'étais laid. Ne me trouves-tu pas hideux, maintenant ?

Les joues blêmes de la déesse s'empourprèrent. Elle ne put supporter plus longtemps le regard d'Héphaïstos. La reine des Cieux baissa la tête. Héphaïstos fronça les sourcils.

– Pourquoi m'as-tu fait venir ?

– Je ne savais pas qui tu étais. Tout ce que je connaissais de toi, c'était ton œuvre. Dans tout l'univers, je n'avais jamais rien vu d'aussi beau. Cela m'a émerveillée... et j'en ai eu envie.

Elle parlait d'une voix sourde, hésitante, et le dieu contrefait se pencha en avant pour entendre ce qu'elle disait. Une fois de plus, la déesse tendit la main pour l'empêcher de basculer... et, une fois de plus, elle battit en retraite devant son regard acéré.

– Et maintenant ?

– J'ai honte, Héphaïstos.

La voix de la déesse était soudain plus ferme, presque froide, et sa tête s'était redressée.

– La main que tu m'as tendue, grande Héra...

– Oui ?

– Puis-je la voir à nouveau ?

La déesse leva son bras blanc.

– C'est avec cette main-là que tu m'as lancé dans le vide ?

– Oui.

Vengeance... vengeance... L'oiseau décharné glapit et battit des ailes dans la tête farouche d'Héphaïstos.

– Je n'imaginais pas qu'elle était aussi belle. (Il

fronçait toujours les sourcils, mais c'était parce que la lumière de la salle l'éblouissait.) Si tel est toujours ton désir, reine des Cieux, je te fabriquerai des bracelets pour ce bras et des bagues pour ces doigts qui feront envie à toute la création.

Alors Héphaïstos tendit sa grosse main de forgeron, sa main brûlée et déformée, aux doigts d'une force colossale, et elle se nicha brièvement dans la paume blanche de la grande déesse. Celle-ci referma ses doigts, et le fils monstrueux sentit la force de sa mère l'attirer doucement à l'intérieur de la pièce.

Ses jambes débiles fléchirent lorsqu'il toucha le sol... et toute la foule silencieuse lui fit une ovation.

– Sois le bienvenu, Héphaïstos, créateur de beauté ! Sois le bienvenu, grand dieu du marteau et du feu !

Ainsi... ainsi, il habitait finalement l'Olympe. Eh bien, on devait pouvoir s'y faire. On finit par s'habituer à tout, même à une caverne sous la mer.

Il s'avança au milieu de la foule étincelante, et ses yeux éblouis contemplèrent enfin les dieux dont il avait seulement entendu parler et qui lui avaient semblé n'être que des vues de l'esprit. Ils étaient différents... curieusement différents. Hestia était plus chaleureuse, plus amicale qu'il ne l'avait supposé, tandis que la grande Déméter avait des dimensions plus généreuses et un sourire doux et tendre.

Bon, soit : les dieux immortels...

Il aperçut le Titan Prométhée, qui se tenait un peu à l'écart et, bizarrement, cet être colossal était encore plus gigantesque qu'il ne l'avait imaginé, avec des yeux plus égarés et une expression plus grave.

Rayonnement... rayonnement partout. Ses

pauvres yeux douloureux ne trouvaient pas un coin d'ombre, pas de répit où que ce soit.

Sa scintillante mère lui offrait une forge équipée de vingt soufflets géants et tout l'or qu'il pourrait travailler. Bon, très bien... ses mains étaient industrieuses et avaient hâte de se mettre à l'ouvrage. Il hocha la tête et repartit clopin-clopant, mi-souriant mi-renfrogné, en marmonnant entre ses dents.

Et soudain il se trouva devant son père, le tout-puissant Zeus, et le maître du ciel n'était pas non plus tel qu'il se l'était représenté. Bien que le roi des Cieux fût resplendissant et d'une stature grandiose, il n'inspirait aucune crainte à Héphaïstos, et quand celui-ci baissa la tête, ce fut uniquement parce que l'éclat de Zeus lui faisait mal aux yeux.

– Tu me fabriqueras des éclairs, lui dit le père des dieux, et l'Olympe régnera à tout jamais.

Héphaïstos acquiesça avec lassitude, et son père sourit.

– Je vois que tu portes ta part entre tes mains, mon disgracieux rejeton, et dans ta tête talentueuse. Dans ces conditions, quel présent vas-tu demander à ton père ?

Un présent... quel présent ? Que pourrait-il désirer qu'il ne soit capable de fabriquer lui-même ? Il regarda autour de lui. Tout était tellement différent de ses rêves...

Tout... à une exception près. Il se rappelait avoir rêvé un jour d'une nymphe répondant exactement à tous ses désirs. Pour composer son image, il avait emprunté des éléments à de nombreuses nymphes différentes. Une telle créature ne s'ébattait, ne gémissait et ne se prélassait que dans le lit de l'imagination. Aussi l'avait-il façonnée – de son mieux – dans un bloc de corail rose.

Et voilà qu'elle était devant lui, dans la salle,

rieuse et bien vivante. Sa nymphe... Enfin un rêve se réalisait et l'Olympe méritait le déplacement.

– C'est *elle* que je veux, murmura Héphaïstos et il pointa son doigt sur Aphrodite.

Un grand silence s'établit. Les colombes et les moineaux d'Aphrodite voletèrent, indécis, autour de sa tête dorée, et la chouette d'Athéna, délivrée de son chagrin et de sa détresse, ouvrit tout grands ses immortels yeux orange.

– Donne-moi ma nymphe.

Le rire d'Aphrodite s'éteignit dans sa gorge, et elle se tourna avec inquiétude vers le tout-puissant Zeus. Le grand dieu regarda son fils contrefait et la magique déesse du désir. La terrible incongruité d'une telle union lui fit froncer les sourcils.

– Demande-moi autre chose, Héphaïstos.

– Le noble Zeus refuserait-il un présent à son premier-né ? dit sèchement Héra. A moins qu'il ne souhaite conserver Aphrodite pour son usage personnel ?

Des nuages noirs s'amassèrent dans les yeux de Zeus, et la foule qui emplissait la salle commença à se disperser avant que l'orage n'éclate.

– Quel droit a-t-il sur Aphrodite ?

– Un meilleur droit que toi, seigneur Zeus.

– Héra...

– Tous les dieux sont témoins. Tu as proposé un cadeau, et maintenant tu le refuses.

– Héra...

Mais la reine des Cieux ne se laissa pas impressionner par l'irritation croissante de Zeus. Sa propre colère l'emporta. Elle lui tint tête, et ses yeux magnifiques lancèrent des éclairs pour défendre son fils.

– Bon, eh bien... dit finalement Zeus. Le cadeau. Puisque j'ai promis et que ta mère le souhaite, prends Aphrodite pour épouse.

Le grand dieu confirma sa décision d'un hochement de tête, et il y eut de l'orage dans l'air.

Alors Héphaïstos prit la main d'Aphrodite – la plus merveilleuse création de Zeus – et traversa toute la salle avec elle. Son affreuse tête grimaçante atteignait à peine les blanches épaules de la déesse. Les colombes et les moineaux tentèrent de lui décocher des coups de bec, mais sa grande main noire les chassa d'un geste. Il souriait de toutes ses dents et, malgré elle, la craintive Aphrodite se remit à rire.

Ils sortirent de la salle sous la conduite de la triomphante Héra, et tous les invités du banquet leur emboîtèrent le pas d'un air gêné.

Seul Zeus resta en arrière. Son front était plus sombre que la nuit. S'il avait eu des éclairs à portée de la main, l'Olympe aurait été ébranlé jusque dans ses fondations.

Soudain, il ne fut plus seul. Le petit Arès, pleurnichant de haine et de rage infantile, était accroupi au beau milieu du vaste dallage d'or.

– Mon cadeau... mon cadeau ! gémit-il en frappant le sol de ses poings. La nymphe était à moi ! Zeus, mon père... tu m'as trompé ! Tu ne m'as pas donné ma part ! De quoi vais-je être le dieu ?

Le puissant Zeus abaissa son regard sur l'enfant, qui était aussi contrefait à l'intérieur que son frère l'était à l'extérieur.

– Haine ! Discorde ! Guerre ! s'écria le maître du ciel. Que cela soit ton apanage, Arès ! A quoi d'autre serais-tu bon ?

Puis il se redressa et sortit de la salle dans un embrasement qui tarit les larmes de l'enfant.

Pendant un moment, le petit Arès pleurnicha tout seul, puis, aussi soudainement que si un souffle de brise l'avait fait jaillir du trou de la serrure, apparut le cauteleux Hermès.

– Pauvre Arès..., et qui plus est, le jour de ta fête !

– La terre... la terre ! cria brusquement l'enfant et il courut à la croisée qui dominait l'attrayant monde inférieur. Je veux la terre !

Hermès vint le rejoindre et se pencha sur le vide.

– Il paraît que la terre n'est pour aucun de nous. Pas même pour toi, Arès.

– A qui appartiendra-t-elle, alors ? Désigne-le-moi, et je le mets en pièces !

Hermès observa du coin de l'œil l'enfant furibond, et quand le petit Arès fit le serment que les dieux ne devaient jamais rompre, il se sentit frissonner.

– Je jure par le fleuve Styx de lacérer, de déchiqueter et de taillader en lambeaux sanglants quiconque aura la terre ! Je le jure... je le jure !

La terre... la douce terre verte. A qui échoirait-elle ? Hermès réfléchit et, soudain, songea aux Muses du mont Parnasse. Par elles, il apprendrait les secrets de la prédiction et découvrirait tout ce que réserve l'avenir.

Il grimpa sur l'appui de la croisée et, après un dernier regard sur le sauvage Arès, il prit son essor, tel un puissant oiseau d'argent et s'envola en direction du Parnasse.

deuxième partie

La création des hommes

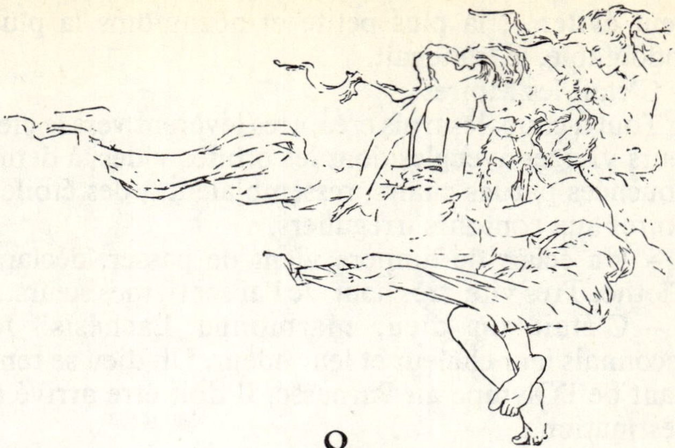

8
Les enfants de Prométhée

Dans une ravine de la montagne étaient tapies trois créatures aveugles aux traits figés. Vêtues de blanc, elles n'étaient ni des nymphes, ni des déesses, ni les filles de quoi que ce soit qui ait jamais vu le jour. De temps en temps, elles tendaient leurs bras maigres, et leurs doigts crochus caressaient les surprenants objets posés à côté d'elles : un rouet, une baguette et une paire de ciseaux. Non loin de là poussait un vieux buisson d'épineux contre lequel les chèvres de la montagne venaient frotter leur toison en y abandonnant des touffes de poils. Chaque fois que cela se produisait, l'une des trois aveugles se levait, trébuchait jusqu'au buisson, cherchait la laine à tâtons, revenait auprès de ses sœurs et ajoutait ce qu'elle avait récolté à un tas déjà conséquent.

Leurs noms étaient aussi étranges que leurs occupations : Clotho filait la laine, Lachésis mesurait le fil avec la baguette et Atropos – celle qu'on ne peut éviter –, la plus petite et néanmoins la plus redoutable, le tranchait.

C'était les Moires.

Tout à coup, les trois créatures levèrent vers le ciel leurs visages aveugles dont les orbites vides, à demi bouchées par les chairs, ressemblaient à des étoiles noires aux contours irréguliers.

– Un éclair de lumière vient de passer, déclara Clotho. Très vite, très haut. Je l'ai senti, mes sœurs...

– C'était un dieu, marmonna Lachésis. Je reconnais leur chaleur et leur odeur. Un dieu se rendant de l'Olympe au Parnasse. Il doit être arrivé à destination...

– C'était Hermès, mes sœurs, annonça d'une voix criarde la chétive Atropos en tripotant inlassablement ses ciseaux. Le jour que nous attendions est arrivé. Écoutez... écoutez...

Les trois créatures rapprochèrent leurs têtes et sourirent. On entendit un grincement léger, mais facilement identifiable : le rouet s'était mis à tourner.

Les affreuses mains de Clotho et de Lachésis se tendirent vers le fil, et les doigts d'Atropos se resserrèrent sur les ciseaux.

Très, très loin de là, l'immortel Hermès écarta une nappe de nuages et jeta un coup d'œil sur la terre.

Il aperçut les trois sœurs vêtues de blanc, blotties comme des asticots dans une ravine de la montagne. Ce n'était pas la première fois qu'il les voyait, mais, ce jour-là, il y avait quelque chose de nouveau.

Leur rouet tournait, et les trois sœurs étaient penchées vers lui comme si elles s'apprêtaient à... à quoi ?

Hermès fronça les sourcils... et repartit plus vite que jamais vers le Parnasse où toutes les questions recevraient une réponse.

Il atteignit la montagne où les Muses élevaient la turbulente progéniture des turbulentes nymphes. En des temps reculés, ces filles de Zeus avaient elles-mêmes été assez turbulentes, mais la maturité, les responsabilités et l'édifiant exemple d'Apollon en avaient fait des déesses aussi sages que respectables.

A l'approche du dieu, elles s'enveloppèrent plus étroitement dans leur robe, afin de dissimuler leurs splendides appas à ses regards concupiscents, mais Hermès fit preuve de la plus scrupuleuse courtoisie, et la lueur qui s'était allumée dans les yeux des pécheresses repenties s'éteignit lentement.

Présages... prophéties... l'avenir. Son frère et ami Apollon lui avait laissé entendre qu'il pourrait connaître celui-ci sur le Parnasse.

Les Muses contemplèrent le dieu si juvénile, si svelte et si lumineux qui se dressait au milieu de leur clairière. Alors... alors il n'était venu que pour s'instruire ? Elles poussèrent un profond soupir, peut-être en se rappelant leur jeunesse, et le conduisirent à une vasque de pierre qu'emplissait l'eau de la montagne. Là, elles lui apprirent à lancer obliquement cinq petits cailloux blancs.

– Regarde, gentil Hermès : il faut observer attentivement comment ils dansent dans l'eau et comment ils tombent. Tout est dans la manière dont ils descendent au fond et la façon dont ils s'y posent.

Elles lancèrent les cailloux en s'éclaboussant mutuellement et en poussant de petits cris, puis en éclaboussant le dieu par mégarde et en se hâtant d'essuyer ses belles jambes avec leur robe...

– Regarde... tu vois ? Comme ça !

Hermès sourit et apprit sa leçon.

Alors les Muses se retirèrent, car le dieu avait acquis leur science avec une merveilleuse célérité.

En se retournant, elles l'aperçurent entre les

arbres, penché sur la vasque de pierre avec les cailloux dans la main.

Il les secoua, leur parla tout bas, les secoua à nouveau.

– Qui héritera de la terre ?

Puis il les jeta obliquement dans l'eau et les regarda danser et tomber au fond.

Quelle était leur réponse ? Lentement, Hermès énonça celle-ci à haute voix :

– Cela... concerne... Prométhée.

Surpris, le dieu fronça les sourcils. A nouveau, il secoua les cailloux et les jeta dans la vasque.

– Pourquoi le rouet de Clotho a-t-il commencé à tourner ? Quelle laine va-t-elle filer ? Quel fil mesurera Lachésis... et que tranchera Atropos ?

Les cailloux se heurtèrent aux parois de pierre comme des poissons effrayés, puis descendirent se poser au fond.

– Cela... concerne... Prométhée.

De nouveau, Hermès fronça les sourcils et, pour la troisième fois, secoua les pierres, leur parla tout bas et les lança dans la vasque.

– Quand cela se produira-t-il ?

Les petits cailloux blancs tombèrent au fond, roulèrent un moment et s'immobilisèrent. Leur réponse était :

– *A l'instant même.*

Prométhée possédait un jardin dans l'Attique, un joli verger bien entretenu, situé au pied du mont Hymette où les abeilles sauvages produisaient le miel avec lequel les nymphes distillaient le nectar des dieux. Le Titan et son frère y faisaient pousser tous les fruits que la terre voulait bien porter, et ils s'y étaient bâti une maison autour d'un vieux figuier. C'était Hestia en personne qui lui avait enseigné l'art de la construction, et la sage Athéna était souvent venue s'y asseoir pour discuter de la meilleure façon de cultiver le sol, tandis que sa chouette bien-aimée se perchait dans les branches noueuses de l'arbre.

Mais, ce jour-là, les Titans étaient seuls parmi leurs arbres et sur leurs pelouses verdoyantes, et Prométhée était soucieux. Ses sombres pensées courbaient son énorme tête : le sort de la merveilleuse terre l'inquiétait.

Petit à petit, les ombres des deux frères s'allongèrent, tandis que le soleil se couchait dans la mer. Prométhée ne disait mot, et Épiméthée, son frère, haussa les épaules et rentra dans la maison. Des deux, c'était lui le plus naïf et, contrairement à Prométhée, il ne se rendait pas compte qu'ils risquaient de payer trop cher leur présent bien-être.

Prométhée contempla, à travers le feuillage ombreux de son verger, l'immense paysage qui s'étendait au-delà.

– Tout cela pour rien ? murmura-t-il. C'est impossible !

Il leva ses yeux tristes et regarda l'Olympe en essayant de deviner ce qui se passait dans la tête du tout-puissant Zeus. Il n'avait pas confiance dans le roi des dieux. Il pensait que, tôt ou tard, Zeus engendrerait un fils auquel il donnerait le monde pour qu'il joue avec. Et si ce fils ressemblait au sanguinaire Arès...

Il frissonna et s'agenouilla sur le sol, où il prit une poignée de terre qu'il écrasa dans sa main. Lorsqu'il ouvrit celle-ci, la terre, humidifiée par la pluie, avait pris l'empreinte de ses doigts. Il fronça les sourcils et essaya de la modeler, de lui donner la forme de la merveilleuse nymphe de corail que l'affreux Héphaïstos avait ciselée sous la mer. Mais il n'avait pas le talent requis, et ses efforts furent gauches, malhabiles. Les Olympiens seraient donc toujours meilleurs que lui ? Rageusement, il jeta la terre et se dirigea vers un endroit où un ruisseau serpentait entre de hautes touffes de roseaux. Là, le sol était argileux et plus docile sous les doigts. Aussi Prométhée modela-t-il une deuxième figurine, qui, une fois achevée, ressemblait à un petit Zeus irrité.

Prométhée éclata de rire, puis, soudain, une étrange excitation s'empara de lui.

Il se pencha et, avec ses immenses mains, ramassa davantage d'argile, creusant dans le lit du ruisseau un si gros trou que les eaux, perturbées, se mirent à bouillonner comme dans un tourbillon.

Prométhée attendit que la lune se cache derrière un nuage et que le jardin soit plongé dans les ténèbres pour regagner sa maison, les bras chargés d'argile encore ruisselante. Il pensait avoir agi dans le plus grand secret.

Dans la demeure des Titans, une pièce était le domaine exclusif de Prométhée. Sa charpente était formée par les branches émondées et polies du figuier qui poussait toujours en son centre. C'était dans cette pièce qu'Athéna avait aimé s'asseoir et bavarder avec le sage Titan des problèmes de l'univers, pendant que, au-dessus de leurs têtes, les yeux de sa chouette luisaient comme deux soleils orange.

Cette pièce était imprégnée, saturée de pensées. Ce fut là que Prométhée apporta son argile et qu'il la posa sur un banc de bois huilé et poli qui courait d'un mur à l'autre.

Sous ce banc étaient rangées plusieurs jarres de pierre, soigneusement bouchées et scellées. Personne ne connaissait leur existence, hormis les deux Titans qui les avaient jalousement conservées depuis la lointaine époque du défunt Ouranos. L'une d'elles avait été fendue et adroitement réparée. L'accident s'était produit pendant la terrible guerre entre les Titans et les dieux. L'écroulement d'une montagne avait fait tomber la jarre d'une étagère, mais Prométhée était parvenu à la sauver.

Et maintenant, après tout ce temps, il rompit son cachet et l'ouvrit. Elle contenait un peu de la divine substance du Chaos à partir de laquelle toutes choses avaient été créées.

Prométhée avait découvert cette substance, demeurée dans son état originel, dans un gouffre au fond duquel elle miroitait en semblant lui faire signe. Passionnément, il l'avait recueillie et placée dans les jarres.

Il l'en fit sortir. Dans toute la masse de sa matière luisante, d'immortelles graines lumineuses étaient prises au piège comme des lucioles dans une obscure toile d'araignée.

Rapidement, résolument, le grand Titan pétrit cette antique substance avec l'argile du ruisseau jusqu'à ce que les précieuses semences soient uniformément réparties, puis il se mit au travail avec ardeur.

Dans la ravine de leur montagne, les trois sœurs aveugles éclatèrent de rire et leur rouet se mit en mouvement, cliquetant et grinçant furieusement.

Prométhée modelait l'argile à l'image des dieux immortels. Ses grandes mains devenaient de plus en plus adroites au fur et à mesure que sa vaste intelligence pénétrait les mystères de la quête de la forme. Sa mémoire et son imagination semblaient donner corps à d'impalpables silhouettes qu'il s'empressait d'enfermer dans l'étrange argile. Des petits Zeus, des petites Héra, des petits Apollon et des petits Poséidon surgirent ainsi de ses doigts, et même un rébarbatif Hadès et une fière Artémis dotée d'une verrue sur le genou à l'endroit où le doigt du Titan avait glissé.

Une fois les figurines des dieux achevées, il les rangea devant lui et posa sa puissante tête sur ses mains douloureuses. Déjà, les semences immortelles avaient commencé à éclore et à pousser au sein de l'argile inanimée. Attentif et silencieux, le Titan les observa.

Mais il n'était pas le seul observateur. Au-dessus de lui, perché dans la tortueuse charpente, un oiseau surveillait la scène. C'était une grue, et ses yeux brillants étaient ceux d'Hermès...

L'argile gonflait, grossissait. Il s'y creusait des conduits par lesquels les graines écloses faisaient couler des larmes vermeilles qui nourrissaient la terre, la coloraient et lui donnaient la chaleur de la vie.

Des paupières apparurent, fines comme de la gaze, et se soulevèrent en découvrant de curieuses petites flaques d'étonnement. Les lèvres rougirent, s'écartèrent sur des dents blanches, et les langues commencèrent à s'agiter sous l'effet de la respiration.

Et les figurines continuèrent à grandir jusqu'à ce que leur taille soit presque celle des dieux. Partout, dans la vaste pièce, des bras et des jambes s'étiraient, des torses se cambraient, des chevelures ondulaient dans la brise nocturne.

Finalement, leur croissance s'arrêta. Les graines s'étaient épuisées : leur tâche était accomplie. Le grand Titan sourit.

– Allez, murmura-t-il. Allez prendre possession de votre héritage avant qu'il ne soit trop tard.

Sa porte était grande ouverte, et la lumière des étoiles faisait briller les gracieux corps tout neufs.

Les créatures tournèrent la tête vers la pièce sombre où elles avaient été façonnées. Leurs regards croisèrent ceux de Prométhée. Elles sourirent... et sortirent dans la glorieuse nuit du jardin.

Le Titan les suivit des yeux et, inexplicablement, ceux-ci s'emplirent de larmes. Son immense cœur, débordant d'amour et d'espoir pour les êtres qu'il avait créés, était douloureux.

Soudain, l'un de ces êtres poussa un cri déchirant et s'effondra au pied d'un peuplier. Prométhée bondit, se pencha, tendit la main... et recula. L'enfant auquel il venait tout juste de donner la vie était immobile et froid.

Dans la ravine de la montagne désolée, les trois aveugles aux traits figés recommencèrent à ricaner. Atropos caressa ses ciseaux : leurs lames étaient parfaitement affûtées. Pour les essayer – uniquement pour les essayer –, elle venait de trancher l'un des fils sortant du rouet.

Accroupi à côté de sa création froide et silencieuse, Prométhée ne comprit pas tout de suite ce qui n'allait pas, ce qui s'était passé.

La grue vigilante perchée dans la charpente s'était envolée. Hermès, le messager, avait conduit une ombre dans le silencieux domaine des morts. Seule et désorientée, celle-ci traversa le fleuve Styx.

Le premier homme était mort.

– Le fil était donc si mince ? murmura Prométhée. Est-ce dû à l'argile... ou aux graines ? J'avais espéré... mais cela ne devait pas être. Comment aurais-tu pu te défendre contre les dieux et les Moires avec la pauvre vie fragile que je t'avais donnée ?

Alors Prométhée enterra son mort à l'ombre du peuplier et le pleura jusqu'au jour.

9
Le feu

– Mon père m'a chargé de te dire de les détruire, grand Prométhée, sinon c'est lui qui le fera.

Ainsi s'exprima Hermès, le messager des dieux éblouissant de lumière, dans le jardin du Titan illuminé par le soleil matinal.

– Pourquoi ? Pourquoi ? En quoi l'ont-ils offensé ? Quel crime ont-ils commis ?

– Comment savoir ce qui se passe dans la tête de Zeus ? Peut-être est-il fâché, seigneur Prométhée ? Peut-être estime-t-il que tu leur as donné une apparence trop voisine de celle des dieux ? Peut-être les considère-t-il comme une impertinence ? Des dieux qui seraient soumis aux Moires... Détruis-les, Prométhée. C'est l'ordre de mon père.

– Et toi, excellent Hermès ? Est-ce également ton désir ?

Ne pouvant soutenir le regard désespéré du Titan, le dieu détourna les yeux, déplaça ses pieds ailés et sourit lorsque son ombre parut danser dans les arbres.

– De toi à moi, Prométhée... non. Enfin... pas particulièrement. Je leur trouve un certain charme. Personnellement, ils me plaisent. Crois-moi, Prométhée, les messages que ce grand dieu ou un autre me chargent parfois de délivrer ne reflètent pas obligatoirement mon opinion personnelle.

Hermès, toujours diplomate, toujours soucieux de ne vexer personne, observa avec curiosité l'immense Titan. Il reprit :

– Crois-moi, mon ami, je comprends ton attachement et ton chagrin. Quand j'ai accompagné l'ombre de celui qui est mort, cela m'a troublé, Prométhée. Lorsque nous avons pénétré dans le bois de peupliers noirs, cette ombre et moi, elle m'a demandé : « Pourquoi ? Pourquoi ? » Et je n'ai pas su quoi lui répondre. Ensuite, quand je l'ai amenée au fleuve ténébreux et que je l'ai fait monter dans l'affreuse barque pourrissante, elle a vu qu'il n'y avait personne, en dehors du squelettique Charon, et elle m'a de nouveau demandé : « Pourquoi ? Pourquoi ? » Nous avons atteint la rive opposée, et il n'y avait toujours personne. Et cela jusqu'au champ d'Asphodèles : vide, vide... Quand je l'ai quittée, elle continuait à se cramponner à moi, Prométhée, en me suppliant de lui dire pourquoi. Elle ne savait rien. Elle n'avait vécu que le temps d'un clin d'œil... et cependant elle ressentait l'immensité de sa perte. Je me suis retourné et, dans tout l'univers, je n'avais jamais rien vu d'aussi solitaire que cette ombre isolée, effrayée, errant parmi les cendres en criant : « Pourquoi ? Pourquoi ? »

Le Titan l'écouta et gémit de douleur. Alors Hermès ajouta doucement :

– Ils sont si fragiles, Prométhée. Tes enfants sont

si pitoyablement fragiles. Méritent-ils que tu te donnes tant de mal ?

Ardemment, le Titan posa la main sur l'insigne enrubanné d'Hermès, comme pour écarter ou adoucir le terrible message du dieu.

– Mais je leur donnerai des forces ! Je raffinerai la substance, je la purifierai, j'en extirperai les graines défectueuses, je...

– C'est trop tard, Prométhée. Ils sont maudits.

– Par Zeus ?

– Si ce n'est par mon père, c'est par le moindre souffle de vent. Comment pourraient-ils supporter de ne jamais savoir à quel moment germera, dans la tête aveugle d'Atropos, l'idée de trancher le fil de leur vie ?

Comment le pourraient-ils, en effet ? Et plus Hermès insistait, plus intolérable semblait le fardeau qu'auraient à porter les frêles enfants de Prométhée.

Cependant, leur fragilité même piquait au vif le cœur du Titan et renforçait sa farouche détermination. Il supplia le rayonnant Hermès de plaider sa cause auprès de son père afin d'obtenir de lui un petit délai. Si ses enfants étaient destinés à s'éteindre aussi vite, eh bien qu'on les laisse périr. Mais qu'on leur épargne la foudre divine. Qu'on les laisse admirer leurs dieux, qu'on leur donne l'occasion, aussi brève soit-elle, de les adorer et, peut-être, de trouver grâce à leurs yeux...

Là, le subtil Hermès pinça les lèvres et se tapota le crâne avec son emblème.

– De toi à moi, mon ami, j'ai l'impression que tu as vu juste. Je ne te promets rien – je ne fais jamais aucune promesse –, mais si tes enfants arrivaient à trouver grâce aux yeux du grand Zeus... c'est-à-dire s'ils étaient disposés à se donner du mal pour lui plaire, alors qui sait ? Réfléchis à cela, seigneur Prométhée, et je me charge de retenir la main de mon père.

Il existait, entre l'Arcadie et l'Attique, un endroit appelé Sicyone où les enfants de Prométhée avaient commencé à s'établir. C'est là, dans un bosquet de myrtes – cher, en d'autres temps, à Hermès –, que Prométhée inculqua aux hommes le désir d'honorer les dieux. On sacrifia un magnifique taureau au pelage fauve, gras et lustré, et le Titan, mettant ses mains en cornet devant son énorme bouche pour que sa voix porte jusqu'à l'Olympe, invita le tout-puissant Zeus à descendre sur terre pour être le premier hôte de l'humanité.

– Regarde, grand dieu ! Mes enfants t'honorent et te vénèrent ! Descends parmi eux afin qu'ils puissent te contempler et t'offrir ce que la terre porte de meilleur !

Mettant sa main en visière, le Titan scruta avec anxiété la couche de nuages qui voilait le divin sommet de la montagne.

Soudain, un éclair fulgurant zébra le ciel et les isola pendant quelques secondes dans une crépitante gangue de lumière. Il fut suivi d'un grondement de tonnerre. Le dieu avait entendu. Le dieu allait venir.

Hâtivement, Hermès dépouilla le taureau et débita la carcasse en posant les os et la graisse sous l'un des côtés de la peau ensanglantée et la chair pantelante sous l'autre mais, dans sa précipitation, il oublia d'en détacher les tripes... Deux parts : l'une pour le dieu, l'autre pour les hommes.

Éberlués et candides, les enfants du Titan, menacés d'anéantissement, regardaient avec des yeux ronds leur colossal créateur se démener pour les sauver.

Ils battirent brusquement en retraite : un rayonnement aveuglant desséchait leurs yeux écarquillés et leur roussissait la peau. Affolés et hurlants, ils se réfugièrent dans l'ombre des myrtes en se couvrant le visage de leurs mains. Le flamboiement avait été insupportable, et il persistait au fond de leurs yeux, les aveuglant complètement. Au milieu de l'éblouissante clarté, ils avaient entrevu une forme. Une forme chatoyante, mouvante, ressemblant un peu à un homme mais incommensurablement plus grande. Des yeux les avaient regardés... des yeux semblables à des soleils impitoyables.

Ils avaient vu le dieu...

– Sois le bienvenu, puissant Zeus. Gloire à toi, père des dieux, maître du ciel ! Ton festin est prêt. L'humanité t'attend.

Le Titan recula pendant que le dieu ardent inspectait le bosquet. Voyant que les pauvres créatures de Prométhée étaient éblouies par sa lumière, Zeus voila son éclat et sourit.

Il regarda les deux parts que recouvrait la peau du taureau abattu et hocha la tête. Ils avaient bien fait les choses : c'était une bête magnifique.

Zeus tâta l'une des parts et souleva un coin de la peau. Des tripes : il s'en dégageait une odeur fétide. Il se tourna vers la deuxième part et aperçut une belle graisse blanche. Prométhée trembla. L'omniscient Zeus inclina la tête.

Il désigna la seconde part.

– Mon choix est fait, annonça le dieu tout-puissant. Dorénavant et jusqu'à la fin des temps, dans les festins et les sacrifices divins, cette portion-ci sera pour les dieux immortels et celle-là pour les hommes.

Il écarta la peau de la part qu'il avait choisie. Sous l'épaisse couche de graisse, il n'y avait que des os dépouillés de toute chair. La portion divine...

Prométhée baissa la tête pour dissimuler le sourire qu'il ne put réprimer et attendit les foudres du dieu furieux. Mais la colère de Zeus se manifesta d'une façon plus subtile.

– Qu'ils mangent leur viande crue, décréta-t-il. Je leur interdis l'usage du feu.

Sans feu, ils mourraient. Leurs membres grêles gèleraient, leur sang se changerait en glace, et leurs yeux brillants deviendraient vitreux, se couvriraient d'une pellicule d'écume comme les eaux mortes d'un étang. Le dieu courroucé les avait condamnés aussi sûrement que s'il avait lancé sa foudre et carbonisé tout le monde.

Prométhée versa des larmes amères. Tout était de sa faute. Son malencontreux sourire était la cause de tout : le puissant Zeus avait choisi ce moyen pour le punir. Le sourire du père allait devenir le macabre rictus de sa progéniture.

Pendant un moment, la fureur s'empara de lui, et son paisible frère regarda avec terreur le grand Prométhée arpenter leur verger déchiquetant et piétinant les arbres amoureusement soignés comme s'il se fût agi de vulgaires mauvaises herbes. Et puis le Titan sombra dans le désespoir. Il avait toujours détesté la guerre et la violence. Les puissants affrontements auxquels l'avait incité sa nature ne s'étaient jamais déroulés que dans sa tête.

Il comprit qu'il n'était pas question d'envahir l'Olympe ni de s'emparer du père des dieux. Pour cela, il lui aurait fallu non seulement la force de Zeus, mais aussi ses soudaines explosions de fureur. La réflexion avait toujours retenu Prométhée.

Pendant longtemps, elle l'avait protégé : c'était elle qui l'avait sauvé de l'effroyable destin qui avait anéanti l'ensemble de sa race. Mais, à présent, son pouvoir avait atteint ses limites : celles de son esprit. Sa pensée sondait son âme qui, à son tour, sondait sa pensée, car elles étaient semblables. Et le tragique Titan comprit qu'il serait obligé de se détruire lui-même pour sauver ses enfants, les hommes.

Durant la nuit, les hommes le virent briller parmi les grands arbres qui couvraient le versant nord du mont Olympe. Sa lumière rayonnant à travers les branches donnait l'impression qu'une étoile tombée du ciel était prisonnière d'un vaste filet noir.

Puis la lumière disparut dans une profonde fissure, et c'est invisible que le Titan poursuivit son ascension.

Une chouette s'envola d'un arbre, ulula deux ou trois fois, puis voleta sur place, hésitante, comme si elle attendait son moment pour fondre sur sa proie. Après avoir poussé un nouveau ululement, elle partit en direction du sommet de la montagne, plus haut, toujours plus haut, en suivant dans le ciel nocturne un itinéraire sinueux.

C'était la chouette de la déesse Athéna.

En la voyant voler, le Titan caché comprit que la déesse était de son côté. Elle lui avait envoyé sa chouette pour le guider secrètement jusqu'à la forteresse des dieux. C'était tout ce qu'elle pouvait faire pour lui. Toute puissante qu'elle fût, elle redoutait le courroux de son terrible père.

Un autre oiseau surgit alors de la nuit, une grue qui, perchée sur le trajet zigzagant du Titan, surveillait celui-ci avec des yeux brillants, inquisiteurs.

– Je ne t'aiderai pas, Prométhée, murmura la voix de l'artificieux Hermès, mais je ne m'opposerai pas non plus à tes desseins (la grue s'envola, et ses glapissements assourdis parvinrent aux oreilles du Titan qui gravissait la montagne). Tu trouveras ce que tu cherches dans la forge de mon frère Héphaïstos.

Les flammes dansantes faisaient luire les vingt soufflets d'or qui se gonflaient et se dégonflaient en cadence comme vingt énormes cœurs battant à l'unisson. Ils soufflaient sur la forge, attisant son feu jusqu'à ce que la pierre qui enfermait le minerai se fendille et vole en éclats.

Les balanciers et les creusets projetaient sur les murs colossaux de la forge les ombres mouvantes qui ressemblaient à des bêtes ployant la tête, au milieu desquelles clopinait l'ombre d'un monstre, juché sur des pattes grêles d'échassier que l'angle du sol et des murs pliait brusquement. Héphaïstos travaillait. Il fabriquait un cadeau de mariage pour son épouse, Aphrodite. Le front creusé de rides orageuses, il martelait l'or sur l'enclume noire à grands coups réguliers. Il façonnait l'agrafe d'une ceinture...

Soudain, les yeux du dieu, enflammés par la chaleur du foyer, s'animèrent. Sur le mur, une ombre bizarre venait de croiser la sienne. Elle se déplaçait silencieusement entre les silhouettes bestiales des balanciers et des creusets, qui semblèrent pencher encore un peu plus la tête pour l'injurier avant de l'engloutir dans leur propre nuit.

Héphaïstos se retourna. Il aperçut une main tenant une torche éteinte. Il la vit se tendre vers le feu, plonger dans les flammes et se redresser. La torche flamboya. Elle était allumée.

Le dieu leva les yeux. Devant lui se tenait Prométhée.

– Pour mes enfants, chuchota le Titan désespéré. Pour les hommes.

Les deux grands proscrits se dévisagèrent.

– Prends ta torche et disparais, murmura le dieu.

Après le départ du Titan, Héphaïstos réfléchit longuement, penché au-dessus de son enclume. Son énorme marteau pendait contre son genou... et l'or battu refroidissait. Puis le dieu se remit à l'ouvrage, et son marteau se souleva et retomba jusqu'à ce que des gerbes d'étincelles jaillissent et semblent l'envelopper d'une poussière de feu.

Il s'arrêta enfin. Un grand silence tomba sur la forge, et le dieu contrefait examina l'agrafe qu'il venait de fabriquer. Elle représentait une main d'or tenant une torche qu'elle semblait caresser et d'où jaillissait le feu vital. Cette main était si délicatement façonnée qu'elle semblait trembler... et même être animée de tendresse.

Le dieu hocha la tête. Cette agrafe éternelle recelait à la fois son amour ardent pour Aphrodite et l'amour douloureux de Prométhée pour le genre humain.

Il la fixa à la ceinture avec des rivets aussi fins que des cheveux et partit clopin-clopant rejoindre la rieuse déesse de ses rêves.

10
Une femme toute simple

Cependant, Zeus ne détruisit pas le Titan qui l'avait défié. Prométhée lui avait tenu tête, il avait contrevenu à ses ordres. Le feu brûlait sur la terre et renforçait la nouvelle espérance de vie.

Bien souvent, Prométhée levait les yeux vers le ciel, convaincu qu'il allait en voir tomber la foudre qui l'anéantirait. Mais le maître du ciel semblait s'être désintéressé de lui. La sage Athéna aurait-elle intercédé en sa faveur auprès de son père ? Le subtil Hermès aurait-il plaidé sa cause ?

Plus le temps passait, plus le Titan était torturé par l'angoisse. Néanmoins, il continuait à travailler pour ses enfants, à leur apprendre tout ce qui pouvait élargir l'étroit espace dans lequel ils étaient confinés entre les Moires et les dieux. La nuit, il réfléchissait dans la pièce mystérieuse où l'homme avait pris naissance. Déjà, il avait commencé à raffiner la précieuse substance du Chaos. Il avait découvert sur les graines brillantes des taches et des croûtes bizarres qu'il avait grattées et enfermées dans un petit vase soigneusement scellé et dissimulé, car il les soupçonnait d'être une sorte de pourriture malfaisante...

– Peux-tu me fabriquer une femme, mon habile et disgracieux rejeton ? Peux-tu la façonner aussi adroitement que Prométhée a façonné ses enfants sur la terre ?

Le père des dieux était assis sur son trône d'or et d'ivoire, dans la grande salle du conseil.

– Pas avec de l'or, ni avec de l'argent, ni avec du bronze indestructible, mais avec la même argile naturelle que le Titan a utilisée... la douce argile humide de l'Attique ?

Héphaïstos se dandina gauchement et détourna ses yeux rougis de l'aveuglant rayonnement de son père. Comparé au feu de sa forge, l'éblouissant midi de Zeus était comme le jour comparé à la nuit.

– Procure-moi l'argile et je te ferai cette femme.

Zeus acquiesça, et Hermès, plus rapide que la pensée, s'élança vers la terre en se faufilant entre les essaims d'abeilles qui bourdonnaient sur les premiers contreforts de l'Hymette.

Héphaïstos attendit et, en moins de temps qu'il n'en faut pour le dire, le dieu voleur revint avec l'argile de Prométhée.

Héphaïstos se mit à l'ouvrage, et Hermès, appuyé contre l'un des montants de la porte de la forge, regarda opérer le grand artisan.

Contrairement à Prométhée, le dieu travaillait lentement, comme s'il recherchait la forme sous sa gangue d'argile amorphe. Sous les yeux d'Hermès, ses doigts noircis et tordus tâtonnèrent et firent surgir des cheveux, des joues, des lèvres, un corps et des membres en semblant les libérer plus que les créer. Il décolla la terre des yeux comme s'il s'agissait d'un bandeau et, d'un seul coup, une femme regarda Hermès adossé à la porte. Bien qu'il connût le merveilleux talent de son irascible frère, Hermès fut sidéré par cette nouvelle et saisissante démonstration de ses capacités.

La taille de la créature n'était peut-être inférieure que d'un travers de doigt à celle d'Aphrodite, mais, en dehors de cela, sa beauté n'appartenait pas à l'Olympe. Ses couleurs étaient celles de la terre, plus foncées, plus chaudes. Héphaïstos avait créé une femme dépassant de très loin le talent du Titan.

Elle se tenait à côté de l'énorme enclume, et quand les vingt soufflets d'or attisèrent le feu, la chaleur fit sourdre de l'argile des larmes d'humidité, si bien qu'elle parut pleurer avant même d'avoir vécu. Alors Zeus ordonna à Éole, gardien des quatre vents, de lui insuffler la vie par les narines et par la bouche.

Elle s'étira ; elle bougea ; elle regarda autour d'elle avec des yeux vides, ne comprenant rien, ne ressentant rien.

Étant faite d'une argile dépourvue de semences, elle n'avait ni passions ni qualités.

Alors Zeus, source de vie, commanda aux dieux immortels d'enrichir sa créature de leurs dons.

La première à se présenter fut Hestia, la plus aimable des enfants de Cronos, qui fit don à la femme d'une gentillesse et d'une générosité assez semblables aux siennes, et les yeux vides se mirent à briller avec un éclat doux et tendre. Mais comme Arès se fraya brutalement un chemin jusqu'à la créature et lui imposa un soupçon de sa personnalité, à la tendresse se mêla une étincelle de sauvagerie.

Le grand Apollon conféra ensuite à la femme un

charme et une grâce si attirants que lui-même en fut séduit, mais sa sœur, la sélénite Artémis, la dota aussitôt de moyens de défense : finesse, modestie et virginité.

La glorieuse Déméter secoua la tête. N'ayant jamais été tout à fait d'accord avec Artémis, elle pourvut la femme d'une matrice prolifique... et de la conscience de cette fécondité. Cette connaissance alluma aussitôt un mystérieux reflet derrière les cils pudiquement baissés qu'imposait le don de la puissante chasseresse.

– Quant à moi, je lui donnerai la sagesse, déclara brusquement Athéna qui avait senti le danger caché dans cette femme composée de tant de pulsions antagonistes. Je lui donnerai la sagesse afin que tous ses dons puissent être utilisés au mieux.

Cela n'était pas pour plaire à Zeus, mais il ne pouvait pas empêcher la puissante déesse d'exercer ses droits. Aussi enjoignit-il à Hermès de faire du don de la déesse une arme à double tranchant en lui associant la curiosité et la fourberie.

Alors la femme se tourna vers les dieux et sourit à chacun avec reconnaissance, à tour de rôle, mais comme ses yeux avaient tendance à s'attarder, son dernier regard était toujours de côté... jusqu'à ce que l'impérieuse Héra s'empresse de dissimuler sa nudité sous des vêtements au flou rassurant. Cette femme était curieusement dérangeante. A côté d'elle, les voluptueuses nymphes semblaient puériles, leurs courses et leurs enlacements faisaient figure de jeux d'enfants... Si bien que Zeus la baptisa Pandore, ce qui signifie « don de tout ».

Elle inclina la tête.

– Puissante déesse, murmura-t-elle en se tournant vers la ravissante Aphrodite tandis que ses yeux s'attardaient timidement sur le souriant Zeus, ne me feras-tu aucun présent ? T'aurais-je mécontentée ? T'aurais-je offensée sans le savoir ? Si tel est le cas, j'implore ton pardon... et je sollicite ton cadeau. Car je crois que, sans lui, tous mes autres dons se dessécheraient, faute d'être utilisés.

Cela fit rire Aphrodite, qui donna à Pandore la ceinture que lui avait fabriquée Héphaïstos, la ceinture qui fait naître le désir.

– Avec un tel travail, murmura le roi des dieux en observant Pandore d'un œil noir, quel besoin aurais-je d'éclairs ?

Ce fut Hermès qui fit descendre à Pandore les pentes du mont Olympe, et aucun des dieux qui la suivaient des yeux ne regrettait son départ.

– Quel message sévère m'apportes-tu cette fois de l'Olympe, Hermès ?

Prométhée et son frère étaient dans leur verger, occupés à soutenir avec de robustes étais les branches croulant sous le poids des fruits, lorsque le divin héraut apparut entre les arbres.

– Pas de message, seigneur Prométhée, répondit courtoisement le dieu.

Il avait cueilli une pomme au passage et l'avait négligemment plantée au bout de sa houlette. Il la regardait comme s'il était surpris de la voir là.

– J'apporte un cadeau. Inutile de me foudroyer du regard comme si tu t'apprêtais à le refuser, Prométhée, car ce cadeau n'est pas pour toi. Il est destiné à ton frère, Épiméthée.

Il pointa son insigne de héraut, avec la pomme rouge qui le couronnait, sur le second Titan, le toujours amène et peu sagace Épiméthée.

– Le cadeau des dieux est pour toi.

Épiméthée s'approcha avec un sourire ravi. Son cœur était confiant, son caractère dépourvu de suspicion. Les êtres dotés d'une aussi heureuse nature sont invariablement les derniers de leur race.

– Méfie-toi des dieux qui t'offrent des présents, murmura son frère aîné qu'il ne comprenait jamais.

Épiméthée parut indécis. Hermès brandit son emblème.

– Viens, Pandore ! cria-t-il.

Elle sortit de derrière les arbres dans la robe floue offerte par Héra et s'avança d'un pas gracieux, quoi que hésitant. Ses yeux étaient baissés, mais, par moments, ils brillaient avec un curieux regard de côté qui allait droit au cœur d'Épiméthée.

– Voilà ton cadeau, Épiméthée : Pandore, don des dieux olympiens.

Épiméthée s'extasiait. Jamais leur verger n'avait produit un aussi beau fruit.

– Prends garde, frère...

– Seigneur Prométhée, cette question ne vous concerne pas, dit Hermès d'un ton posé, mais un peu sec, puis il rit d'une manière charmante. Épiméthée, ton éminent frère se fait trop de soucis. Il se méfie de la bonne fortune. De toi à moi, je le soupçonne d'être un peu jaloux. Et comment pourrait-on l'en blâmer ? Regarde...

Il toucha la tremblante Pandore du bout de son emblème, en posant la pomme sur sa poitrine. Elle sourit timidement.

– Nous l'avons comblée de tous les dons.

– C'est un présent de Zeus, mon frère. Le vieux Cronos aussi avait reçu un tel présent. Te souviens-tu d'une certaine coupe d'hydromel ?

Épiméthée hésita, son regard alla avec inquiétude de son frère au dieu. Il évita les yeux de Pandore. Il remerciait l'Olympe, mais demandait à réfléchir...

Prométhée arbora un sourire triomphant.

– Tu ne veux pas de moi, Épiméthée ?

Pandore avait parlé d'une voix basse, presque implorante. L'aimable Titan la regarda. Avec modestie, elle baissa les yeux sur la brûlante ceinture d'Aphrodite. Épiméthée sentit le désir déferler en lui comme une lame de fond.

Pandore leva alors brièvement les yeux et les fixa sur Prométhée. Son regard était toujours doux et un peu timide. Elle semblait se demander avec étonnement pourquoi cet être colossal ordonnait à son frère de la renvoyer. Que lui avait-elle fait ? Pourquoi la dévisageait-il comme s'il voulait la transpercer de part en part ? Pourquoi ses énormes sourcils étaient-ils froncés au point que ses yeux n'étaient plus que deux trous pleins d'ombre trouble ? Était-ce uniquement par crainte qu'elle ne le sépare de son frère ? Était-ce, comme l'avait suggéré le dieu lumineux, parce que cette grande âme était jalouse de la bonne fortune échue à son frère ?

Si c'était le cas, elle n'y était pour rien...

Tiens, tiens... il entraînait Épiméthée à l'écart, il lui parlait, tandis que le dieu qui l'avait amenée les observait avec un sourire ambigu. Qu'allait-elle devenir, avec toute sa beauté et tous ses dons ?

Pourquoi les dieux l'avaient-ils faite telle qu'elle était ?

– Ne me refuse pas, Épiméthée, plaida-t-elle.

Et son pouvoir était tel que le cœur d'Épiméthée défaillit dans sa poitrine. Elle lui promettait tant de joies, tant d'ardentes délices que les dieux eux-mêmes l'envieraient. Les yeux d'Épiméthée se mirent à briller. Là-dessus, la bénédiction d'Hestia, l'emportant provisoirement sur les passions d'Aphrodite et d'Arès, incita Pandore à parler de bien-être, de douce intimité et des silences complices d'une harmonieuse compréhension...

– Comment un tel cadeau pourrait-il cacher un danger ? demanda à son frère le naïf Épiméthée.

– Et leurs existences ne seront pas stériles, seigneur Prométhée, susurra Hermès en venant se pencher à l'oreille du Titan. Elle a également été bénie par la glorieuse Déméter. Tout comme tes arbres bien soignés portant de beaux fruits, Pandore apportera des enfants à ta maison. Écoute ce que je te dis, Prométhée : ses enfants hériteront de nos dons immortels – car les dons des dieux ne peuvent mourir – et ils se mêleront aux hommes. Voilà pourquoi les intentions de mon père sont louables, Prométhée. Il cherche à améliorer tes charmantes, mais fragiles, créations en leur insufflant quelques qualités plus durables propres aux dieux. Crois-moi, mon ami...

Brusquement, le Titan se tourna avec terreur vers le dieu des mensonges. Ses yeux s'ouvrirent tout grands, sa vaste intelligence se réveilla, et tout bascula dans le gouffre de la consternation. Il avait compris le plan abominable ourdi par Zeus et prévu sa propre défaite. Les créatures qu'il aimait – les créatures qui auraient pu hériter de la terre, puisque ni les dieux ni les Titans n'y avaient droit – allaient être estropiées avant même d'avoir commencé à se développer.

Tout comme chez Pandore, les passions des dieux s'opposeraient les unes aux autres, chez les hommes. Toute aspiration serait dénaturée, toute réalisation pervertie, l'homme se livrerait éternellement à lui-même une bataille qu'il ne pourrait ni perdre ni gagner.

Le grand Titan leva les yeux vers l'Olympe et maudit l'immortel Zeus.

Il éleva la voix et hurla ses injures jusqu'à ce qu'elles pénètrent dans les coins les plus reculés de l'univers. On les entendit jusqu'au fond de l'abominable Tartare, comme des chuchotements ténus se mêlant aux plaintes et aux gémissements des Titans qui y étaient enchaînés.

Non loin des lugubres champs d'Asphodèles se trouve un étang au bord duquel pousse un peuplier aussi blanc que des ossements : c'est le lac de la mémoire. C'était là qu'errait l'ombre solitaire de l'homme qui était mort. Il buvait vainement l'eau du lac, car quels souvenirs aurait-il pu conserver d'une vie aussi fugace, hormis ce douloureux regard sur un jardin nocturne ?

Il entendit les malédictions de Prométhée et secoua sa tête vide. « Pourquoi ? Pourquoi ? » gémit-il, et il s'éloigna dans les ténèbres désertes.

Le sombre Hadès les entendit dans son palais et hocha la tête : la vengeance de son redoutable frère ne tarderait pas.

Comme dans un rêve, Prométhée se rendit compte qu'Hermès s'éclipsait et, avec un dernier élancement de douleur, il vit son frère et Pandore s'éloigner, l'air terrifié, et s'enfuir du verger. Leurs mains s'étaient jointes et, désormais, rien ne pourrait plus les séparer.

Prométhée inclina son énorme tête. Un grand bruit déchira le ciel. C'était la fin, et il en fut presque soulagé : la foudre de Zeus !

Les arbres s'embrasèrent et, pendant un court instant, leurs branches noircies se tendirent vers le ciel comme des bras implorants dont les doigts carbonisés flambaient encore.

Un rayonnement, qui dessécha les yeux pourtant très anciens du Titan, illumina comme une épée de feu le verger ravagé. Zeus, dans toute son insoutenable splendeur, venait se venger.

Loin, très loin vers le nord, sur les monts glacés du Caucase, se dressait une haute colonne de pierre. D'indestructibles chaînes de fer étaient fixées à sa base et à son chapiteau. C'est là que le Titan fut attaché nu par les poignets et par les chevilles, tendu de telle façon qu'il ne pouvait ni bouger le corps ni tourner la tête.

Il attendit... et une ombre tomba sur son visage. Il leva les yeux pour voir ce qui s'était interposé entre lui et le pâle soleil.

Un vautour aux serres acérées et au bec avide était suspendu dans l'air. Ses yeux froids croisèrent le regard de Prométhée, puis il s'abattit et le Titan se tordit de douleur en hurlant jusqu'à ce que les montagnes se lézardent. Son agonie avait commencé. Inlassablement, l'oiseau affamé se jetait sur lui et, lambeau par lambeau, lui dévorait le foie qu'il ne pouvait protéger. Lorsque vint la nuit, accompagnée d'un froid mordant et de rafales de neige, les plaies du Titan cicatrisèrent et il se retrouva de nouveau intact, mais quand le soleil froid se leva, la même ombre tomba sur son visage et le Titan attendit que son agonie recommence. Telle fut la punition de Prométhée, créateur des hommes.

Épiméthée, le dernier des Titans, pleura le puissant frère qu'il n'avait jamais compris. Dans sa profonde affliction, la présence de Pandore lui fut d'un grand secours et, petit à petit, il commença à se dire que son frère s'était trompé sur le compte de sa femme. Elle était si compréhensive, si empressée à satisfaire tous ses besoins ! Jamais elle ne le contrariait ni ne l'interrogeait, pas plus qu'elle ne demandait à pénétrer dans la mystérieuse chambre de son défunt frère. Car Prométhée, dans ses derniers moments de liberté, avait formellement recommandé à son frère de ne jamais y pénétrer et, surtout, de ne jamais toucher à ce qui y était caché.

Pandore avait acquiescé. Bien qu'elle n'eût pas aimé Prométhée, elle se rendait compte de l'affection que lui avait portée son mari et tenait à donner à celui-ci l'impression qu'elle partageait ses pensées. Pendant quelque temps, les dons d'Hestia et d'Athéna semblèrent prédominants.

Puis, grâce à la fertilité du sol de l'Attique, les plaies noires du verger cicatrisèrent et le motif de la chute du grand Titan s'effaça de l'esprit de Pandore. De plus en plus, elle en arrivait à se convaincre que cette malencontreuse affaire était due à la jalousie. Pour quelle autre raison le frère de son époux aurait-il pu lui en vouloir à elle aussi ?

Elle contempla son reflet dans un bassin. Indéniablement, elle était suffisamment belle pour susciter l'envie de n'importe qui. Après tout, c'était les dieux qui l'avaient façonnée. Elle soupira. C'était tragique, mais la jalousie est un vilain défaut et Prométhée l'avait payé cher. Elle espérait simplement que cela servirait de leçon.

Elle se redressa, et ses pensées glissèrent de Prométhée à la chambre interdite. Qu'est-ce que cette pièce avait de si particulier ? Pandore soupçonnait la jalousie d'être à nouveau à l'origine de cette histoire. Un esprit jaloux l'est de tout. Selon toute probabilité, cette pièce devait être magnifique et Prométhée la lui avait interdite par pure méchanceté. Plus elle y pensait, plus elle s'en persuadait. Cela l'irritait comme une miette de pain dans son lit : elle avait beau se tourner et se retourner, la démangeaison continuait. Les nerfs à fleur de peau, elle quitta le jardin et rentra dans la maison, où elle fit les cent pas dans le vestibule en s'arrêtant à chaque passage devant la porte close. C'était ridicule. Elle avait l'impression qu'elle ne pourrait jamais se sentir vraiment chez elle dans cette demeure. Elle posa la main sur le verrou ciselé. Épiméthée s'en remettrait. Il serait d'abord peiné, bien sûr, et aurait à nouveau du chagrin pour son frère. Mais cela passerait et, ensuite, rien ne les séparerait plus : la seule ombre au tableau aurait été effacée...

Pandore hocha la tête. Tout bien réfléchi, c'était la meilleure solution. Elle ouvrit la porte.

Comme elle l'avait soupçonné, la pièce était la plus belle de la maison. Un peu sombre, peut-être, et assurément poussiéreuse... mais le grand figuier et ses branches polies lui donnaient beaucoup de caractère et une certaine atmosphère.

Elle passa son doigt sur le long banc qui courait d'un mur à l'autre et, distraitement, dessina la silhouette d'un bébé dans la poussière. Cette pièce ferait une très belle chambre d'enfant...

Cette pensée n'eut pas plutôt traversé son esprit qu'elle se mit au travail. Elle balaya, elle frotta, elle transforma la pièce obscure en une chambre coquette. Elle retira des placards toutes les vieilles jarres de pierre qui les encombraient... mais ne les ouvrit pas.

Cette fois, elle se conformerait scrupuleusement au désir de son mari. D'ailleurs, à quoi ces jarres auraient-elles pu servir ?

Par le plus grand des hasards, elle tomba sur un vase plus petit, caché sous le banc. Elle l'en sortit. C'était un joli vase. Bien nettoyé, il pourrait contenir des bijoux ou du parfum... Elle secoua la tête. Non. Elle respecterait le vœu de son mari, aussi ridicule fût-il.

Elle songea à Prométhée. C'était tout lui, de garder un tel vase pour son usage personnel ! A quoi cet objet pourrait-il lui servir, maintenant ? Après tout, ce n'était pas comme si elle avait voulu ouvrir *toutes* les jarres.

Elle avait des principes et n'y aurait pas dérogé pour un empire, mais elle était absolument persuadée que son mari serait finalement d'accord avec elle. Il la féliciterait de ne pas avoir touché aux autres jarres, rendant ainsi hommage à la mémoire de son égoïste de frère.

Elle secoua doucement le joli petit vase. Il y avait quelque chose dedans. Elle écouta. Cela produisait un petit cliquetis. Elle haussa les épaules. Elle avait respecté suffisamment longtemps la mémoire sacrée de Prométhée. Elle ouvrit le vase.

Elle poussa un cri perçant ; elle hurla de terreur puis lâcha le vase. Alerté par le bruit, le doux Épiméthée arriva en courant.

Pandore semblait enveloppée d'un nuage, d'une nuée tourbillonnante, hostile, scintillant de milliers d'ailes furieuses. Apparemment, il s'agissait d'insectes prodigieusement nuisibles et agressifs, qui mordaient et piquaient avec acharnement sa femme recroquevillée. Après quoi ils s'attaquèrent à lui, et il sentit leurs horribles petits dards se planter dans tout son corps. Il cria de toutes ses forces :

– Prométhée, Prométhée ! Qu'avons-nous fait ?

Très loin au nord, une douleur encore plus virulente que le bec du vautour poignarda le Titan enchaîné. Des hauteurs glacées où il subissait son châtiment, il vit ce qui s'était abattu sur ses enfants. Ses yeux creux s'emplirent de larmes, tandis qu'un vautour plus terrible que le premier lui arrachait le cœur.

Et cet oiseau fantôme ne s'envola pas avec son frère sanguinaire lorsque tomba la nuit guérisseuse. Dans la froidure des hautes montagnes, Prométhée mêla ses larmes au sang dont les glaciers pourpres balafraient son corps torturé. Ses efforts et sa défaite avaient été vains.

Les taches et les croûtes bizarres qu'il avait emprisonnées dans le vase étaient effectivement maléfiques. Leur développement n'étant plus entravé par la divine substance dont elles avaient été extraites, elles s'étaient transformées en autant de hideuses petites furies qu'il avait vues s'envoler de sa maison comme un nuage malfaisant pour aller piquer ses enfants sans défense. Folie, vices, vieillesse et infirmités venaient d'être lâchés sur le monde en guise d'apanage pour le genre humain.

Prométhée leva les yeux et scruta la nuit qui s'étendait sur le monde. Son regard croisa celui du douloureux Atlas, et les deux géants qui s'étaient opposés aux dieux s'observèrent longuement, tristement, chacun isolé dans sa prison de chagrin.

– Hommes, murmura le grand Prométhée, pardonnez-moi. J'ai échoué. J'aurais mieux fait de ne jamais vous créer... car, à présent, que vous reste-t-il ?

Pandore contempla les morceaux du vase brisé. Il était irréparable. Elle se sentit gênée. Son mari, le visage tout bouffi après l'assaut des étranges insectes, l'avait regardée sévèrement.

Aussi est-ce avec ménagements qu'elle fit délicatement observer que tout était la faute de Prométhée. Jamais il n'aurait dû conserver dans ce vase des bêtes aussi dangereuses. Elle se pencha et commença à ramasser les débris. Soudain, elle trouva parmi eux une curieuse pierre. Elle la ramassa. Ce n'était pas une pierre, c'était une chrysalide...

Elle frissonna et essaya de jeter la chose au loin avant qu'elle n'éclose, mais elle resta collée à ses doigts.

Elle parvint à l'enlever en la grattant avec un fragment du vase et frotta ses mains l'une contre l'autre pour les débarrasser de la substance gluante que la chrysalide y avait déposée. Ses yeux s'arrondirent de surprise. La douleur des morsures et des piqûres semblait se calmer. Elle s'empressa d'en faire part à Épiméthée. La chrysalide était un baume, un merveilleux baume guérisseur.

Pandore était ravie. Elle sourit à son époux. N'était-ce pas une chance, en fin de compte, qu'elle ait ouvert ce vase ? Comme elle le lui avait toujours dit, tout serait finalement au mieux.

Un mouvement soudain au-dessus de sa tête détourna son attention. Un oiseau s'était perché sur les chevrons polis, et ses yeux brillants observaient la scène avec curiosité. Il battit des ailes et prit son essor : c'était une grue. Par la croisée, Pandore la regarda voler, avec une étonnante rapidité, en direction du nord. La grue s'éleva dans les couches froides de l'atmosphère et survola les montagnes jusqu'à ce qu'elle aperçoive, au-dessous d'elle, la colonne de Prométhée.

– Que reste-t-il aux hommes à présent ? s'écria le Titan désespéré en voyant le dieu descendre vers lui.

– L'espérance, répondit le grand Hermès. Pour le meilleur ou pour le pire... car comment savoir ce qui peut sortir d'une chrysalide ? L'espérance avait été oubliée.

troisième partie

Les dieux et les hommes

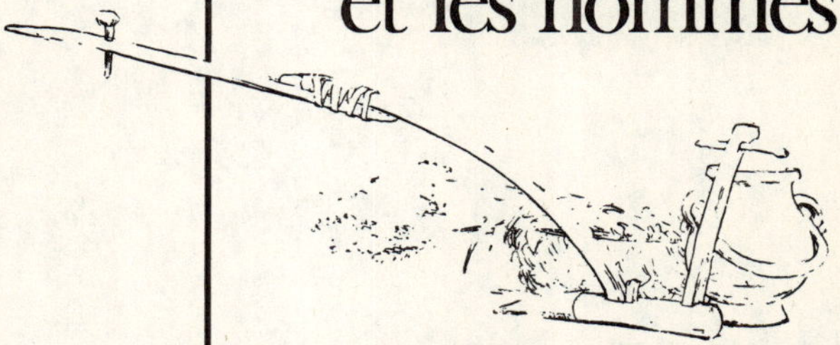

11
Les loups

L'immuable Zeus abaissa ses yeux immortels sur le monde inférieur. Les chatoyantes nymphes devenaient de plus en plus difficiles à trouver. Les créatures de Prométhée semblaient avoir tout envahi. Comme des souris, elles pullulaient dans tous les recoins ombreux de la terre. Ni les Moires, ni les calamités, ni la perte de leur puissant protecteur n'en étaient venues à bout. Les hommes élevaient des temples, et la douceur de l'air n'était troublée que par les fumées de leurs sacrifices.

Ils plaisaient à Déméter, qui faisait fructifier leurs récoltes, et à Hestia, qui bénissait leurs foyers. Toutes les conditions semblaient réunies pour l'édification sur la terre d'une seconde Olympe. Prométhée n'avait pas œuvré en vain. Il avait créé l'homme à l'image des immortels, et les dieux étaient flattés de se voir imités avec une telle ferveur.

Aussi le maître du ciel se dépouilla-t-il de son éclat aveuglant et de sa panoplie d'éclairs. Il quitta son palais dans les nuages pour descendre en Arcadie, dont le sol, naguère, était totalement tapissé de nymphes. Il y arriva à la tombée de la nuit, sous les traits d'un voyageur.

Les pinèdes du mont Lycée étaient obscures et peuplées d'ombres indistinctes. Dans les frondaisons, les branches noires s'entrelaçaient comme des doigts géants devant le gros œil rond de la lune, mais, çà et là, celle-ci parvenait à les traverser de ses flèches d'argent dont la hampe oblique se fichait dans le sol en frémissant, empanachée de mousses, de fougères et d'écorces embrumées. Des animaux invisibles vaquaient à leurs occupations nocturnes, brièvement interrompues par le bruit de leurs trottinements qui paraissaient les inquiéter mutuellement...

Soudain, le vent se leva. Tremblants, les animaux s'enfuirent et se réfugièrent dans leur tanière, tandis que cette bise inattendue balayait les bois, courbant devant elle jusqu'aux flèches de la lune... Puis elle émergea du sous-bois à l'endroit où les arbres faisaient place à ce qui semblait être une seconde forêt faite de marbre.

Le palais de Lycaon, roi d'Arcadie, se dressait au clair de lune, aussi orgueilleux, dans sa blancheur argentée, qu'une cité des dieux. Il était entouré de cours et de péristyles dont les ombres s'étendaient sur ce monde d'argent comme de sombres rêves. De temps en temps, ces ombres immobiles bondissaient brusquement, déformées par une vive lumière jaillie du palais... probablement parce qu'on avait jeté une bûche dans l'âtre ou que la graisse en train de griller prenait feu, car un savoureux fumet de viande parfumait l'air nocturne, accompagné d'un brouhaha de cris et de rires.

Un serviteur vint s'appuyer contre l'un des piliers du porche en marmonnant qu'il espérait bien qu'on penserait à lui avant qu'il ne reste plus rien à manger, et son regard se tourna vers les bois en comptant distraitement les ombres qui striaient la cour.

Brusquement, il se redressa. Quelqu'un approchait.

La lumière du palais brilla une fois de plus. Le serviteur plissa les paupières. C'était un étranger... un voyageur, à en juger par son aspect. Il traversait effrontément la cour.

– Va-t'en !

Mais l'étranger, apparemment, n'avait pas entendu, car il continuait à avancer d'un pas régulier.

Une paire de molosses efflanqués étaient enchaînés à un pilier du porche. Leurs yeux cruels, injectés de sang, se fixèrent sur le serviteur en colère. S'ils étaient là, si on développait leur férocité naturelle en les privant de nourriture et en les tenant à l'attache, c'était précisément en prévision de ce genre de circonstance.

Le serviteur s'empressa de les détacher. Pendant un instant, les chiens parurent hésiter, puis ils grondèrent et s'avancèrent à pas feutrés vers l'inconnu.

– Tuez-le ! Tuez...

Le serviteur se tut. Les chiens avaient fait demi-tour. Maintenant, c'était vers lui qu'ils se dirigeaient, et derrière eux, grand et implacable, marchait l'étranger. Ses yeux étincelaient.

Une brusque rafale de vent s'engouffra dans le palais. Elle ouvrit brutalement les portes, que gardes et serviteurs se hâtèrent de refermer en poussant les lourds verrous. Elle souffla sur la poussière des corniches sculptées et la fit tournoyer autour des colonnes qui se dressaient comme une rangée d'arbres de pierre devant la salle de banquet du roi Lycaon. Les énormes vantaux s'écartèrent d'un seul coup, et le voyageur put contempler l'origine des lumières dansantes et du tapage que faisait en festoyant le roi entouré de ses fils et de leurs épouses hilares.

Surpris par cette interruption, tous se retournèrent. Le voyageur les regarda avec étonnement. Qu'était-il arrivé aux créatures de Prométhée ? Elles avaient la peau flasque, des bajoues pendantes et des yeux sans éclat. On aurait dit que le feu divin qui brûlait en elles s'était révélé trop ardent pour l'argile de Prométhée et l'avait craquelée. A moins que le Temps, ce docile serviteur des dieux, ne soit devenu l'arrogant garde-chiourme des hommes et n'ait flétri leur cou, leurs yeux et leur front en les cinglant de ses verges ?

– Qui es-tu et que veux-tu ?

Lycaon s'adossa à son trône d'or et d'ivoire et foudroya du regard l'étranger qui se tenait sur le seuil. L'inconnu était grand et de belle prestance, mais ses pauvres vêtements faisaient injure au festin de Lycaon. Sa barbe était dorée, et les flammes dansantes du foyer allumaient au fond de ses yeux graves des reflets de la même brillante couleur.

– Je suis un voyageur, Lycaon. Je viens de... du nord, et je demande l'hospitalité au nom de Zeus, patron de tous mes semblables.

Lycaon le dévisagea avec stupeur.

– Au nom de qui ?

– De Zeus, répondit doucement l'étranger. Vous ne l'honorez pas ?

L'étonnement de Lycaon parut s'accroître. Ses yeux firent le tour de la table à laquelle étaient assis ses fils et les invités venus des quatre coins du pays lui rendre hommage, puis il dit d'un ton surpris :

– Au nom de Zeus, hein ? Eh bien... eh bien, nous ne voudrions pas le décevoir, n'est-ce pas ? Le suprême Zeus pourrait se fâcher. Hum ! On risquerait d'avoir un gros orage...

Il se tut, incapable de se contenir davantage. Il sourit ; il pouffa ; il rit à gorge déployée, et tous les convives en firent autant jusqu'à ce que la salle de banquet en tremble sur ses bases. A plusieurs reprises, le roi tendit le doigt vers l'étranger silencieux et essaya de dire quelque chose mais, chaque fois, son hilarité l'en empêchait. Finalement, il parvint à bredouiller :

– Espèce de... de misérable impertinent ! Tu aurais mieux fait... infiniment mieux fait de demander asile au nom de Lycaon ! C'est lui le seul Zeus que tu risques de rencontrer ici ! Tu t'imagines réellement que les rois et les grands de ce monde prêtent la moindre attention aux larmoyantes sornettes des dieux ? Tu... tu nous prends pour des gamins ?

Il s'essuya les yeux et se leva en faisant grincer son trône sur le dallage de bronze. Sa main aux veines saillantes tenait mollement un couteau. Il piqua une bouchée de viande dans l'écuelle fumante posée devant lui et la mastiqua lentement.

– Je vais te tuer, mon garçon, dit-il doucement en se tournant vers le cercle de lèvres retroussées et d'yeux brillants qui l'observaient avidement. Je lui tranche la gorge ou... ?

Il sourit. Vers le milieu de la table, une femme aux lèvres luisantes de sauce le regardait avec des yeux concupiscents.

– Vas-y, Lycaon ! glapit-elle au comble de l'excitation.

Sa passion se répandit comme une traînée de poudre, elle gagna de proche en proche toute la tablée jusqu'à ce qu'elle en soit embrasée, et le roi était le plus frénétique de tous.

Deux de ses fils coururent fermer la porte pour empêcher l'étranger de s'enfuir. Elle claqua avec un terrible grondement d'airain, et on vit frémir l'étranger pris au piège.

Alors tous les convives se levèrent dans un tohu-bohu de sièges et de sandales raclant le sol, puis se dirigèrent vers l'inconnu en riant et en le montrant du doigt. Les femmes, aussi acharnées que les hommes, se moquaient du voyageur condamné, qui s'était permis d'insinuer qu'il pouvait exister une autre Olympe que le palais de Lycaon et d'autres dieux que les éminents mortels qu'il avait maintenant sous les yeux.

– Zeus ! Zeus ! rugit Lycaon et sa voix excitée domina le tumulte. Je suis Zeus ! Regardez...

La femme à la bouche graisseuse s'étrangla de rire. L'Arcadien qui se prenait pour un dieu se mit à siffler et à agiter ses longs bras musculeux.

– Un oiseau ! Je suis un oiseau ! Une caille ! Un coucou ! Attention, Zeus arrive...

Il se jeta sur la femme en poussant des cris aigus et en battant l'air. Lorsqu'il la serra dans ses bras, elle hurla en feignant d'être terrifiée.

– Zeus est amoureux ! Cui-cui ! Zeus fait son nid ! Le dieu a des ailes !

Le voyageur observait la scène en silence. Son visage avait une expression étrange. Ceux qui la remarquèrent en furent un instant refroidis. Ils la prirent pour celle d'un homme qui regarde la mort s'abattre sur lui. Ils n'avaient jamais rien vu de semblable.

A ce moment-là, la femme qui était avec le roi s'écria avidement :

– Le festin ! Donne-lui la portion divine, grand Lycaon ! Fais-lui ronger les os comme un chien. Et après, le couteau ! Fais-le mendier, fais-le aboyer et supplier, immortel Lycaon !

Elle se libéra de l'étreinte du roi illuminé et tituba jusqu'à la table sur laquelle fumaient toujours les écuelles.

Lycaon, hoquetant de rire, la suivit et plongea son couteau dans la grande marmite de bronze dont tous les convives s'étaient partagé le contenu.

– Tiens ! cria-t-il au malchanceux voyageur venu du nord. Lycaon t'offre la part des dieux pour que tu te remplisses la panse avant de mourir ! Fais le beau et prends-la comme un chien !

Lycaon retira son couteau de la marmite et le tendit, ruisselant de jus, au voyageur. Sa pointe était plantée dans les restes décharnés d'une main humaine. Tel était le festin de Lycaon.

– Allez, prends !

Il tendit à bout de bras le macabre débris et, derrière son dos, les joyeux convives s'esclaffèrent en voyant l'étranger frissonner et reculer.

– Lycaon t'ordonne... commença le terrible Arcadien.

Mais il n'alla pas plus loin. Il chancela. Le couteau portant les ossements encore réunis par les tendons lui parut intolérablement lourd. Il leva la tête... et vit les yeux de l'étranger. Ils brillaient comme des soleils dans un ciel impitoyable. Leur éclat était aveuglant, insoutenable. Lycaon ne put détourner son regard. Il essaya de crier, mais pas un mot ne sortit de sa bouche, seulement un curieux grognement de consternation. Il tenta de bouger, et une violente douleur lui laboura le dos.

D'effroyables élancements le plièrent en deux. L'étranger leva la main, et Lycaon s'effondra, terrassé par la souffrance. Le couteau tomba avec fracas sur les dalles de bronze. La main décharnée s'en détacha et resta tendue vers le roi comme si elle voulait serrer la sienne...

Il essaya de la saisir. A nouveau, il émit l'étrange grognement. Que lui arrivait-il ? Sa main ! Elle se transformait sous ses yeux. Ses poils noirs s'épaissirent et virèrent au gris en recouvrant la peau, tandis que les doigts se desséchaient et se transformaient en griffes. Ses paumes durcirent et devinrent noires.

– Aboie, Lycaon, commanda le puissant étranger. Hurle et grogne et geins... non pas comme un chien, mais comme le loup que tu es !

Alors Lycaon se retourna et fit face à ses fils, à leurs épouses et aux invités qui étaient venus lui rendre hommage. Il les dévisagea avec des yeux hallucinés, injectés de sang. De la bave coula de sa bouche, et ses oreilles pointues se couchèrent. Il hurla pour implorer leur pitié... et ils poussèrent des cris de terreur. Il grogna et geignit pour quémander leur aide, mais ils lui tournèrent le dos et s'enfuirent. Ils reculèrent en se bousculant, en trébuchant sur les sièges renversés, en s'ébouillantant avec le ragoût répandu, en s'agrippant désespérément les uns aux autres, en s'égosillant dans un paroxisme de terreur... Mais ce qui les terrorisait, ce n'était pas le spectacle de Lycaon transformé en loup, c'était le grand étranger. Pendant une seconde, un rayonnement aveuglant avait brûlé leur rétine et imprimé dans leur esprit en déroute l'image d'un être ressemblant vaguement à un homme et chatoyant au milieu de toute cette lumière. Et puis le rayonnement s'était résorbé jusqu'à ne plus subsister que dans les yeux de l'étranger.

– Non ! Non... supplièrent les fils de Lycaon.

Trop tard. L'étranger levait déjà la main...

Hurlants et gémissants, les loups parcoururent en tous sens le somptueux palais de Lycaon, sillonnant comme des fantômes efflanqués les pièces et les galeries où ils se promenaient naguère sous l'aspect d'hommes et de femmes. Leurs yeux rouges étaient fous de terreur car, où qu'ils aillent, ils ne pouvaient effacer de leur esprit l'aveuglante vision.

Alors ils s'enfuirent comme des spectres gris dans la cour baignée de clair de lune et coururent chercher refuge dans les sombres pinèdes du Lycée où ils hurleraient éternellement sous les flèches d'argent de la lune.

Le palais de Lycaon resta désert et silencieux. Et puis un vent étrange se mit à souffler. Il siffla dans les couloirs vides et sous les hautes voûtes des salles abandonnées. Il éteignit les feux et força les portes verrouillées avant de se faufiler entre les colonnes du portique. Le voyageur traversa alors la cour argentée et s'en alla en laissant le palais de marbre de Lycaon aussi calme et aussi solitaire que la mort. Quand le dieu regagna l'Olympe, une terrible colère assombrissait son front...

Le vent du Sud se leva. Il souffla sans discontinuer, de nuit comme de jour, et aucun des autres vents ne se manifesta, comme si un ordre divin les avait confinés dans la grotte d'Éole. Les hommes tournèrent les yeux vers l'horizon où le vent du Sud amassait sa sombre récolte : des nuages... des nuages qui s'amoncelaient en édifiant des remparts d'une terrifiante noirceur. L'inlassable vent du Sud les collectait aux quatre coins du ciel et les entassait pour bâtir des villes sinistres et des palais menaçants d'un poids écrasant.

Les loups hagards du Lycée hurlèrent en vain leurs avertissements : personne ne les comprenait, et leur aspect sauvage faisait fuir les gens.

La nuit, des brumes mystérieuses semblèrent s'élever du lit des fleuves et dériver vers la mer. On crut parfois y distinguer la forme floue d'un corps nu, sinistre et parfois effrayant.

Des gens qui passaient par là les aperçurent et en parlèrent, mais personne ne put dire ce qu'étaient ces brumes ni deviner à quoi elles rimaient. Les passions antagonistes dont l'homme avait hérité troublaient sa vision et l'empêchaient de voir ce qui, pourtant, sautait aux yeux, de comprendre où se rendaient ces brumes et ce qu'elles allaient y faire. C'est pourquoi les précautions que l'on aurait pu prendre furent négligées au profit d'idées qui, sur le moment, semblèrent meilleures.

Mais très loin au nord, dans les montagnes glacées du Caucase, quelqu'un avait une vision impitoyablement claire. Prométhée, le Titan, vit le ciel hostile. Il vit également que les dieux des fleuves prenaient d'une manière fort inquiétante le chemin du conseil donné par Poséidon.

En comprenant ce qui se préparait, il se tordit de fureur dans ses chaînes. Sa colère fit trembler les montagnes environnantes, et les vastes glaciers se fissurèrent. Alors il leva sa grande tête tragique et cria assez fort pour alerter le monde entier. Il appela ses enfants pendant que l'éternel vautour continuait à lui dévorer le foie.

Mais l'implacable vent du Sud continua de souffler et dispersa les conseils de Prométhée.

Il recommença à crier dans la nuit noire où ne brillait plus aucune étoile. Ses mots luttèrent contre le vent comme des oiseaux épuisés dont la migration vers le sud se terminera par une noyade dans l'océan mais, cette fois, on l'entendit. En Phtiotide, au nord de l'Arcadie, où Deucalion se réveilla brusquement. Les mots surgis de la nuit semblaient être un rêve. Il éveilla rapidement Pyrrha, son épouse, et lui fit part de ce qu'il avait entendu. Pyrrha était une fille de Pandore et d'Épiméthée, et elle avait hérité de la beauté de sa mère et d'une bonne part de la douceur de son père. Elle aimait et honorait Deucalion, qui était un homme juste et bon.

– Que faut-il faire, mon seigneur ?

– Il faut construire un bateau capable de tenir la mer, Pyrrha. Dès maintenant. C'est ce que m'a dit mon rêve. Nous devons y entasser des provisions de viande et de blé... et prier Zeus.

Le vent du Sud était tombé. L'air devint immobile et lourd. Les oiseaux effrayés se réfugièrent au sommet des arbres, les loups du Lycée hurlèrent sous le ciel menaçant.

Et un déluge s'abattit sur la terre. Ce fut comme si les noires cités du ciel avaient été frappées par la foudre. Elles flamboyèrent, se désagrégèrent et, dans un fracas épouvantable, s'écroulèrent. La pluie, plus violente qu'aucun homme ne l'avait jamais vue, se déversait en cataractes aveuglantes. Elle anéantit les vergers et les moissons. Elle cingla les colonnes de marbre et s'enroula autour de leur piédestal comme une invasion de serpents d'argent dont les anneaux montèrent, montèrent toujours plus haut... jusqu'à envahir les berceaux qui étaient restés suspendus sous les porches et dans les jardins, si bien que les bébés furent noyés avant que leurs mères sanglotantes n'aient pu les mettre à l'abri.

Les hommes qui vivaient au bord de la mer virent alors les vagues se tordre sous les trombes d'eau et, pendant un instant, ils eurent l'impression qu'un mystérieux rayonnement s'élevait au-dessus des flots et frappait ceux-ci avec un éclair à trois branches. Les vagues se dressèrent comme des rangées de montagnes noires et s'avancèrent vers le rivage, d'abord lentement, puis de plus en plus vite, en prenant de la hauteur jusqu'à ce qu'elles soient frangées d'une écume qui semblait bouillonner.

Mais lorsqu'elles atteignirent leur limite naturelle, les vagues ne se brisèrent pas. Au lieu de déferler, elles continuèrent à avancer sur les plages et les grèves, submergeant les quais de pierre des ports, arrachant les solides anneaux de fer auxquels étaient amarrés des bateaux, et lançant ceux-ci vers le ciel déchaîné comme des fétus de paille. Puis les terribles vagues se heurtèrent aux torrents et aux fleuves qui dévalaient vers la mer. Le choc les projeta en l'air en leur faisant ouvrir deux gueules béantes à la face des cieux avant de retomber dans un rugissement sauvage et d'engloutir la terre.

Les dieux des fleuves avaient été exacts au rendez-vous de leur puissant seigneur, le maître de la mer. Et là-haut, les dominant tous, le père des dieux continuait d'épancher la colère du ciel. Le tout-puissant Zeus avait décidé de nettoyer la terre une fois pour toutes de la nauséabonde souillure de l'humanité.

Les dieux regardèrent ce qui se passait et frissonnèrent, mais ils n'osèrent pas s'opposer au grand Zeus tapi au milieu de ses terribles nuages comme une statue de pierre.

Les eaux continuèrent à monter, se ruant maintenant aveuglément à l'intérieur des constructions des hommes en recrachant de grosses bulles argentées qui ressemblaient aux fantômes des cités assassinées.

Et partout, telles des mouches s'agitant faiblement, erraient les survivants du genre humain. Certains avaient été arrachés au faîte d'un toit, d'autres cueillis comme des fruits mûrs sur les plus hautes branches des arbres, mais infiniment plus nombreux étaient les morts qui avaient péri noyés dans la fausse sécurité de leur maison et semblaient danser un mystérieux ballet dans les pièces et les couloirs obscurs où d'étranges créatures marines les grignotaient en les repoussant de colonne en pilier.

Les eaux s'attaquèrent ensuite aux versants des montagnes sur lesquelles les derniers survivants avaient cherché refuge. Au début, les hommes s'entraidèrent, le frère hissant le frère par-dessus les rochers acérés, portant femmes et enfants dans ses bras fatigués. Quelques-uns revinrent même sur leurs pas pour secourir des malheureux qui s'enlisaient dans des crevasses boueuses.

Alors le cruel Arès, dieu de la guerre sans merci, leur ouvrit les yeux sur la croissante exiguïté de l'espace sur lequel ils s'entassaient. Ils commencèrent à se battre, à lutter pour défendre leur place. Ils commencèrent à s'entretuer avec le peu d'armes dont ils disposaient, et l'eau qui encerclait les cimes montagneuses se teinta de rouge.

Ceux qui continuaient à grimper furent refoulés à coups de pied, et ceux qui avaient atteint la sécurité en furent chassés l'un après l'autre par les plus forts.

Les pères abandonnèrent leurs enfants, les maris rejetèrent leur femme. Et, finalement, les eaux mirent un terme à leur sauvagerie en les engloutissant tous, jusqu'aux deux derniers, des hommes enlacés dans une étreinte meurtrière. Mais ceux-là ne périrent pas noyés : leur main était toujours crispée sur le couteau que chacun avait plongé dans le ventre de son frère.

Un beau jour, les nuages noirs se tarirent et le

soleil réapparut. Un grand silence régnait partout. Le royaume de Poséidon s'étendait sur la terre comme un linceul argenté sous lequel les palais engloutis et les orgueilleuses colonnades qui avaient voulu rivaliser avec l'Olympe gisaient comme les pâles fantômes d'un mauvais rêve. Quant aux pinèdes ombreuses du Lycée, elles ondulaient dans les courants marins en tendant, tels des doigts de cauchemar, leurs branches enchevêtrées où se prenaient des poissons trop curieux.

Des crabes gigantesques se traînaient parmi les vestiges de marchés abandonnés, et d'étranges créatures grisâtres et serpentines tissaient des toiles gluantes entre les sombres colonnes de temples oubliés.

Et soudain, dans cet immense silence s'éleva une petite voix solitaire. Elle était si ténue et si lointaine que ses mots semblaient s'effilocher en atteignant le ciel et voleter comme plume au vent...

C'était une prière. Quelqu'un remerciait le père des dieux de les avoir épargnés. L'arche de Pyrrha et de Deucalion avait survécu au déluge.

Le plus grand des dieux baissa la tête et aperçut le petit bateau ponté qui dérivait aux abords d'une montagne. C'était le mont Parnasse, dont les cimes jumelles se dressaient comme les oreilles de quelque antique animal changé en pierre.

– Dois-je frapper une dernière fois, mon frère ? cria le grand Poséidon dont le domaine venait de doubler de surface.

– Cela suffit, mon frère. Retourne à l'intérieur de tes frontières. Recule, Poséidon. Rentre chez toi.

Celui qui ébranle le monde fit la grimace : le pouvoir auquel il venait de goûter lui plaisait fort. Mais, tout puissant qu'il fût, il redoutait la foudre.

Ce fut ensuite le cupide Hadès qui appela de son mélancolique royaume.

– Les deux derniers... envoie-les-moi, mon frère. Ils sont à moi.

– Paix, mon frère. Ils m'ont adressé une prière. Ils sont à moi.

– De quel droit ?

– Du droit de ma volonté, mon frère. Et de la foudre.

A l'abri dans leur arche, Deucalion et Pyrrha attendaient. La dispute entre les trois puissants frères parvint à leurs oreilles comme les échos d'un lointain orage qui dura neuf jours et neuf nuits. Telle était la mesure de l'homme comparée à l'envergure des dieux.

Et soudain, brusquement, merveilleusement, ils sentirent la coque de leur bateau racler des rochers. Les beaux yeux de Pyrrha s'illuminèrent. Elle saisit les mains de Deucalion et les serra entre les siennes. L'embarcation vibra et frémit. Sa longue errance était achevée.

– Le tout-puissant Zeus a entendu notre prière. Nous avons touché terre !

12
Des pierres... des os...

Les eaux avaient commencé à baisser. Au début, elles se retirèrent lentement, comme à contrecœur, puis s'écoulèrent de plus en plus vite, avec de doux murmures et de soyeux bruits de baiser évoquant un gigantesque adieu. Des arbres apparurent, dressant leur tronc brillant vers le ciel avec de soudaines cascades de feuilles argentées. Des chaos de rochers et les pentes supérieures des collines émergèrent comme des rêves, accompagnés de gros soupirs et de clapotis étouffés lorsque l'eau découvrait dans le sol un filon, une crevasse où s'engouffrer. Et partout pointèrent par millions les minuscules fers de lance des brins d'herbe, comme si une multitude de petits soldats montaient la garde sous le flot descendant. Alors l'eau se retira en chuchotant, laissant derrière elle des chaînes brillantes et des joyaux scintillants serpenter dans la verdure.

Finalement, l'océan regagna ses frontières naturelles, où les vagues léchèrent le rivage avec force soupirs et murmures car elles avaient pris goût à l'agréable saveur des montagnes.

Le grand soleil d'or brilla sur le monde silencieux. Maisons, palais et temples s'égouttèrent dans la solitude. Les toits étaient jonchés de lambeaux de vêtements et de sandales déchirées, vestiges muets de la frénésie et de la précipitation. De ceux qui les avaient portés, aucune trace. On aurait dit que tous les hommes se cachaient, qu'ils jouaient à quelque formidable jeu et que, d'une minute à l'autre, ils allaient écarter les rideaux d'algues qui pendaient devant leurs portes et leurs fenêtres et sortir en riant des ombres silencieuses. Mais rien ne bougea, et le jeu prit fin.

Soudain, une sandale d'enfant abandonnée se mit mystérieusement en marche dans la cour d'une maison, titubant de-ci de-là comme si elle cherchait sa jumelle. Un crabe y avait élu domicile et tentait, à l'abri de cette armure, de regagner la mer.

Sur les pentes escarpées du mont Parnasse, Deucalion et Pyrrha s'arrêtèrent à mi-chemin de la vallée et se retournèrent vers leur arche échouée qui se profilait sur le ciel.

Ils étaient seuls au monde, et ils avaient peur. A nouveau, ils prièrent le père des dieux... mais rien ne troubla le silence, en dehors des gouttes d'eau tombant des arbres sur le sol détrempé. Des enchevêtrements d'algues vertes ou brunes pendaient des branches comme des mèches de cheveux arrachées par désespoir, et l'âcre odeur de la mer s'élevait des bosquets et des clairières.

– Regarde ! chuchota Pyrrha en serrant la main de son mari.

Ils ne s'étaient pas lâchés un seul instant depuis

qu'ils avaient quitté leur bateau, chacun d'eux redoutant que, si cette étreinte désespérée venait à se rompre, ne fût-ce qu'une seconde, l'autre ne soit aussitôt absorbé par le mystère universel.

– Regarde, Deucalion !

Pyrrha désigna ce qui semblait être un rêve. Dans les hautes branches d'un arbre scintillait le plus étrange des fruits.

Il y en avait partout, des petits poissons qui s'étaient laissé surprendre par la décrue et avaient péri, sans comprendre ce qui leur arrivait, dans le plus improbable des filets.

Plus que toute autre chose, ce fut ce spectacle inattendu, surnaturel, qui fit comprendre à Deucalion et à son épouse à quel point leur solitude était totale.

Ils ne pleurèrent ni l'un ni l'autre et cessèrent même de chuchoter : face au néant, les larmes comme les mots avaient perdu toute signification.

En silence, ils traversèrent les bois tout ruisselants d'eau de mer.

Brusquement, ils s'immobilisèrent. Leur visage pâlit, leurs jambes se mirent à trembler, et leurs doigts entrelacés blémirent sous la pression de leur étreinte.

Ils se trouvaient à la lisière d'une clairière dans laquelle régnait une ambiance de mystère. Au centre se dressait une grande vasque de pierre sur laquelle se penchait, silencieux et absorbé, un être étrange. Il paraissait tout jeune, son corps lumineux était nu, et ses pieds étaient chaussés de curieuses sandales d'or munies d'ailes.

L'inconnu jetait des petits cailloux dans la vasque et les regardait tomber au fond. Il n'ouvrit pas la bouche et ne tourna pas la tête. La chute et les mouvements des cailloux l'absorbaient entièrement.

Pyrrha et Deucalion s'agenouillèrent. Ils avaient rencontré un dieu.

– Il faut que vous descendiez le versant de la montagne jusqu'au temple qui s'élève au bord de la rivière, murmura Hermès en déchiffrant le message transmis par les cinq pierres des Muses. Là, vous devrez prier. Vos prières seront entendues, je vous le certifie. Mais réfléchissez bien à la réponse que vous recevrez. Étudiez-la soigneusement avant de passer à l'action.

Le dieu eut un sourire ambigu.

– Tout est dans les pierres, mes amis, croyez-moi...

Le temple était sombre et triste. Sur les dalles du sol, des flaques d'eau noire reflétaient vaguement le toit. D'épaisses guirlandes d'algues s'agrippaient aux angles des piliers et drapaient l'autel abandonné comme des vêtements négligemment jetés par quelque nymphe partie se baigner dans le torrent.

– Le dieu de la clairière nous a ordonné de prier, chuchota Deucalion lorsque Pyrrha et lui s'agenouillèrent devant l'autel. Il a promis que nous serions entendus. Il a certifié que tout était dans les pierres...

Ses paroles s'élevèrent vers le ciel en éveillant des échos parmi les hautes colonnes – des pierres... encore des pierres... toujours des pierres... –, puis sombrèrent dans le silence.

Ce silence sembla devenir de plus en plus profond, de plus en plus absolu pendant que Pyrrha et Deucalion, agenouillés, gardaient les yeux humblement baissés sur les flaques d'eau noire qui s'étendaient au pied de l'autel.

Durant de longues minutes, ils demeurèrent dans cette position sans qu'aucune réponse ne leur parvienne, puis, très, très doucement, les échos semblèrent se réveiller. On aurait cru entendre murmurer des centaines de minuscules petites voix dont les mots se mêlèrent jusqu'à ce que tout l'air du temple se mette à vibrer, à frémir.

– Des pierres... des pierres... des os... des os... les os de votre mère... de votre mère... lancez-les... jetez-les... les os de votre mère...

L'eau noire se troubla et de curieuses petites lumières y apparurent, clignotant comme les reflets d'innombrables lucioles.

– Les os de votre mère... jetez-les... épaule... épaule... partant... os de votre mère... os de votre mère... de votre mère...

Puis toutes les voix s'éteignirent, et une unique voix d'une immense douceur murmura :

– Prenez les os de votre mère et jetez-les pardessus votre épaule en partant.

Le silence retomba. Deucalion et Pyrrha sortirent du temple obscur et se retrouvèrent dans la lumineuse solitude du dehors.

– Les os de notre mère ? murmura Pyrrha en frissonnant.

Deucalion regarda autour de lui. La montagne silencieuse était jonchée de pierres et de cailloux que la mer avait arrachés au lit des torrents.

– Tout est dans les pierres.

Deucalion répéta les mots du dieu avec perplexité. Puis ses yeux s'ouvrirent tout grands.

– Les pierres ! Pyrrha... ne sont-elles pas les os de la terre, notre mère à tous ? Pyrrha... c'est dans les pierres ! Nous devons les ramasser et partir en les lançant derrière nous. Les pierres, Pyrrha ! Vite... ramasses-en autant que tu pourras en porter !

La plupart des pierres étaient lisses et d'un blanc grisâtre, mais, par-ci par-là, il y avait des cailloux vivement colorés et délicatement veinés de bleu, de vert et de brun. Ils étaient venus de loin et avaient été abandonnés par la mer insouciante.

Ce fut Pyrrha qui les ramassa, Deucalion, dans sa plus grande hâte, se contentant des pierres grises plus abondantes.

Finalement, quand ils furent incapables d'en porter davantage, ils commencèrent à descendre la montagne en trébuchant parfois sous le poids des pierres dont ils avaient empli leur robe. Et une par une, comme le leur avait commandé la voix du temple, ils les jetèrent par-dessus leur épaule et les écoutèrent tomber sur l'herbe ou sur les rochers.

Mais ils ne se retournèrent pas.

Ce fut Deucalion qui lança la dernière pierre et, quand il l'eut jetée, il reprit la main de sa femme. Côte à côte, n'osant toujours pas regarder derrière eux, ils descendirent vers la vallée silencieuse. Là, ils firent halte, les mains étroitement enlacées, et tendirent l'oreille, mais les seuls bruits qu'ils entendirent furent les battements de leur propre cœur et le sifflement de leur respiration haletante.

Et pourtant, ils éprouvaient cette sensation de picotement que donne l'impression d'être observé. Alors ils se retournèrent et levèrent les yeux vers la montagne.

Pyrrha poussa un grand cri, et des larmes de joie emplirent les yeux émerveillés de Deucalion.

La montagne bougeait. On aurait dit qu'elle miroitait, et les rayons du soleil surprenaient, parmi les arbres et les rochers, les brefs reflets de ses mouvements.

Des visages timides jetèrent un coup d'œil sur la vallée, disparurent un instant, réapparurent pleins de curiosité. Des mains, des bras, des épaules surgirent des hautes herbes... et là où était tombée la dernière pierre, un jeune homme accroupi, le menton entre les mains, observait Pyrrha et Deucalion d'un air songeur. Ses yeux étaient gris comme les pierres, mais ils brillaient d'une ardeur bien humaine.

Il se leva et fit un grand geste qui englobait toute la vallée, toutes les collines et toute la région abondamment boisée que dominait la montagne.

– Tout cela nous appartient ? demanda-t-il avec étonnement.

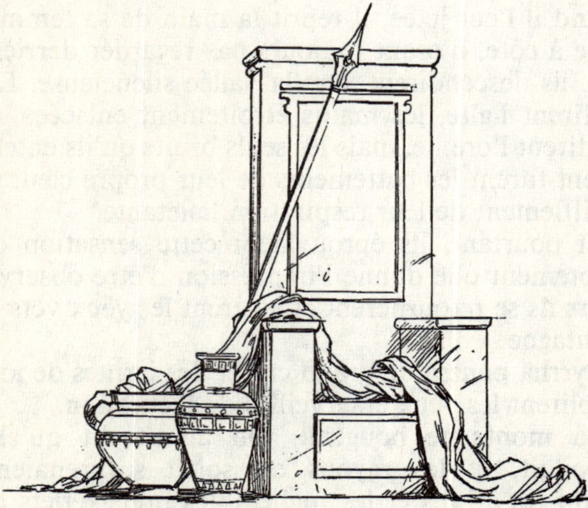

13
La maîtresse des moissons

De tous les Olympiens, c'était Déméter qui aimait le plus la terre. Le déluge avait léché le bord de sa robe, car elle s'était attardée dans ses champs jusqu'au dernier instant, incapable de leur faire ses adieux.

Et pendant que les eaux recouvraient le monde, elle avait erré comme une âme en peine dans le ciel aride dont les étoiles et les nuages laiteux lui plaisaient infiniment moins que les pâquerettes de ses prairies.

Lorsque les eaux baissèrent, la grande déesse retrouva le sourire et, dans le secret de son cœur, prit le parti des hommes. Elle bénit leurs moissons, et sa bienveillance veilla continuellement sur les champs et les greniers. Durant les longues soirées, elle aimait s'attarder dans la demeure de quelque paysan et écouter parler de la pluie et du beau temps, des nouvelles pousses et des vieux arbres, de la prochaine récolte et de la malignité des nymphes.

Aucun être humain ne se rappelait le déluge, dont le souvenir ne subsistait que dans l'esprit des loups, créatures maudites par les dieux et les hommes.

Bien que la déesse ne se manifestât jamais dans son aveuglante splendeur olympienne, la plupart des gens savaient qu'elle était une immortelle et, dans beaucoup de demeures, on lui réservait la place d'honneur à table, que tout le monde laissait libre jusqu'à ce que la lumineuse déesse daigne revenir l'occuper.

En fait, elle était davantage une étrangère dans l'Olympe, et son trône d'or et d'ivoire de la salle du Conseil était plus souvent vide que les chaises de bois blanc et de paille que lui réservaient les éphémères exploitants de ses pâturages et de ses champs.

Sa sœur Héra, l'orgueilleuse reine des Cieux, lui en faisait grief et déclarait d'un ton sarcastique que la luxurieuse Déméter adorait se faire culbuter dans le foin par ses boueux mortels aux yeux de pierre.

Mais le tout-puissant Zeus fronçait les sourcils et priait la majestueuse Héra de tenir sa langue. Bien que le maître du ciel n'eût jamais voulu en convenir, lui-même avait culbuté dans le foin la capiteuse Déméter, et l'enfant qu'elle avait porté faisait partie de la famille olympienne. C'était une fille nommée Perséphone mais, dans l'intimité, Zeus et Déméter l'appelaient toujours Coré en souvenir du curieux bruit qu'elle émettait quand elle avait commencé à parler. Cela ressemblait à « Coré... Coré... », et les deux immortels eux-mêmes s'étaient révélés incapables de lui trouver un sens.

Perséphone avait hérité d'une grande partie de la gentillesse de sa mère, ainsi que d'une passion pour les fleurs. Ses préférées étaient les coquelicots, et sa plus grande joie était d'en faire des bouquets dans les champs d'Enna, en Sicile, en compagnie de sa petite cour de nymphes.

Parfois, en venant chercher sa fille, Déméter ne trouvait que des blés ondulants parsemés de fleurs écarlates. Alors elle appelait : « Perséphone... Perséphone ! Coré, mon enfant ! » mais n'obtenait pas de réponse.

Et puis un corbeau prenait son essor... et, aussitôt, la myriade de fleurs semblait exploser en une tornade rouge. Poussant des cris terrifiants, Perséphone et ses nymphes impétueuses surgissaient des blés et faisaient pleuvoir une grêle de coquelicots sur la déesse ravie, qui se laissait tomber au milieu des épis en riant aux éclats. Elle ouvrait alors tout grands ses bras dorés, et Perséphone, toujours en lançant des fleurs, prenait d'assaut cette citadelle... où l'armistice se signait à coups de baisers.

A dire vrai, il arrivait parfois, comme le prétendait l'orgueilleuse Héra, que la grande déesse des moissons honore quelque mortel de ses divines faveurs. Mais elle n'était pas la seule. D'autres divinités s'étaient laissé séduire par les charmes ensorcelants des fragiles créatures de Prométhée. Car, bien que recréées par Zeus, celles-ci demeuraient les enfants du tragique Titan qui les avait conçues. Le bail qui leur accordait la jouissance de la terre était toujours aussi bref : aux yeux des immortels, il ne durait guère plus d'un après-midi. Peut-être était-ce cette fugacité qui attirait les Olympiens dans des bras dont la séduction devait être cueillie au vol avant qu'elle ne flétrisse.

En parcourant le monde, l'éclatante Déméter éprouvait souvent un pincement au cœur quand, en pénétrant dans une pièce bien connue, elle constatait que sa chaise n'était plus la seule vacante.

– Déjà ? murmurait-elle. Pourquoi sont-ils partis si tôt dans le sombre royaume de mon frère ?

– Ils étaient vieux, lui répondait-on tristement.

La déesse secouait alors sa magnifique tête. Quelquefois, on lui apportait un bébé pour qu'elle le bénisse, et elle souriait en s'émerveillant de voir l'espoir renaître.

Mais Perséphone, elle, était toujours jeune et jolie, et elle avait le don de chasser les idées noires. Aussi Déméter retournait-elle en Sicile et sillonnait-elle les champs d'Enna jusqu'à ce que les coquelicots se mettent à tourbillonner.

– Coré ! Coré !

La déesse appelait son enfant. Le soleil brillait de tous ses feux, et les coquelicots aux pétales fripés tremblaient légèrement dans l'ondulante mer d'or. Et puis ils reprenaient leur immobilité...

– Coré ! Coré !

La déesse tapa dans ses mains. Aussitôt, une nuée de corbeaux s'envolèrent en griffant le ciel bleu de leurs ailes noires.

– Coré... Coré ! croassèrent-ils comme s'ils se moquaient d'elle.

Cette fois, personne ne se cachait dans les blés, et Déméter fronça les sourcils. Son cœur se serra lorsque le souvenir des chaises vides voila comme un fantôme le champ désert.

Non... non. Déméter secoua sa tête immortelle. Sa Coré n'était pas soumise aux trois sœurs aveugles et à leurs abominables ciseaux. Pas plus que sa gaieté et sa vivacité n'étaient destinées à être enterrées dans le domaine noir et froid du sinistre Hadès.

La déesse sourit et retroussa sa robe brodée de fleurs jaunes et violettes. Elle venait de se rappeler que Perséphone aimait presque autant les champs de l'Arcadie que ceux de la sicilienne Enna. Très certainement, elle était en Arcadie...

Mais au moment où le char de la déesse s'élevait dans les airs et où les épis dorés se courbaient et ondulaient dans le vent de son départ, Déméter sursauta. Elle avait cru apercevoir, à l'orée d'un bois bordant le champ de blé désert, l'une des nymphes qui escortaient sa fille, et cette nymphe lui avait paru épouvantée. Il lui avait semblé qu'elle la regardait avec terreur.

Puis le char prit de la vitesse, la scène disparut en un clin d'œil, et la grande Déméter la chassa de son esprit.

Mais Perséphone n'était pas en Arcadie, pas plus qu'en Attique.

– Coré... Coré ! appelait Déméter.

Seule la brise faisait frémir les vastes champs de blé, et les coquelicots éparpillés restaient aussi figés que des gouttes de sang.

Aussi se rendit-elle en Crète et, pour la première fois, la peur habita le cœur d'une déesse.

– Coré... Coré ! appela-t-elle dans les champs opulents de l'île et sur les pâturages de ses collines.

Elle attendit... et, comme précédemment en Sicile, un vol de corbeaux s'éleva en croassant de l'étendue d'or et les ailes effrangées battirent comme un présage fatal. Déméter s'enfuit.

Alors commença sa grande quête. Elle chercha sa fille de pays en pays, l'appelant dans les champs, sur les berges des rivières, partout où poussaient les fleurs écarlates. Quand vint la nuit, elle abandonna son char et, brandissant dans chaque main une torche de pin, parcourut en trébuchant les champs qui lui avaient paru vides dans la journée, comme si elle soupçonnait le Soleil de l'avoir trompée. Des hommes et des femmes entrebâillèrent craintivement leurs volets et aperçurent les lueurs mouvantes sautillant dans les pâturages obscurs, puis bondissant dans un bois voisin dont les arbres prenaient brusquement un aspect menaçant. Parfois, un berger dormant à la belle étoile s'éveillait à l'approche de la déesse. A la lueur vacillante des torches, son ravissant visage apparaissait tout ridé par les ombres et la lumière rougeâtre, et ses yeux d'or étaient comme fous. Alors le berger terrifié enfouissait sa tête dans l'herbe et, au matin, s'imaginait avoir rêvé... jusqu'à ce qu'il découvre la traînée d'impalpable cendre grise que les torches avaient déposée sur le sol comme un voile de deuil marquant le passage de la déesse.

– Coré... Coré !

Les hommes qui travaillaient dans les champs s'arrêtèrent et pâlirent en entendant la voix de Déméter.

– Coré... Coré !

Cet appel, naguère si tendre, traversait à présent le monde comme le gémissement d'un vent aigre. Il retentit entre les colonnades des palais et sous les toits des masures assoupies, et les enfants s'éveillèrent en hurlant comme pour répondre à la mère immortelle qui cherchait sa fille perdue.

Les blés se desséchèrent, les épis se recroquevillèrent, l'or vira au brun, et les champs moissonnés ressemblèrent à d'étranges cimetières où les chaumes raides et rares s'inclinaient comme des stèles brisées dédiées aux richesses d'antan. Les bénédictions de Déméter étaient épuisées : dans le cœur de la déesse inlassablement en quête de sa fille, il n'y avait place que pour une peur lancinante.

– Coré... Coré !

Des oiseaux s'envolèrent et leurs nuées désordonnées s'enfuirent à tire-d'aile vers le sud pour échapper aux terribles cris de Déméter, tandis que, dans les bois et les forêts, de petits animaux se disputaient les ultimes fruits des arbres agonisants. Certains enfouirent de pauvres provisions dans quelque cachette pour prolonger leur vie de quelques mois, d'autres se couchèrent sur le sol aride, gémirent et moururent au moment même où passait la déesse éplorée.

– Coré... Coré !

Le cœur brisé, la déesse errante finit par atteindre la rébarbative montagne de pierre dans une ravine de laquelle étaient tapies les trois sœurs aveugles.

Le rouet de Clotho tournait en grinçant et le fil brillant s'allongeait... pour être mesuré et tranché, mesuré et tranché par les impitoyables ciseaux.

Ceux-ci se fermaient avec un claquement sec et, quand ils s'abattaient sur le fil tendu, leurs lames brillaient comme les ailes d'un implacable corbeau d'argent.

– Il y a une déesse dans les parages, marmonna Clotho en faisant tourner son rouet. Je sens sa lumière.

– Il flotte une légère odeur de blé et de coquelicot, croassa la robuste Lachésis. C'est la grande Déméter.

Quant à la chétive Atropos, dont la grossière robe blanche était marbrée de sueur, elle se contenta de hocher la tête. Elle gardait son souffle pour manier les terribles ciseaux. Rien ne l'arrêtait, rien ne la ralentissait, et la puissante déesse regarda avec horreur les fils coupés tomber comme grêle.

Ils s'amoncelaient sur le sol rocailleux en un tas informe dans lequel la déesse commença à fouiller. Sa grande quête avait abouti au pire endroit de tout l'univers.

Mais elle ne trouva aucun brin de fil assez brillant pour avoir été la vie de sa fille.

– Pourquoi si courts, pourquoi si vite ? chuchota-t-elle en regardant à nouveau travailler les trois laborieuses sœurs.

– Tu devrais le savoir, grande Déméter, ricana Clotho en tournant son vieux visage aveugle de droite et de gauche pour capter le rayonnement de la déesse dans toute sa force.

– Sans vos bénédictions, le fil s'amenuise, murmura Lachésis. Il faut le couper court.

Alors Clotho leva un bras si décharné qu'il ressemblait à un os enveloppé de peau jaunie et le tendit vers le vieux buisson tout tordu.

– Nous n'aurons bientôt plus rien à faire. La laine se fait rare. Les chèvres grasses ne grimpent plus jusqu'ici. Elles n'en ont plus la force : leurs pâturages roussis sont morts.

– Non ! s'écria la déesse brusquement angoissée. Arrêtez !

Elle saisit le poignet de la redoutable Atropos, et les ciseaux s'ouvrirent tout grands, laissant intact entre leurs deux lames le fil qu'ils s'apprêtaient à trancher.

– Allez-vous-en, grande déesse ! grogna Atropos en se libérant. Vous n'avez aucun pouvoir sur nous.

Les ciseaux se refermèrent avec un claquement sec. Le fil fut tranché net, et Déméter crut entendre, à l'autre bout du monde, un faible cri suivi d'un soupir et d'un flot de larmes...

– Coré... Coré ! sanglota la puissante Déméter. Mon cœur est vide de tout, sauf de toi ! Il est froid, mon enfant, froid et sombre comme le royaume des Morts. Coré... Coré !

Puis la voix de la déesse s'estompa et diminua au loin jusqu'à ce qu'on ne la distingue plus du soupir du vent qui se mêlait aux grincements du rouet de Clotho et au claquement continuel des ciseaux.

14
Coré... Coré...

Près d'Éleusis, en Attique, s'élevait une construction ayant connu des jours meilleurs. Certains disaient que c'était autrefois un palais. Assurément, quelques parties du bâtiment étaient fort anciennes, et la magnificence de leurs colonnes était sans commune mesure avec la nouvelle bâtisse édifiée dans la cour d'honneur primitive.

Cette masure – car ce n'était qu'une masure – était tapie sous un toit de chaume mal tenu qui la faisait ressembler à un gamin hirsute, accroupi dans l'ombre de son père déchu qui lui racontait des histoires du temps passé, quand les récoltes poussaient, quand les moissons étaient dorées, quand le vent était moins âpre et les nuits moins froides.

La famille qui vivait là se berçait de ces mirages de splendeurs enfuies, mais, en dehors de cela, c'était de braves gens, hospitaliers et honnêtes.

Pour peu que les voyageurs de passage acceptent de s'arrêter et d'écouter leurs inoffensives fanfaronnades, ils les nourrissaient de leur mieux avec leurs maigres ressources. Des rois n'auraient pu faire davantage. Seul l'un des fils, un garçon nommé Abas, leur faisait toujours honte par quelque manifestation d'insolence. Et cela parce que ce garçon passait trop de temps dans les ruines fastueuses, où il se rengorgeait et se pavanait avec une arrogance aussi périmée et aussi dérisoire qu'un passé mort depuis longtemps.

Pour lui, tout étranger était un mendiant et une cible facile pour son dédain puéril. C'est pourquoi, lorsque la grande femme frappa à sa porte et demanda à boire, Abas bouscula sa grand-mère et se dressa sur le seuil d'un air menaçant comme si la femme assoiffée était quelque bandit de grand chemin.

La robe qu'elle portait, brodée de fleurs jaunes et violettes, avait dû être magnifique, mais elle était maintenant boueuse et tout effrangée en bas, comme si la femme avait longuement erré dans les ajoncs et les épines à la recherche d'on ne savait quoi.

Car tout, chez elle, montrait qu'elle cherchait quelque chose. Même en attendant patiemment le verre d'eau qu'on était parti lui chercher, elle ne cessait de tourner les yeux de droite et de gauche, si fiévreusement que le dédaigneux Abas n'arrivait pas à déterminer s'ils étaient bruns, bleus ou dorés comme les cheveux ébouriffés.

– Que cherches-tu, mendiante ? demanda-t-il. Quelque chose à voler ?

Les yeux de la femme lancèrent un bref éclair, puis elle fronça les sourcils et secoua la tête en souriant comme une personne qui sait fort bien comment s'y prendre avec les jeunes gens.

– Non, répondit-elle doucement. Je cherche... mon enfant.

– On n'a vu aucun môme mendier dans les parages, déclara sèchement Abas. Alors ce n'est pas la peine de t'attarder ici.

A ce moment-là, la grand-mère du garçon revint avec un pichet de tisane d'orge dans laquelle elle avait jeté quelques feuilles de menthe pour la rendre plus rafraîchissante. Abas se rembrunit en voyant la vieille femme verser la boisson dans une coupe de pierre finement gravée. C'était un objet très ancien, et il était considéré comme l'un des trésors les plus précieux de leur demeure. Lui-même n'était pas autorisé à s'en servir, et voilà qu'on l'offrait à cette vagabonde dont la robe souillée exhibait accrocs et déchirures comme les symboles mêmes de la pauvreté.

Soudain, un bébé se mit à crier et une voix féminine appela de l'intérieur de la maison. La grand-mère s'excusa et laissa l'étrangère boire tout son content.

Mais Abas resta.

– Si j'étais le maître de cette maison, dit-il, les gens de ta sorte boiraient dans un tout autre récipient.

L'étrange visiteuse abaissa la coupe et regarda le garçon. Quelques grains d'orge étaient restés collés aux commissures de ses lèvres.

– Dans l'auge, ricana Abas. Parce que tu bois comme un cochon.

Les yeux de l'étrange visiteuse ne tournaient plus de droite et de gauche, ils étaient fixés sur Abas. Mal à l'aise, celui-ci constata qu'ils étaient effectivement dorés et terriblement brillants : ils lançaient des éclairs. La bouche soudain sèche comme de l'amadou, il se léchait les lèvres en un mouvement machinal et sa langue rentrait et sortait constamment.

Alors la femme leva la main. Abas la regardait avec des yeux ronds qui semblaient prêts à jaillir hors de sa tête. Il avait l'impression qu'elle grandissait, qu'elle montait de plus en plus haut, jusqu'au ciel. Terrifié, il fit demi-tour dans l'intention de se réfugier dans la maison. Mais il en fut incapable. La marche du seuil, naguère si modeste, se dressait maintenant au-dessus de sa tête comme un mur infranchissable. Alors il essaya de hurler. Une masse colossale, qui avait la forme du pied de sa grand-mère, s'éleva au-dessus de lui et commença à descendre pour le réduire en bouillie.

– File ! murmura une voix qui lui parut cependant emplir tout l'univers. Va cacher ta sale petite âme dans les pierres croulantes ! L'auge aux cochons elle-même est désormais trop grande pour toi !

Et la minuscule créature qui avait été l'insolent Abas s'enfuit, les lèvres toujours desséchées par le feu de la colère de la grande Déméter. Quelque douce que fût sa nature, elle était redevenue, pendant ce malencontreux instant, la fille du sauvage Cronos et la sœur de l'impitoyable Zeus.

– As-tu étanché ta soif, ma chère ?

La grand-mère sourit et demanda à la mystérieuse visiteuse si elle avait besoin d'autre chose. A ce moment-là, une forme s'enfuit rapidement de sous son pied. Elle baissa les yeux et, avec un frisson de dégoût, aperçut un petit lézard tacheté, dont la langue fourchue sortait continuellement de la bouche, et qui courut se cacher parmi les colonnes en ruines et les pierres ébréchées du vieil édifice.

– Pardonne-moi de t'avoir laissée seule, continua

la femme âgée pendant que l'étrangère inclinait la tête en silence, mais ma fille vient d'accoucher d'un nouveau garçon, et en ces temps de mort et de famine...

Sa voix s'éteignit, puis elle sourit comme pour s'excuser auprès de l'étrangère d'avoir parlé de choses aussi triviales que la faim et la souffrance. La vieille femme, dont les yeux délavés avaient vu toute une vie de privations s'estomper en souvenirs, leva la tête et essaya de croiser le regard de la grande étrangère pour partager avec elle la triste condition humaine.

– Tu seras la bienvenue à notre table, ma chère. Et nous pouvons également t'offrir un abri pour la nuit. Abas ! cria-t-elle brusquement. Abas ! (Elle regarda la visiteuse.) Tu as vu le garçon s'en aller ?

La femme hocha la tête et se dirigea vers les colonnades en ruine. Ses yeux brillaient de larmes qui n'avaient rien d'humain.

La grand-mère sentit soudain un grand froid lui étreindre le cœur. N'en comprenant pas la raison, elle se tut et fit entrer l'étrangère dans la chaumière.

La fille de la vieille femme était couchée dans un lit que l'on avait tiré près de l'âtre. Elle était pâle et amaigrie, mais, à la lueur des flammes, ses yeux brillaient de joie pendant qu'elle berçait son nouveau-né.

La grande étrangère lui sourit presque avec envie.

– Il faut que tu saches, dit la mère en levant la tête, que notre situation s'est beaucoup dégradée. Comme tu as dû le voir, cette maison était autrefois bien plus grande. Les ancêtres de mon mari étaient des gens très importants... des princes, je crois. Mais les temps ont changé et, avec cette terrible famine, nous devons vivre d'une façon à laquelle nous n'étions pas habitués.

L'étrangère inclina la tête. Son sourire se fit plus chaleureux.

– Cela ne t'empêchera pas d'être la bienvenue à notre table. On a beau être pauvre, on reste humain, vois-tu...

L'étrangère s'assit donc près du feu, et la vieille femme sortit de la pièce pour préparer le repas, tandis que sa fille continuait à évoquer les jours enfuis et les splendeurs familiales. Elle semblait fonder de grands espoirs sur le bébé qu'elle berçait et paraissait convaincue qu'il restaurerait la gloire de leur nom. Une fois déjà, elle avait éprouvé les mêmes espérances pour son dernier-né, Abas, mais il manquait de douceur et de respect. Ses autres fils, qui avaient tous été désirés, étaient de braves garçons, mais c'était avant tout des fermiers, et ils avaient la rudesse de la terre qu'ils cultivaient. Eubuléos lui-même, qui avait pourtant voyagé jusqu'en Sicile pour connaître le monde, n'était bon, depuis son retour, qu'à écrire des poèmes incompréhensibles et à s'occuper des cochons.

La mère fronça les sourcils et soupira.

– Tu as des enfants ? s'enquit-elle brusquement.

L'étrangère inclina tristement la tête.

– Une fille.

– Élevée et mariée, j'espère ? Et bientôt mère à son tour ?

– Non... non. Elle est encore jeune. Elle est toujours jeune.

– Oh, il ne faut pas te tracasser de la sorte, elle vieillira bien assez vite. Où est-elle, actuellement ?

– Je la cherche...

Cette réponse réduisit la mère au silence. Les mots de l'étrange visiteuse recelaient une tristesse si profonde qu'elle tint sa langue jusqu'à ce que le repas soit servi et, ensuite, s'absorba dans la contemplation des braises rougeoyantes. De temps en temps, elle jetait un regard sur la visiteuse et était obligée de reconnaître, en son for intérieur, que malgré sa robe déchirée et ses cheveux hirsutes cette femme était la plus belle qu'elle ait jamais vue. Elle se félicita que son mari ne soit pas là, car il en aurait sûrement été ébloui.

La grand-mère observait également l'étrangère, mais celle-ci la mettait mal à l'aise, et lorsque leurs regards vinrent à se croiser, la vieille femme pâlit...

– Donnez-moi le bébé, dit doucement l'étrangère. Je m'occuperai de lui pendant que vous irez toutes les deux vous reposer et profiter d'une bonne nuit de sommeil.

La mère s'apprêtait à protester, mais la vieille femme l'en empêcha.

– Refuser l'offre de l'étrangère serait un manque de courtoisie, dit-elle, et tu as tout à y gagner. Laisse la visiteuse s'occuper de l'enfant : ses mains sont douces et sa gorge généreuse. Vois comme le petit la regarde ! Il lui tend déjà les bras ! Allons, ma fille, détends-toi. Ton bébé n'a rien à craindre !

La grand-mère prit l'enfant des bras de sa mère et le déposa entre les grandes et belles mains de l'étrangère. Après quoi, en compagnie de sa fille toujours contrariée, elle se retira dans une autre pièce pour la nuit.

Pendant longtemps, Déméter garda le bébé dans ses bras, et la lueur dansante du foyer les transformait en deux statues d'or. Elle contempla le visage serein de l'enfant, et ses bras se resserrèrent autour du petit corps chaud.

– Coré... Coré... murmura-t-elle.

– Qu'est-ce que c'était ? demanda la voix assoupie de la mère.

– Rien, ma fille, chuchota la vieille femme. Seulement le vent sur le toit. Dors... dors...

Devant le feu, la déesse attendit... Elle attendit que les faibles bruits venant de la chambre se fondent dans le doux murmure du sommeil.

Alors, elle se leva.

– Viens, petit bonhomme. Puisque j'ai puni ton frère Abas, je vais te faire une faveur, par égard pour toutes les mères. Tu ne mourras pas, petit bonhomme. Toi et moi, nous allons vaincre les Moires. Viens... Déméter va te rendre immortel.

La mère se retourna en marmonnant dans son sommeil. Un spasme d'anxiété lui balayait constamment le visage comme une toile d'araignée. Elle leva la main pour la chasser.

– Non... non... bredouilla-t-elle.

Elle venait de faire un rêve bizarre. Cela avait commencé par l'apparition, d'abord trouble, équivoque, de trois énormes créatures, vêtues de grossières robes blanches, dont les têtes oscillaient continuellement car elles étaient aveugles. Et puis les trois têtes s'étaient immobilisées, tournées vers l'œil intérieur de la dormeuse.

Elles avaient éclaté de rire... et montré ce qui semblait être un fil de laine.

Brusquement, l'une d'elles avait tiré le fil d'un coup sec...

La mère se réveilla en poussant un cri. Une vive douleur lui perçait le cœur, et elle éprouvait un sentiment de terreur. Autour d'elle, tout était obscur et silencieux.

Que se passait-il devant le feu ? Son fils... son fils !

Frissonnante, elle se leva d'un bond.

– Dors... dors ! chuchota la vieille femme, et sa voix tremblait comme sous l'emprise d'une terreur mortelle.

Mais l'amour et la peur avaient rendu la mère

aveugle et sourde, sauf à ce que voyaient et entendaient les yeux et les oreilles de son esprit.

Elle poussa la porte. Le feu projetait sur le mur une ombre étrange, terrifiante. La mère retint son souffle. Elle se retourna, et ce qu'elle vit lui arracha un hurlement. La terrible inconnue était en train de laver son enfant dans le feu. Il se tordait dans les flammes qui tournoyaient autour de ses bras et de son cou, et les pointes de ses cils brûlaient comme de minuscules joyaux écarlates. La femme souriait avec une infinie tendresse en tenant le bébé par les chevilles au beau milieu du feu meurtrier.

La mère poussa un nouveau hurlement et se jeta sur l'inconnue. Elle la toucha, saisit sa robe et recula épouvantée. La femme la regardait.

– Tu ne me reconnais pas ? murmura-t-elle.

Effondrée, la mère hocha la tête et enfouit son visage dans l'ourlet de la robe de la puissante Déméter.

– J'aurais rendu ton enfant immortel, chuchota la déesse. J'allais détruire par le feu tout ce qu'il y a de mortel en lui. Mais les Moires t'ont envoyée m'en empêcher... En contrepartie, je te promets qu'il deviendra encore plus puissant que ta famille ne l'était jadis. (La déesse sourit.) Il rebâtira ta maison plus belle qu'elle ne l'a jamais été.

– Ma fille ne savait pas. Pardonne-lui... pardonne-lui, grande déesse !

La grand-mère se tenait sur le pas de la porte, et le rayonnement de Déméter faisait clignoter ses vieux yeux fatigués.

– Elle m'a déjà pardonné ! s'écria la mère en se remettant de sa terreur et en serrant contre son cœur son fils intact. Il sera roi... ou au moins un prince. La grande Déméter l'a promis.

De la cheminée, la déesse contempla la joyeuse

mère, son bébé et la vieille femme qui souriait si sereinement à sa descendance. Déméter secoua la tête. La gaieté régnait là où aurait dû couler les larmes. Si les Moires pouvaient trancher le fil de leur vie, elles ne pouvaient pas les abattre ! Qu'était l'immortalité en comparaison d'une couronne ? Ces femmes n'avaient pas été créées par les dieux, mais par le Titan Prométhée. Leur esprit n'était pas divin, il était titanesque. Maintenant, la déesse pouvait repartir et reprendre sa quête sans fin. Le spectacle de l'heureuse mère et de son enfant rouvrait la terrible blessure de la perte de Coré. Mais les femmes ne voulurent pas laisser partir la déesse. Elles la supplièrent de rester jusqu'au retour des hommes. On les attendait d'un instant à l'autre. Ils étaient allés dans les bois et les champs rassembler du bétail qui s'était égaré à la recherche de pâturages introuvables. On ferait un festin, aussi plantureux qu'on le pourrait. Il y aurait une grande tablée, comme dans le bon vieux temps, et Eubuléos réciterait son poème. Là, la grand-mère fronça les sourcils et parut hésiter, mais Déméter rit et accepta.

Ainsi, une fois de plus, la lumineuse déesse des moissons s'assit sur une chaise de paille et de bois blanc qui, comme toujours, lui était plus chère que son trône d'or de l'Olympe. Et une fois de plus, lorsque les hommes revinrent des champs, elle se tint un peu à l'écart et les écouta raconter leurs histoires.

– Vas-y ! Vas-y ! ne cessait de répéter la mère au grand adolescent chevelu, modestement assis au bout de la table. La puissante Déméter veut entendre ton poème.

L'adolescent rougit et se mordilla la lèvre en protestant qu'il s'agissait moins d'un poème que du récit d'une aventure qui lui était arrivée. Il ne pensait pas que la grande déesse souhaiterait apprendre comment il avait perdu ses cochons.

– Laisse les cochons de côté, dit sa mère avec irritation. Récite-nous le passage sur les chevaux noirs et la fille en larmes. Tu sais bien... celui où tu racontes comment tu as entendu un martèlement de sabots et vu ces quatre gigantesques chevaux noirs galoper vers toi dans le champ de blé en tirant un char d'or dont le conducteur était tout de noir vêtu. Tu n'as sûrement pas oublié la ravissante jeune fille qu'il tenait prisonnière et qui criait et pleurait toutes les larmes de son corps. Et tu as dit que la terre avait semblé s'ouvrir toute grande et que cette vision effrayante avait plongé dans les ténèbres. Et...

– Et mes cochons y ont plongé du même coup, dit Eubuléos d'une voix maussade.

– Non, laisse les cochons de côté, dit sa mère. Je me souviens que tu nous as raconté que ce que tu avais vu en dernier, c'était la main de la jeune fille tenant un bouquet de coquelicots.

Près de la cheminée, la déesse s'était levée. Elle était blême et ses yeux lançaient des éclairs.

– Où se trouvait ce champ de blé ?

– En Sicile. Juste à côté d'une ville appelée Enna.

– Coré ! hurla la déesse. C'était Coré !

15
Printemps aux enfers

Échevelée et terrible dans sa colère, la grande déesse affronta son frère aîné sur les pentes rocailleuses de la haute Olympe. Les nuages tremblèrent et les étoiles effrayées se tapirent dans leur trou en entendant Déméter maudire le ciel qui avait assisté à l'enlèvement de son enfant par Hadès, l'abominable dieu des morts.

– Et je ne bénirai pas davantage la terre, mon frère, tant que Coré ne sera pas revenue. Tout va mourir, puissant Zeus. L'immense jardin fertile se flétrira et se crevassera jusqu'au jour où Hadès héritera de tout. Apollon et Artémis éclaireront sa lente agonie et sa mort. Les joyeuses nymphes et les esprits de la terre disparaîtront dans le néant et se perdront dans l'éternité. Poséidon lui-même lèvera son trident contre toi. De tout l'univers, seul le sinistre Hadès te tendra sa main noire. J'en fais le serment, mon frère. Je le jure par le fleuve Styx.

Le maître du ciel frémit d'horreur, et son front d'or s'assombrit lorsque Déméter prêta le serment qu'aucun des dieux ne pouvait rompre.

– Hadès est un grand dieu, dit finalement Zeus en contemplant, à ses pieds, les arbres sans feuilles et la terre grisâtre. Devenir sa reine est un honneur pour notre fille, ma sœur.

– Qu'y a-t-il de commun entre la jeune Coré et ce lugubre souverain ? s'emporta Déméter. Quelles fleurs trouve-t-on dans ses champs funèbres ? Quel soleil, quel air, quelle lumière ? Elle adorait la musique, grand Zeus, et la voilà condamnée à écouter les gémissements des damnés et les soupirs des oubliés. Est-ce là son hymne de mariage ? Elle aimait les fruits de la terre : que servira-t-on à son banquet de noces, en dehors de la poussière des ossements ?

Des larmes brûlantes coulèrent sur les joues de Déméter et tombèrent sur les rochers de la montagne. Le chagrin avait pétrifié l'immortelle beauté de la déesse. Même ses seins opulents – entre lesquels Zeus lui-même avait un jour reposé sa tête – semblaient aussi durs et aussi froids que le marbre.

– Coré... Coré ! sanglota-t-elle. Si tu es à tout jamais perdue pour moi, que m'importe que l'univers périsse ?

Le père des dieux observa la tragique déesse et réfléchit aux dramatiques conséquences de son serment. Son gigantesque cerveau se déploya jusqu'à englober toute la foisonnante Création, il s'immisça dans les fissures les plus infimes où des êtres secrets se croyaient oubliés et à l'abri des regards, puis il soupesa le plus ténu des cris et le compara aux plus bruyants rugissements des tempêtes... car toute chose avait sa place.

Après quoi il appela Hermès, son messager.

– Va, commanda Zeus. Va trouver mon frère Hadès et ordonne-lui de libérer Perséphone. Telle est ma décision. Mais...

Le maître du ciel fronça les sourcils tandis que le lumineux messager s'apprêtait déjà à prendre son essor.

– Mais si elle a goûté à la nourriture des morts, alors elle devra rester dans les ténèbres pour l'éternité. Telle est la décision des Moires.

Il se tourna vers la déesse dont les yeux rayonnaient.

– Tu les as courroucées, ma sœur, et elles ont certains pouvoirs. Va, Hermès... va dans le royaume des morts.

L'air s'illumina brièvement, les nuages s'écartèrent... puis flottèrent lentement dans l'étincelant tunnel de lumière laissé par le passage du messager, jusqu'à ce que la trace de sa houlette, de ses bras écartés et des curieuses ailes de ses sandales se dissolve et disparaisse...

Hermès emprunta le même chemin que celui que Zeus et ses frères avaient suivi bien longtemps auparavant, quand ils avaient libéré les prisonniers du Tartare. Ce chemin traversait le bois de peupliers noirs qui bordait l'océan. Hermès franchit très vite et très haut le paisible fleuve Styx, et son scintillement dans l'air lourd fit lever les yeux à Charon, le squelettique nocher des enfers, qui se demanda ce qu'une étoile filante faisait si loin du ciel. Ensuite, sur la rive opposée, Cerbère, le monstrueux chien des enfers, leva ses trois énormes têtes en les balançant si bien que ses cruels yeux rouges semblèrent éclabousser la nuit de gouttelettes de sang.

Poursuivant son vol, le dieu arriva au-dessus de

la grisaille mouchetée des champs d'Asphodèles où les âmes errantes bruissaient comme d'invisibles feuilles sèches. Au-delà, tels deux miroirs ternis, s'étendaient les étangs de la Mémoire et de l'Oubli, sur lesquels se penchaient les minces arbres blancs qui y laissaient tomber leurs fruits amers...

D'innombrables fantômes s'agglutinaient autour de ces étangs, allant d'un pas indécis de l'un à l'autre, cherchant à éteindre la douleur par la douleur.

Le messager frissonna au spectacle du sombre royaume dont les plaines ténébreuses s'étendaient dans une éternelle solitude. En imaginant la lumineuse Perséphone, il pressa encore l'allure, plus vite, toujours plus vite, jusqu'à la résidence d'Hadès, macabre équivalent de l'altière Olympe.

Immense et noir, le palais finit par se dresser devant lui, drapé dans un silence menaçant.

Les gigantesques colonnes de jais qui précédaient le portique se strièrent fugitivement de longues rayures d'argent quand le dieu passa entre elles, puis retombèrent dans leur habituelle noirceur : le dieu avait pénétré dans la place.

Tel un feu follet, Hermès enfila d'interminables corridors en tournant vers la droite ou vers la gauche lorsqu'un mur lui barrait brusquement le passage et faisait surgir devant lui sa propre ombre, transformant les rubans de sa houlette en serpents agressifs.

Plus profondément, toujours plus profondément, il s'enfonça dans le labyrinthe jusqu'à ce que l'obscurité commence à rougeoyer et que les corniches sculptées se frangent d'or.

La lueur s'accentua progressivement pendant que le dieu se hâtait vers sa source. Petit à petit, elle métamorphosa le sol dallé en un fleuve d'airain bordé de ténébreux arbres d'or s'élevant jusqu'à un ciel d'or lézardé. Là, de sombres escarboucles, des opales et des diamants éteints vous observaient comme un univers d'étoiles mortes.

Telles étaient les richesses d'Hadès, seigneur des morts.

– Que me veux-tu ?

L'immortel Hermès était arrivé en présence du dieu.

Assis sur son trône massif, l'énorme Hadès toisait d'un œil noir le svelte et lumineux messager de la lointaine Olympe.

– Votre royaume est somptueux, mon oncle, répondit Hermès en admirant courtoisement les sombres immensités dorées.

– Mon royaume est solitaire, rétorqua sèchement le dieu.

– Vraiment ? (Le dieu des voleurs, qui traçait du bout de sa houlette des dessins sur le sol gravé, leva les yeux.) Je crois savoir qu'il est moins solitaire qu'il ne l'était.

L'expression renfrognée d'Hadès s'accentua. Un feu sauvage parut s'allumer au fond de ses yeux.

– La divine Perséphone, continua le messager de Zeus en regardant tantôt la voûte sertie de pierreries, tantôt les opulentes sculptures qui couvraient les murs au point de sembler ruisseler comme un lent fleuve d'or, la fille de la grande Déméter...

– Que veux-tu ? Va droit au but, pour une fois.

Mais aller droit au but n'était pas dans les habitudes d'Hermès. Il sourit et voleta autour du redoutable trône, allant même jusqu'à le surplomber.

– De toi à moi, mon oncle, le bruit court qu'elle ne serait pas heureuse ici. On prétend qu'elle maigrit, qu'elle perd ses couleurs et qu'elle passe son temps à pleurer. Qu'elle refuserait la nourriture qu'on lui offre... Bien que cela ne me regarde en rien, seigneur Hadès, il me semble qu'une nymphe ou une déesse au caractère plus accommodant que la fille de Déméter ferait une reine plus agréable.

– Est-ce là le message de mon puissant frère ?

L'immortel Hermès soupira et renonça à la diplomatie.

– Mon père te prie de libérer Perséphone, seigneur Hadès.

– Non... non...

Le murmure du dieu parut emplir son terrible palais, dont toute la substance morte murmura avec lui « Non... non... »

Alors Hermès brandit son insigne de héraut et rappela au colossal Hadès tassé sur son trône que, pas plus que le restant de la Création, il n'était à l'abri de la foudre. Hadès leva les yeux. Ils exprimaient une haine farouche et une souffrance aussi immense et aussi violente que celle de Déméter.

– Perséphone...

Une fois de plus, les couloirs de bronze répercutèrent le murmure du dieu jusqu'à ce qu'Hermès eût l'impression que le royaume des morts tout entier chuchotait « Perséphone... Perséphone... »

Alors elle arriva. L'air confiné commença à vibrer, une chaleur diffuse s'y répandit insidieusement. Les colonnes fissurées qui se dressaient à l'entrée de la salle comme une forêt de métal sortirent de l'ombre, illuminées par les rayons d'un mouvant lever de soleil en robe fleurie.

– Perséphone !

La fille de Zeus et de Déméter s'arrêta devant le sombre trône.

Elle vacilla légèrement et porta la main à un accroc dans l'épaule de sa robe, puis elle leva ses yeux brillants de larmes. Et pendant qu'elle contemplait son terrible amoureux, son rayonnement emplit doucement la pièce. L'or commença à étinceler, et la voûte s'illumina en un ciel de joyaux qui scintillaient dans la lumière. La sinistre salle parut se transformer en une précieuse châsse ciselée d'une infinité de nymphes, de tritons et de plantes dont les parois trompeuses contaient les étranges aventures.

– Perséphone !

Hermès fut ébloui et comprit pourquoi le sinistre Hadès avait osé défier l'autorité de l'Olympe.

La déesse arrivait du jardin qui s'étendait derrière le palais, et un être desséché, aux cheveux blancs, l'avait suivie. C'était un jardinier appelé Ascalaphos, dont les yeux douloureux contemplaient la déesse comme deux lunes éteintes. Ses longs bras, musculeux à force de se dresser pour émonder les silencieux arbres noirs, pendaient maintenant à ses côtés, et ses doigts crochus se tendaient vers le sillage de la jeune déesse comme s'il y découvrait partout des fantômes de fleurs.

– Puisque je ne peux pas te rendre heureuse, Perséphone, mieux vaut que tu repartes.

Hadès avait parlé d'une voix basse, grinçante, comme s'il avait arraché ses mots à des chaînes rouillées.

La fille de Déméter regarda le gigantesque dieu ténébreux avec incrédulité et resta bouche bée de stupéfaction et de joie.

– Je t'aimais, Perséphone, murmura Hadès. Mais ce n'était pas suffisant.

Des larmes aussi rouges que du sang coulaient sur ses joues ombreuses.

– Va-t'en ! Va-t'en ! cria-t-il brusquement et sa voix éveilla de tels échos dans les corridors de bronze que les colonnes tremblèrent et que les murs vacillèrent.

– Tu ne le regretteras pas, mon oncle, dit précipitamment Hermès en entraînant Perséphone loin du trône, vers le péristyle. Toute la Création va applaudir la générosité de ton geste avisé.

Mais le dieu, qui regardait la douce lumière s'éloigner, gémit seulement :

– Perséphone... Perséphone...

Elle était déjà au milieu des arbres de la forêt de métal, et la salle du trône d'Hadès s'enfonçait dans ses immenses ténèbres dorées. Les étoiles scintillantes s'éteignirent, et les histoires des murs prirent fin, écrasées sous le poids des cauchemars qui planaient dans la pièce.

– Les dieux te rendront hommage, cria la voix lointaine d'Hermès qui se faufilait entre les colonnes, et les redoutables Moires elles-mêmes t'approuveront, mon oncle, car tel est également leur désir. Perséphone doit revenir, ont-elles décrété, si elle n'a pas goûté à la nourriture des morts.

La nourriture des morts... La voix du héraut parut s'éteindre parmi les colonnes comme un flot qui se retire.

– La nourriture des morts ?

Ascalaphos, le hideux jardinier, s'éveilla brusquement de sa torpeur en poussant un cri strident. Il s'étrangla, toussa, bredouilla avec une jubilation féroce.

– Sept pépins ! glapit-il. Elle a grignoté sept pépins ! Je l'ai vue de mes yeux ! Des pépins de grenade... aussi rouges que son sang !

L'abominable créature caracolait triomphalement en agitant ses longs bras comme des ailes déplumées.

– A présent, elle est forcée de rester ! A présent, elle est forcée de se promener éternellement dans *mon* jardin et de cueillir *mes* fleurs !

La déesse et son enfant perdue se retrouvèrent à Éleusis, mais si la joie délirante de leurs retrouvailles sembla faire régner un semblant d'été sur la terre désolée, ce fut uniquement à Éleusis. Une joie comme celle-là ne pouvait ni s'étendre ni durer. Elle était faite de larmes et vouée à des adieux. Perséphone était destinée au royaume d'Hadès ; Déméter, à l'éternel hiver du monde.

– Les Moires ! Les Moires ! croassa le jardinier infernal dont l'intervention avait condamné Déméter et sa fille.

Il s'agrippa à la roue du char de la grande déesse comme pour l'empêcher de fuir. Mort, desséché et poussiéreux, il battait des paupières avec envie à la lumière du jour.

– J'ai été l'instrument des Moires !

– Alors, sois maudit à tout jamais, décréta Déméter furieuse, tout comme ces abominables sorcières !

Elle leva la main et gifla le jardinier. Aussitôt, cet être venimeux se décomposa. Sa bouche s'ouvrit toute grande, se déforma et durcit comme un bec d'oiseau, puis le haut de son visage se contracta, se ratatina jusqu'à ce que ses yeux brillants de méchanceté occupent presque toute la place. Labourés par des douleurs atroces, ses longs bras battirent l'air, plièrent, craquèrent, se fendirent en plusieurs endroits, et leur chair lacérée se transforma en plumes. Il hurla... mais ce n'était plus des mots qui sortaient de son gosier.

– Disparais, répugnante créature !

Sur l'ordre de la déesse, Ascalaphos lâcha aussitôt la roue du char et, toujours glapissant, s'enfuit à tire d'aile pour aller se cacher à tout jamais dans ces lambeaux des Enfers qui parsemaient encore le monde de la lumière, sinistre effraie dont les ululements seraient condamnés pour l'éternité à annoncer les catastrophes au milieu de la joie !

Déméter délaissa la compagnie des dieux et celle des hommes. Elle cessa de pleurer, comme si elle ne voulait pas que ses larmes puissent nourrir le monde qu'elle avait maudit. Hagarde et terrible, elle erra dans les forêts désolées où les bêtes sauvages mouraient et où les rivières gelaient. Il lui arrivait parfois de s'agenouiller et de regarder, emprisonné dans l'épaisseur de la glace, la nymphe ou le génie des eaux qui gisait, les yeux fixés sur le ciel, le corps transpercé d'aiguilles de cristal. L'angoisse répondait à l'angoisse, et la déesse poursuivait son chemin.

L'un après l'autre, ses frères et ses sœurs en immortalité l'avaient suppliée, mais à chacun d'eux elle avait fait la même réponse :

– Coré... Coré ! Rendez-moi mon enfant !

Finalement, elle traîna sa désespérance en Attique. Elle erra sur les pentes désertes du mont Hymette où les abeilles sauvages fabriquaient autrefois du miel pour les dieux. Le jardin jadis si fertile de Prométhée s'effritait sous ses pas. Soudain, elle trébucha et poussa un cri de douleur : un tesson de poterie avait entaillé son talon. Elle se pencha pour le ramasser. S'agissait-il d'un fragment de la jarre contenant la matière avec laquelle le Titan avait façonné le premier homme ? Déméter secoua la tête. Quelle importance cela avait-il à présent ? Tout son travail avait été vain...

– Déméter, mon enfant.

La déesse leva les yeux. Bien que la maison du Titan tombât en ruines, quelques pans de mur étaient encore debout. La voix qui l'avait appelée provenait de l'intérieur.

– Déméter, puissante déesse des moissons !

Elle entra lentement dans la maison. Il y faisait très froid et il y flottait une odeur fétide. Les pièces s'étaient écroulées les unes dans les autres, et tout ce qui restait de la mystérieuse chambre où avait travaillé Prométhée était le figuier desséché.

– Déméter.

Une imposante silhouette était accroupie auprès du tronc de l'arbre. C'était Rhéa, mère de la Création et de Déméter elle-même.

– Grande déesse... tu dois revenir sur ta décision.

– Rends-moi mon enfant !

– Moi aussi, j'ai perdu des enfants... même toi, Déméter.

– Mais ils sont revenus.

– Seulement pour que je les perde une seconde fois.

Les insondables yeux de Rhéa se posèrent sur sa fille dont la tristesse était en train de détruire le monde.

– Écoute, chuchota-t-elle.

Elle tendit la main, et Déméter entendit au loin, dans les montagnes déchiquetées du Nord, les cris de douleur de Prométhée enchaîné.

– Le vautour le tourmente toujours, murmura Déméter.

– Pas le vautour, dit Rhéa, mais toi, ma fille. Prométhée pleure sur le monde.

Déméter baissa la tête et se laissa tomber aux pieds de sa mère.

– Rends-moi mon enfant.

La main de Rhéa s'enfouit dans l'or chatoyant de la chevelure de sa fille.

– Oui... oui, elle reviendra, à maintes reprises. Il y aura des retrouvailles, Déméter. Il y aura des jours de liesse. Mais il doit aussi y avoir des séparations. Nous ne pouvons échapper aux Moires, mon enfant.

– Coré... Coré ! Où es-tu ?

Les coquelicots éclatants s'inclinèrent dans le champ doré.

– Coré !

Alors les coquelicots explosèrent en une joyeuse tempête écarlate et Coré, déesse du printemps, se jeta fougueusement dans les bras de Déméter, qu'elle calma, une fois de plus, de ses baisers.

Le monde était en été et les journées étaient longues. Déméter souriait, oubliant tous ses malheurs dans l'immensité de son amour. Puis les nuits devinrent aussi longues que les jours. Alors, l'effraie ulula son histoire de pépins de grenade et lui rappela l'impitoyable décision des Moires. Pour Déméter et Coré, le temps était venu de se séparer. Durant de longs et tristes mois, Coré devrait demeurer chez Hadès. Durant de longs et tristes mois, Déméter devrait errer à travers le monde en appelant en vain son enfant. « Coré... Coré... »

Mais elle reviendrait. La grande Rhéa l'avait promis. En dépit des Moires, l'enfant de Déméter reviendrait chaque année.

16
Un garçon charmant

C'était la saison de Coré. Le monde était vert, et les rieuses nymphes des rivières – libérées de la glace – ne pouvaient s'égarer dans le moindre bosquet sans tomber dans des bras avides. Zeus, toujours tel qu'en lui-même, semblait être partout... sous la forme d'une caille, d'un cygne, d'un aigle, d'un nuage ou même d'une pluie d'or. Sa passion ailée planait continuellement au-dessus du monde inférieur, épiant et fondant du ciel à une telle cadence que les nymphes insouciantes en venaient à soupçonner chaque oiseau et chaque giboulée de cacher le dieu.

Les nymphes n'étaient d'ailleurs pas les seules à surveiller avec appréhension les brusques changements de temps. La puissante Héra, dont les yeux perçaient les nuages, regardait avec une divine colère le grand dieu peupler la terre de petits bâtards... Mais le jour viendrait où Zeus lui-même devrait rendre des comptes. La reine des Cieux ruminait sa vengeance dans sa chambre solitaire pendant que des rires montaient du monde inférieur où les nymphes tombaient comme des pétales de fleur emportés par un vent chaud.

Ne possédant ni la légèreté ni la rapidité des nymphes, les femmes mortelles se montraient plus circonspectes. Il leur fallait un certain temps pour que la passion leur donne des ailes : elles avaient besoin d'être flattées, courtisées. Ce fut le cas de Chioné, une jeune fille de la bonne société qui vivait en Attique, entre Éleusis et Athènes.

Extrêmement jolie, comme peut l'être une mortelle –, elle rappelait la troublante beauté de Pandore –, elle aimait à se promener seule le long des ruisseaux murmurants, et rêver d'amoureux plutôt qu'être en leur compagnie.

Les nymphes l'observaient à travers le feuillage, mi-intriguées, mi-apitoyées. Lorsqu'elle se baignait, elle restait dans l'ombre comme si le spectacle de sa propre nudité l'effarouchait, puis elle repartait pudiquement vêtue.

Mais Apollon l'avait remarquée. Comme son tout-puissant père, le dieu-soleil était amoureux de l'amour et brûlait souvent avec encore plus d'ardeur que ses fonctions ne l'exigeaient. Les feuilles n'étaient nulle part assez serrées pour empêcher ses rayons de passer, et les regards du dieu les avaient traversées, enflammés de désir. Le soleil brilla de tous ses feux... et sembla accélérer sa course tandis qu'Apollon ramenait ses fougueux coursiers à l'écurie, afin d'être libre d'aborder Chioné sur son propre terrain, durant sa propre nuit.

L'immortel Hermès avait également remarqué la belle Chioné. Sous l'aspect d'une grue, il s'était perché dans les branches pour l'observer de plus près et plus longuement.

– C'est moi qui l'ai vue le premier ! cria Apollon furieux en se penchant hors de son char étincelant, tandis que ses chevaux, n'étant plus surveillés, piétinaient les nuages les plus élevés et dispersaient leurs lambeaux dorés aux quatre coins du ciel.

Hermès sourit et regarda Chioné se sécher et enfiler sa robe en nouant étroitement sa ceinture contre la brise aux doigts légers. Tout comme son puissant frère et son puissant père, Hermès était également un amoureux... un amoureux au sourire ambigu et à l'œil pétillant de rêves malicieux...

– Elle est destinée aux bras d'Apollon ! cria la voix du dieu-soleil en s'éloignant vers l'ouest.

– Pourquoi pas ? murmura Hermès en évaluant la distance que son puissant frère avait encore à parcourir.

Les dieux de tous les jours doivent suivre l'écoulement naturel du temps et attendre la nuit. C'est pourquoi Chioné, en continuant sa promenade et ses rêveries d'amours irréelles, rencontra un beau berger dont les sandales étaient ornées de petites ailes.

– Si j'étais un dieu, lui déclara ce berger en l'accostant, je t'emprisonnerais par le feu de mon regard et ferais de toi ma déesse pour une heure.

Chioné releva le menton d'un air dédaigneux... et resserra sa robe, car le berger avait des yeux vraiment très brillants.

– Si j'étais un dieu, poursuivit le berger qui lui barrait la route en scintillant d'une manière troublante, mystérieuse, je te construirais sous les arbres un palais de verdure où les nymphes te chanteraient des chansons d'amour et où...

– Si tu étais un dieu, coupa sèchement Chioné, tu parlerais moins et agirais davantage !

C'est pourquoi Hermès sourit... et agit.

Crachant le feu par les naseaux, les chevaux du dieu-soleil emportèrent le char de lumière vers l'ouest. On entendit le tonnerre gronder au loin lorsque ses roues étincelantes foulèrent le sol d'airain des écuries, puis ce fut le silence de la nuit.

Apollon arriva à grands pas, encore moite de la sueur dorée de son labeur.

– Bonsoir, mon frère, lui dit Hermès en sortant d'un bosquet et en le rejoignant au bord du ruisseau. Cette journée n'a-t-elle pas été anormalement courte ?

Personne n'a jamais su ce que Chioné raconta à son père, fier Athénien, en rentrant à la maison quelques minutes avant l'aube. Personne n'a jamais su s'il la crut sur parole ou si pris d'une colère terrible, il l'enferma jusqu'à la fin du printemps.

Mais quand elle mit au monde deux garçons, le sévère Athénien lui-même fléchit quelque peu. Le cœur le plus endurci du monde n'aurait pu résister au charme de l'un des jumeaux, un adorable enfant aux yeux vifs qui aurait pu dérober la dent en or de son grand-père sans que celui-ci ne s'en aperçoive. On l'appela Autolycos.

En volant de l'Olympe au Parnasse, l'immortel Hermès abaissa son regard sur la petite maison proche d'Athènes. Il sourit avec une tendresse inaccoutumée... et accéléra son vol. Dans le monde inférieur, c'était l'hiver. Perséphone était chez son rébarbatif amoureux, Hadès, et Déméter se désolait en écoutant ululer l'effraie. Le grand Zeus, se détournant des nymphes gelées, traçait son sillage doré parmi les filles des hommes. Il arrivait parfois à Hermès de l'apercevoir sortant de la chambre de quelque jouvencelle comme une étincelante étoile filante... et de voir ensuite la jeune fille, alanguie et perplexe, scruter la nuit en se demandant s'il s'agissait d'un dieu, d'un rêve ou des mensonges d'un amoureux ? La puissante Héra l'apercevait également et, le lendemain matin, on trouvait l'amoureuse de la nuit précédente gisant, froide et sans vie, percée par les traits de la lune virginale : la farouche Artémis, chasseresse et dispensatrice de mort violente, s'était rangée aux côtés de la reine des Cieux humiliée dont la soif de vengeance allait toujours croissant...

Hermès fronça les sourcils et poussa un soupir en souhaitant la venue du printemps. Partout, son ouïe fine détectait le cliquetis affairé des Moires, la saison froide tuait, encore et encore.

Mais son Autolycos ne mourut pas. Il devint au contraire un svelte et beau garçon dont le passage était jalonné des sourires indulgents de ceux qui ne savaient jamais très bien pourquoi ils avaient souri, alors que, réflexion faite, ils auraient plutôt dû faire la grimace. Souvent et longuement, le dieu s'attardait au-dessus de la petite maison proche d'Athènes... et ajoutait un sourire à la collection d'Autolycos. Jusqu'au jour où le grand dieu de l'artifice n'y tint plus et descendit faire la connaissance de son séduisant rejeton.

On était en été, et le subtil enfant se promenait au bord d'un ruisseau lorsqu'il rencontra un berger de grande taille dont les sandales dorées étaient ornées de petites ailes.

Autolycos lui céda poliment le passage, mais la courtoisie du berger coïncida très précisément avec la sienne, si bien qu'ils se retrouvèrent face à face et sourire à sourire. A nouveau, Autolycos fit un pas de côté... et, à nouveau, ils le firent ensemble. Aussi Autolycos déclara-t-il :

– Noble étranger, je vais rester immobile. Passe du côté qui te conviendra le mieux.

Le berger l'examina de la tête aux pieds et constata qu'il avait de jolies jambes et de beaux cheveux noirs bouclés. Il hocha la tête.

– Si j'étais un dieu, dit-il plaisamment, je serais heureux de t'avoir pour fils.

– Si tu étais un dieu, noble étranger, répondit Autolycos avec un sourire en coin en direction du ruisseau, je serais heureux d'avoir un tel père.

Le berger se détourna pour dissimuler l'amusement qui pétillait dans ses yeux. L'enfant, n'étant après tout qu'un enfant, ramassa alors un caillou, le jeta dans le ruisseau et s'accroupit pour regarder quels poissons il avait effarouchés et s'ils valaient la peine d'être pêchés. Le berger l'observa, puis, avec un regard ironique sur le soleil, s'assit à côté de lui, les jambes croisées, et l'aida en écartant les herbes flottantes avec son long bâton enrubanné.

– Si j'étais un dieu, murmura-t-il négligemment en regardant couler l'eau vive, et si je pouvais faire des miracles et modifier les choses comme il paraît que les dieux en ont le pouvoir, qu'est-ce qui te ferait plaisir, Autolycos ?

L'enfant fronça les sourcils et réfléchit profondément. Il était à l'âge où l'on ne s'étonne de rien : les rivières pouvaient se changer en or et les meubles de sa chambre se transformer en bêtes sauvages rampant à ses pieds. De temps en temps, il tournait la tête... et croisait le regard attentif du berger.

– Te plairait-il d'être aimé, Autolycos ?

– Je le suis, répondit l'enfant avec simplicité. Les gens m'aiment bien, tu sais.

– Il est certain que tu as hérité d'un visage agréable...

– Et puis j'ai du charme. Tout le monde s'accorde à me trouver beaucoup de charme. Et je suis également doué pour la musique. Je sais déjà jouer de la lyre et de la flûte.

– Te plairait-il d'être modeste, Autolycos ? Aimerais-tu le don de modestie ?

– Pour quoi faire ? Qu'est-ce que j'en ferais ?

– Tu la porterais comme un manteau, Autolycos. Elle pourrait te préserver de bien des vents acerbes.

L'enfant haussa les épaules : le conseil était assurément fort sage, mais pour quelqu'un d'autre. Le berger soupira.

– Quand Prométhée a créé les hommes et les femmes, il leur a donné la vie, mais pas grand-chose de plus. Tout secours...

– Mais cela s'est passé il y a très longtemps. Il paraît que, depuis, les dieux y ont remédié... De toi à moi, noble étranger, dit Autolycos en s'asseyant sur ses talons et en examinant les curieuses sandales de son interlocuteur, j'attendrais d'un dieu quelque chose de plus que ce que je suis capable de faire par moi-même. Je suis modeste, tout le monde le dit. Je préférerais être riche et...

– Et quoi, Autolycos ?

– ... et ne pas me faire prendre.

– Que veux-tu dire ?

Le berger leva rapidement les yeux au ciel, puis les reposa sur Autolycos avec un mélange de compréhension et de suspicion.

– Eh bien, noble étranger... j'ai beaucoup réfléchi à la question. Les palais et les royaumes, c'est très bien, mais on risque de les perdre... ou de se les faire voler. A moins d'avoir la force d'un Titan, il est difficile de conserver ce que l'on a acquis. Tu ne vas pas me croire, mais, par ici, il suffit qu'une vache disparaisse pour que les gens se mettent à sa recherche avec un gourdin à la main et des envies de meurtre dans le cœur.

Autolycos s'exprimait avec une telle conviction que le berger devina qu'il parlait d'expérience, en dépit de son jeune âge.

– Serais-tu un voleur, Autolycos ?

– Ai-je rien dit de semblable, noble étranger ?

– Serais-tu un voleur comme Sisyphe, ce Prométhée au petit pied, aussi brutal et irraisonné qu'Arès ? poursuivit le berger.

– Sisyphe est riche, dit l'enfant avec envie. Et, de toi à moi, il est loin d'être idiot, noble étranger.

– Il ne s'agit pas d'une confidence de toi à moi, rétorqua sèchement le berger. Tout le monde sait qui est Sisyphe. Les traces de tous les bestiaux qu'il a dérobés le désignent assez clairement.

– Moi, j'aurais attaché des morceaux d'écorce sous leurs pieds, dit l'enfant d'une voix rêveuse. Ou quelque chose de ce genre.

Le berger sursauta... et s'écarta légèrement, comme pour échapper à quelque soudaine ardeur du soleil.

– Je voudrais, continua l'enfant en parlant si bas que le berger dut se pencher tout près pour l'entendre, je voudrais pouvoir modifier l'aspect des choses, de façon que tout ce que je prendrais, ou trouverais, ou dénicherais, ait l'air de m'appartenir. De toi à moi, noble étranger – et, cette fois, c'est réellement de toi à moi –, voilà qui serait véritablement un don des dieux, surtout pour un garçon comme moi, qui suis d'un tempérament plus pacifique et plus délicat que les Titans... même si mes rêves sont élevés.

L'allusion aux rêves parut envoûter le berger, qui sombra dans un silence songeur. Ses yeux d'or semblèrent s'ouvrir sur un monde plus vaste que les berges du petit ruisseau cascadant et contempler des sables infinis, parsemés de flamboyants lacs de lumière étincelante.

– Tu en as attrapé un ! s'écria brusquement l'enfant.

Le berger sortit de sa rêverie. Il rit et retira son bâton de l'eau sinueuse. A son extrémité frétillait un poisson scintillant. Il le tendit à Autolycos et en profita pour toucher la tête et les mains de l'enfant avec l'étrange bâton.

– Si j'étais vraiment un dieu et si tu étais vraiment mon fils, murmura-t-il, je crois que je t'accorderais le pouvoir de changer l'aspect des choses...

– Et... ? questionna Autolycos en prenant le poisson par la queue et en fixant avec une envie puérile les jolies sandales du berger.

– Et la modestie de ne pas outrepasser les limites de ta nature, répondit le berger en se levant brusquement, et de ne pas avoir les yeux plus grands que le ventre.

Sur ces mots le berger, mi-esquivant mi-reculant, disparut dans les bois qui bordaient le ruisseau.

Le jeune Autolycos le chercha des yeux.

– S'il est vraiment un dieu et si je suis vraiment son fils, murmura-t-il, je ne me ferai plus jamais prendre.

Il sourit joyeusement et s'empressa de rentrer chez lui pour partager avec Chioné, sa mère, le merveilleux poisson et sa merveilleuse histoire.

17
Deux voleurs

Les terres de Sisyphe s'étendaient de part et d'autre de l'isthme de Corinthe. Chez cet homme, tout était démesuré : la force, la fortune et la scélératesse. Son bétail passait pour rivaliser en beauté avec les légendaires troupeaux d'Apollon, et on chuchotait que sa magnifique épouse, Mérope, était la fille d'un Titan. Rien n'était trop beau pour Sisyphe, le mortel qui, s'il avait eu besoin de feu, l'aurait volé dans les poches du soleil.

Cela dit, Sisyphe, contrairement aux dieux mais à l'instar des autres mortels, avait un voisin. C'était peut-être la seule chose qu'il n'ait pas dérobée. Il avait déjà eu des voisins dans le passé, mais aucun qui ressemblât à celui-là, dont le charme et la modestie étaient quasi divins. Il s'appelait Autolycos. A plusieurs reprises, il avait rendu visite à

Sisyphe et s'était extasié sur les splendeurs de son domaine et, après son départ, Sisyphe s'était toujours assuré d'un œil exercé qu'il ne lui manquait rien.

Quelque chose, chez ce fringant voisin aux belles boucles brunes qui semblait toujours avoir un œil à la traîne, empêchait Sisyphe de lui faire entièrement confiance. Derrière le parfum d'huile odorante qui se dégageait de la chevelure ondulée d'Autolycos, Sisyphe était convaincu d'avoir flairé l'arôme familier de la friponnerie.

Cependant, il ne manquait jamais rien, et Sisyphe en avait conclu qu'Autolycos le craignait trop pour le voler.

Ce qui n'empêchait pas Sisyphe de surveiller d'un œil vigilant ceux de ses vastes pâturages qui bordaient la colline sur laquelle Autolycos avait édifié sa modeste demeure.

C'était le printemps, et les prés de Sisyphe étaient d'un vert éclatant. A vrai dire, ils paraissaient même plus verts que d'habitude. Ou, plus exactement, on semblait apercevoir davantage de vert qu'à l'accoutumée entre les immenses troupeaux en train de paître. Sisyphe plissa les yeux. Ou bien son domaine s'était agrandi, ou bien son bétail s'était amenuisé.

Il observa, au loin, l'humble propriété d'Autolycos... puis, à nouveau, les gigantesques terres qui lui appartenaient, et procéda à la même comparaison à maintes reprises, aux heures les plus imprévisibles, parfois en début de matinée, parfois dans la pénombre du couchant, quand les bêtes projetaient d'immenses ombres ressemblant à des collines montées sur des échasses.

Pas d'erreur, son bétail diminuait régulièrement. L'ennui, c'était que celui d'Autolycos semblait augmenter à peu près au même rythme. Bizarre.

Furieux, Sisyphe foudroya du regard ses pâturages dépeuplés, puis les prairies encombrées de son voisin, et se gratta le crâne. Bien que ses propres bêtes aient été d'un beau brun-rouge alors que celles d'Autolycos étaient indiscutablement blanc et noir, ces dernières avaient quelque chose de familier.

Il brandit un poing menaçant, et, là-bas, Autolycos, se méprenant peut-être sur la signification de son geste, le salua de la main en s'inclinant courtoisement.

Sisyphe hocha la tête d'un air hostile.

– Très bien, mon doucereux ami. J'ignore comment tu t'y prends, mais je te pincerai la main dans le sac. Et, à ce moment-là, tu te mordras les doigts de ne pas t'être installé ailleurs et de ne pas avoir exercé tes talents aux dépens de quelqu'un d'autre que le puissant Sisyphe.

Ce soir-là, Sisyphe et ses serviteurs s'affairèrent parmi les ombres qui enveloppaient ses troupeaux, et Autolycos eut beau les observer, il ne parvint pas à voir ce qu'ils manigançaient. Il entendait de vagues bruits de grattement et, de temps en temps, le meuglement de protestation d'une vache, mais c'était tout. Il haussa les épaules et attendit les ténèbres de la nuit.

Le lendemain matin, Autolycos reçut une visite. Des serviteurs de Sisyphe se présentèrent et demandèrent sèchement à examiner son bétail. Plus courtois que jamais, Autolycos répondit qu'il avait entendu dire que les troupeaux de son voisin diminuaient et déclara qu'il en était désolé : personne n'aime voir disparaître son bétail, c'est une chose triste et déplaisante. Mais étant donné que toutes les bêtes de Sisyphe portaient des cornes et avaient le poil brun-rouge, alors que toutes les siennes étaient dépourvues de cornes et visiblement blanc et noir, il ne voyait pas en quoi cette affaire pouvait le concerner. Néanmoins, il ne lui viendrait jamais à l'idée de s'opposer à une enquête justifiée. Allez-y, fouillez les étables et les pâturages. Autant le faire tout de suite que de laisser le soupçon planer comme un nuage noir entre voisins. Un honnête homme n'a rien à redouter et accueille avec joie toute preuve supplémentaire de sa loyauté. Un honnête homme...

Autolycos se tut. Son sourire se figea, ses joues blêmirent. Il ouvrit la bouche, la referma et parut horriblement gêné. Les serviteurs de Sisyphe le dévisagèrent sévèrement. Ils montraient le sabot d'une vache : quelque chose était gravé à l'intérieur.

Autolycos se rappela les grattements qu'il avait entendus la veille au soir et se pencha pour examiner le sabot révélateur en cherchant désespérément comment expliquer sa présence.

Hélas ! c'était impossible, même pour lui. Le cortège de sourires indulgents qui l'avait accompagné depuis son enfance prit brutalement fin. A l'intérieur du sabot était gravée la formule accusatrice « Volé par Autolycos ».

– C'est probablement l'œuvre d'un dieu, bredouilla Autolycos en regardant les serviteurs de Sisyphe chercher d'autres bestiaux révélateurs.

– Drôle de dieu, rétorquèrent sèchement les serviteurs.

Il y eut un silence, et le soleil radieux qui illumina ironiquement cette scène affligeante fit transpirer encore plus Autolycos.

Soudain, un cri strident retentit dans la maison. Bondissant sur la première excuse venue pour s'échapper, Autolycos courut voir ce qui se passait.

Il arriva trop tard. Sisyphe avait profité de ce que ses serviteurs fouinaient d'un côté de la maison pour prendre sa revanche à son aise du côté opposé. Autolycos vit son imposant voisin s'éloigner en riant à gorge déployée. Il avait enlevé la fille d'Autolycos, Anticlée, et venait de la déposer, les joues en feu et les larmes aux yeux, sur le perron. La robe en lambeaux, les cheveux en désordre, elle était la vivante image du déshonneur. La vengeance de Sisyphe était un terrible coup double.

En se penchant pour consoler Anticlée, dont la honte faisait place à la colère, Autolycos vit les serviteurs emmener son bétail à travers champs.

– Venge-moi, père, sanglota la jeune fille. Car qui acceptera désormais de m'épouser ?

Autolycos hocha la tête. Indiscutablement, Sisyphe avait sérieusement amoindri les espoirs matrimoniaux de sa fille. Il fronça les sourcils et serra les poings.

D'autre part, Sisyphe était un colosse : il dépassait Autolycos d'une bonne tête et était fort comme un Titan. Autolycos desserra les poings. Il se rappela le berger qu'il avait rencontré au bord du ruisseau, bien des années auparavant. « N'outrepasse pas les limites de ta nature. » Eh bien... eh bien, il était évident que Sisyphe outrepassait les limites de sa nature.

– Venge-moi, père, répéta Anticlée, son ravissant visage noyé de larmes.

– Oui... oui..., murmura Autolycos en caressant les cheveux emmêlés de sa fille et en regardant tristement disparaître au loin l'énorme silhouette de Sisyphe. La vengeance. (Il soupira.) Mais ce qui est fait est fait, ma chérie. Non que je n'éprouve pas la juste colère d'un père outragé, mais... mais même si j'allais de ce pas trancher la tête du monstrueux Sisyphe pour te l'apporter, quel profit en tirerais-tu ? Tu risquerais de tordre ton petit pied en tapant dedans... et ensuite elle traînerait dans les parages en empuantissant toute la maison. La joie de la vengeance se dénature vite, mon enfant, et devient un fléau pour le vengeur. Tu estimes sûrement, ma fille, que le devoir d'un père est davantage de songer à l'avenir ?

– Quel avenir ? sanglota amèrement Anticlée.

– Il serait stupide, répondit Autolycos en se déridant et en exerçant son divin pouvoir de changer l'aspect des choses, d'envisager cet avenir comme la douloureuse perte de ton honneur. Considérons-le plutôt tel qu'il est réellement. Avec toi, cet individu a perdu son enfant. Il n'aura aucun droit sur le bébé auquel tu vas donner le jour. Ce sera un fils, Anticlée, je le sais... et il connaîtra la gloire. Oui, en vérité, nous avons dérobé à Sisyphe un authentique trésor (Autolycos se sentit de plus en plus enthousiaste en transformant le désastre en triomphe et espérait que sa fille verrait les choses comme lui). Je connais un prince, continua-t-il avec aisance, un homme charmant, très simple, appelé Laërte. Il habite l'île d'Ithaque. Tu l'épouseras, Anticlée, et ce qui s'est passé ce matin restera à jamais un secret entre toi et moi. Laërte sera le père de mon petit-fils...

– Sera-ce donc là ta seule revanche, père ? chuchota Anticlée d'une voix lasse. Abuser le prince d'Ithaque ?

– Oh ! dit Autolycos. Laërte ne se doutera de rien.

– J'aurais cru, dit doucement Anticlée, que le petit-fils d'Autolycos, et le fils de Sisyphe, éveillerait les soupçons au premier coup d'œil.

– Il nous apportera la gloire, médita Autolycos en s'abandonnant à des rêves dorés. Sa renommée éclipsera celle de Sisyphe comme si celui-ci n'avait jamais existé. Et ça, ma fille, ce sera une authentique revanche. (Il sourit en faisant adroitement peser toute perspective de vengeance sur des épaules qui n'étaient pas encore nées.) Tu l'appelleras « Vengeur », Anticlée. Par égard pour moi, tu le nommeras Odysseus...

Le prince Laërte répondait en tout point à la description qu'en avait faite Autolycos, au moins sur le chapitre de la simplicité. Il épousa Anticlée, et, quand les temps furent venus, un garçon naquit sur la rocheuse Ithaque. Laërte en assuma fièrement la paternité. Anticlée sourit avec un soupçon de tristesse et appela l'enfant Odysseus.

Après quoi elle retourna surveiller la mer aux flots muets dans l'attente du vaisseau en provenance de Corinthe qui lui apporterait enfin la nouvelle qu'elle souhaitait ardemment apprendre : que quelqu'un l'avait vengée de l'abominable scélérat qu'était Sisyphe.

Mais pour Sisyphe, le monde était un jardin fleuri et Autolycos un souffre-douleur. L'abominable criminel semblait prendre un malin plaisir à se moquer du gentil voleur et ne laissait jamais passer une occasion de l'humilier. Mérope, son orgueilleuse épouse, le priait avec humeur de cesser de se conduire comme un imbécile en crachant des flammes qui ne consumaient que les courants d'air : Autolycos n'en valait pas la peine. Mais Sisyphe s'était mis dans la tête qu'Autolycos avait été aidé par un dieu, et il voulait contraindre ce freluquet aux cheveux huileux à le reconnaître, afin que le monde entier sache que Sisyphe s'était montré plus malin qu'un voleur qui était à demi divin.

Finalement, Mérope, espérant détourner l'ambition de son puissant mari vers un but plus noble, lui révéla en confidence qu'elle était la fille d'Atlas. Aussitôt, Sisyphe considéra Prométhée comme un oncle par alliance et commença à ruminer de fascinantes et confuses pensées d'héritage sur l'immense domaine du Titan.

– Il est en train de devenir fou, écrivit Autolycos à sa fille, à Ithaque. De toi à moi, je crois sincèrement que notre ami essayera un de ces jours de berner Zeus en personne. Si c'est le cas, alors je crains que la vengeance ne soit définitivement pas de mon ressort. Surveille donc le ciel, ma fille...

Il joignit à sa lettre une jarre d'huile parfumée pour la belle chevelure dorée de son petit-fils Odysseus, puis continua à observer avec intérêt les gigantesques entreprises de son voisin, tout en subtilisant par-ci par-là quelques bestiaux aux autres propriétaires des environs.

18
Une dangereuse apparition

L'automne tirait à sa fin, et la douceur des dernières belles journées s'attardait dans l'air. Déjà, Déméter avait perdu sa fille et les nymphes des eaux regardaient avec appréhension les ruisseaux dans lesquels elles décelaient des menaces de gel, mais Zeus continuait ses fredaines car, pour lui, la saison de la chasse n'était pas encore close. Il arrivait tout d'or vêtu, comme pour séduire forêts et clairières par un printemps hors saison... et surveillé de haut par la puissante Héra qui attendait son heure. Parfois la grande déesse murmurait, au beau milieu de la nuit, avec la mer complice, parfois elle voilait l'éclat du soleil en plein midi... et, comme toujours, les redoutables flèches d'Artémis frappaient partout où folâtrait l'incorrigible Zeus. L'automne était si doux...

Le puissant Sisyphe regardait rêveusement tomber les feuilles brunies d'un chêne situé à l'orée d'un bois dont il venait de revendiquer la propriété et se livrait par la pensée à de titanesques supputations : si telle feuille se détachait avant telle autre, il obtiendrait ceci ou cela ; si elles se détachaient ensemble, il vivrait cent ans de plus. De toute manière, il était sûr de gagner.

Soudain, il entendit un froissement, un chuchotement : une petite brise s'était levée à l'improviste et secouait toutes les feuilles sèches du bois. Sisyphe fronça les sourcils et, avec une facétieuse témérité, joua la possession du monde entier sur la chute d'une unique feuille tremblotante. La brise forcit. Un petit tourbillon, apparemment égaré parmi les arbres, souleva une colonne de feuilles qui tournoyèrent follement comme pour lui échapper. Et, d'un seul coup, elles y parvinrent, et la brise, dans un chatoiement de rouge, d'or et de brun, dépouilla le chêne comme d'un coup de balai. Sisyphe crut entendre un cri. Il sentit l'air se réchauffer – une sorte de printemps hors saison – et une odeur de miel se répandit partout. Sisyphe se tapit dans les hautes herbes et regarda le tourbillon se débattre dans les branches dénudées du chêne.

Survint alors une rafale de pluie – surgie de nulle part, car le ciel était limpide – qui plaqua au sol les feuilles dansantes. L'air scintilla, et Sisyphe crut voir deux formes gigantesques, lumineuses, s'empoigner dans un délire de passion et d'effroi. Sous ses yeux, la plus brillante, qui était également la plus imposante, fit basculer l'autre en arrière.

Il distingua deux visages, l'un exalté, l'autre ébahi. Il vit le chêne vaciller, il l'entendit craquer dans la chaleur surnaturelle...

Des oiseaux piaillèrent et tournoyèrent follement

dans le ciel avant de piquer vers le sol où l'air embrasé leur roussit les plumes. C'était des moineaux, de petits moineaux affolés...

Le double flamboiement gagna en éclat, il bondit et se tordit jusqu'à ce que chaque brin d'herbe, chaque arbre et chaque rocher soit éclaboussé d'or en fusion.

Les yeux de Sisyphe le brûlaient atrocement, mais il continuait à observer, comprenant confusément la signification du prodigieux spectacle auquel il assistait. Soudain, le rayonnement s'accrut dans des proportions telles que l'air lui-même se mit à gémir. Cela dura quelques secondes, puis la chaleur diminua et l'odeur de miel redoubla, saturant l'atmosphère et submergeant instantanément les sens.

Les formes floues, mouvantes, d'un homme et d'une femme dorés semblaient être allongées dans l'herbe. Sisyphe sourit lentement : l'énigme se résolvait d'elle-même. Ce qu'il avait sous les yeux, c'était l'extase d'un dieu et d'une nymphe. Il avait vu cela... il y avait assisté !

Et ce n'était pas terminé. La nymphe se dégagea de l'étreinte et s'enfuit. L'homme en or bondit sur ses pieds et se lança à sa poursuite avec un désir renouvelé. Ils scintillèrent entre les arbres, émettant par moments de brusques flamboiements et laissant une empreinte brûlante dans les yeux de Sisyphe, qui fut à demi aveuglé par une explosion de joie multicolore qui submergea tout.

La course s'accéléra, des bras semblables à des flammes s'enroulèrent autour des arbres en les secouant frénétiquement, puis, brusquement, tout s'immobilisa.

Un nouveau bruit retentit, un grondement impétueux. La nymphe disparut, et l'homme d'or resta seul, tendant l'oreille avec un étincelant sourire mi-moqueur, mi-coléreux.

Dans les hautes herbes, Sisyphe trembla de peur en entendant la furieuse rumeur approcher. Les arbres se courbèrent, et les branches basses furent arrachées des troncs avec un fracas de tonnerre. De l'eau commença à ruisseler dans le bois comme un sang argenté s'écoulant de milliers de blessures. L'air s'emplit d'un remugle de vase, et l'homme d'or s'enfuit d'arbre en arbre en riant aux éclats.

Maintenant, c'était lui qui était poursuivi, et Sisyphe aperçut soudain son poursuivant. Il retint son souffle.

Drapé dans son torrent, tel un rêve englouti, aux yeux, à la bouche, aux cheveux et aux mains de pierre, arrivait le puissant Asopos, le dieu-fleuve, et une traque forcenée, aux dimensions colossales, s'engagea aussitôt. Le dieu-fleuve se rua dans le bois à l'aveuglette, arrachant sur son passage des arbres énormes dont les racines enchevêtrées se dressaient comme des buissons de serpents aux langues fourchues encroûtées de terre, tandis que l'homme d'or, toujours réduit à l'impuissance par son hilarité rageuse, restait constamment hors de sa portée.

L'irruption du dieu-fleuve emplit le bois de reflets miroitants. Entre les arbres renversés apparurent des cieux inconnus, des montagnes sens dessus dessous et des palais chancelants dont les colonnades se brisaient en vaguelettes qui s'infiltraient dans la terre. Et Sisyphe aperçut son propre reflet, indiscret et ambitieux, épiant à la dérobée la mystérieuse inondation.

Le dieu l'avait vu. Sisyphe se recroquevilla, puis, tout tremblant, se mit debout et leva les yeux, son esprit mesquin cherchant déjà fébrilement comment tirer parti de l'apparition.

Asopos s'arrêta entre deux immenses pins, ses vastes bras luisant d'un éclat glauque. Les nuages qui s'y reflétaient traversaient son visage caillouteux en donnant l'impression que de mouvantes cataractes voilaient et dévoilaient alternativement ses yeux froids, et ses joues étaient creusées de profondes ravines venues du Nord en serpentant par monts et par vaux.

– Ma fille, murmura le dieu. Où est ma fille ? Où s'est-elle sauvée ?

L'esprit de Sisyphe batailla pour repousser les limites de son cerveau humain. La jubilation le faisait haleter : il se trouvait en balance entre deux divinités. En se cachant dans les hautes herbes, en espionnant, il était entré en possession d'un secret des dieux. Maintenant, il disposait d'un pouvoir immense.

– Elle a été violée, j'ai tout vu, répondit-il au dieu vert qui paraissait le plus grand des deux et aurait, par conséquent, davantage à offrir.

– Où est-il, celui qui l'a violée ?

Sisyphe se retourna et aperçut l'homme d'or, tapi derrière le chêne. Deux yeux semblables à des soleils foudroyèrent les siens : ils recelaient une fureur extraordinaire, horrible. Puis un étrange amusement les adoucit, et l'homme d'or posa un doigt sur ses lèvres :

– Tais-toi, Sisyphe.

– Où est-il, Sisyphe ?

– Donne-moi une source, grand Asopos, pour enrichir mes terres. Donne-moi une source permanente, et je te révélerai...

Pendant que Sisyphe parlait, un doux ruissellement se fit entendre à côté de lui. De l'eau jaillissait du sol en bouillonnant mélodieusement, scintillant gaiement pendant que des bulles pétillantes se bousculaient sur l'herbe sèche.

– Il est là, dit Sisyphe en montrant le chêne. Le ravisseur de ta fille est là.

Il s'approcha de la cachette, et ses mains tremblantes écartèrent les hautes herbes.

Il n'y avait personne, rien d'autre qu'une grosse pierre, énorme et immobile. A peu près ronde, elle ressemblait vaguement à la tête d'un géant contemplant le ciel automnal qui la nimbait d'un fallacieux éclat d'or. Une pierre...

Le dieu-fleuve était parti et il ne restait plus rien de la fantastique apparition, en dehors du bois saccagé, de l'herbe roussie et d'une vague odeur de vase et de miel. Mais la source glougloutait toujours, et Sisyphe, empêtré dans le filet de l'éternité, rentra chez lui à pas lents. La grosse pierre ronde semblait le suivre des yeux avec une silencieuse rancune.

Lorsqu'il fut hors de vue, la pierre reprit la forme du dieu doré. C'était Zeus. Il s'éleva dans le ciel avec un rayonnement qui éclipsa le soleil. Sur l'Olympe, les dieux s'éloignèrent prudemment devant sa fureur. Seule Héra l'attendait de pied ferme, et son sourire était aussi menaçant que le froncement de sourcils du maître des dieux.

Elle vit son formidable mari rassembler son artillerie meurtrière pour passer sa colère sur le vieux dieu-fleuve qui l'avait poursuivi et l'entendit chuchoter dans la fissure du Tartare pour ordonner au redoutable Hadès de s'emparer en personne du misérable humain qui s'était permis d'espionner ses débordements.

– Prends-le, mon frère... immédiatement !

Alors elle le quitta et, dans sa robe noir et rouge, se coucha en travers du ciel, d'où elle murmura de dangereux messages au soleil, à la lune et à l'impatiente marée montante.

19
La bataille de la mort

Au-dessus de Corinthe et jusqu'à la lointaine île d'Ithaque, le ciel était rouge comme du sang, mais, pour Sisyphe, ce n'était qu'un coucher de soleil comme les autres. Il était irrémédiablement prisonnier du divin filet. Sa vaste demeure aux colonnes altières lui semblait humble et étriquée, et il édifiait par la pensée des tours aussi hautes que le soleil. Les serviteurs qui travaillaient dans ses champs lui paraissaient minuscules, d'infimes insectes courant après ses innombrables troupeaux. Et les lourdes bêtes elles-mêmes n'étaient pas plus grosses que des mouches posées sur une table verte devenue subitement trop exiguë pour le tout-puissant Sisyphe.

L'état d'esprit auquel était parvenu cet homme considérable était tel qu'il baissa la tête pour franchir son porche, pourtant grandiose, car ses pensées frôlaient le ciel. L'apparition du bois lui avait dérangé l'esprit et fêlé la tête en les submergeant d'une joie trop vive et d'une lumière trop éblouissante.

Il n'entendit pas le mystérieux tonnerre des sabots de gigantesques chevaux, ni le fracas d'un redoutable char qui laboura le sol pavé en écartant les énormes pierres gravées comme de vulgaires feuilles mortes. Les glapissements de ses serviteurs fuyant la maison ébranlée, et même les gémissements de Mérope, ne le troublèrent pas plus que des couinements de souris. Qu'était la terreur humaine, pour un homme qui avait surpris un secret des dieux ?

Il croisa distraitement le regard d'yeux implacables en se demandant vaguement qui était l'énorme individu tout de noir vêtu qui lui barrait le passage et avait dispersé sa maisonnée en éteignant toutes les lumières.

Un sourire rusé éclaira le visage de Sisyphe. C'était un tour d'Autolycos, un stupide artifice du voleur obséquieux. Mais l'homme qui avait parlé à un dieu-fleuve n'allait pas se laisser prendre à des faux-semblants.

A ce moment-là, l'énorme faux-semblant déclara :

– Sisyphe, tout est fini pour toi. Tu es mort, Sisyphe.

Des feux sombres brûlaient au fond de ses yeux, mais c'était des feux sans chaleur. Le sinistre Hadès avança ses mains de fer, et Sisyphe aperçut l'entrave fatale. C'était un serpent de bronze d'une funeste beauté. Le difforme Héphaïstos l'avait façonné comme cadeau de mariage. Le reptile avait la gueule béante mais, une fois ses mâchoires refermées, il était impossible de les rouvrir avant que la chair qu'elles emprisonnaient ne soit décomposée et que les os ne tombent en poussière.

Un frisson étreignit le cœur de Sisyphe, et l'enthousiasme causé par sa vision pâlit. Ne serait-il, en fin de compte, qu'un humain comme les autres, confronté au dieu le plus haï de tout l'univers ? Était-ce sa fin, et allait-il, après tout ce qu'il avait fait et tout ce qu'il avait entendu, disparaître du monde comme s'il n'avait jamais existé ?

– Donne-moi tes mains.

Alors le puissant Sisyphe, l'homme qui espionnait les dieux, tomba à genoux et commença à gémir et à implorer pitié. Il martela de ses poings le sol de pierre en mendiant un sursis d'un mois, d'une semaine, d'une journée. Il larmoya qu'il avait agi dans l'intérêt de Mérope, dans l'intérêt de ses enfants... Il supplia qu'on le laisse voir encore une fois le soleil se lever... entendre chanter les oiseaux et respirer les fleurs d'automne qui poussaient devant sa chambre, ces fleurs auxquelles il n'avait jamais prêté la moindre attention et qui lui paraissaient maintenant la plus précieuse de toutes ses possessions.

– Donne-moi tes mains.

– Encore une heure, grand dieu ! Pitié... pitié... pitié !

Le Titan par alliance recula en rampant devant le terrible dieu. Il battit en retraite comme un cochon apeuré qui glapit en apercevant le couteau de l'égorgeur dans la main qui lui a toujours apporté sa nourriture.

– Cinq minutes !

– Sisyphe, mon seigneur ! se lamenta Mérope. On n'échappe pas à son destin. Laisse-moi conserver de toi le souvenir de ta fierté...

Le condamné poussa un rugissement de fureur et mordit au sang la jambe de sa femme qui oserait continuer à vivre après que lui-même aurait disparu. Puis, subitement, les mots de Mérope semblèrent faire effet. Sisyphe devint très calme. Il s'agenouilla et regarda presque avec envie le serpent d'airain dont l'ombre mince tombait maintenant en travers de ses poignets. Il sourit... et Mérope fondit de nouveau en larmes. Les petits yeux qu'il leva vers le gigantesque dieu clignotaient avec confiance.

– Comme il est petit, murmura-t-il avec une voix d'enfant.

– Il t'ira très bien, Sisyphe.

– Irait-il à Autolycos ? Retiendrait-il des poignets aussi glissants que les siens ? Laisse-moi le regarder, grand dieu... laisse-moi le toucher. Comme c'est beau ! Oh que c'est froid...

Sisyphe, le puéril Sisyphe, continua à babiller à tort et à travers sans que ses petits yeux larmoyants ne cessent un seul instant d'observer le dieu implacable. Mais, comme tous ceux de sa race éternelle, le sinistre Hadès ignorait tout de la pitié et des tortueux espoirs que pouvaient nourrir les tragiques créatures de Prométhée, les morts auxquels il avait affaire ayant perdu toute espérance. Les vivants et leurs combinaisons dérisoires lui étaient étrangers. Leurs gestes étaient si mièvres, si fragiles, leurs mains voletaient comme des libellules, deçà, delà, partout...

– Adieu, Mérope, mon amour, caqueta Sisyphe. Adieu, mes enfants, adieu ma maison, mon monde et... et... adieu la mort !

La voix de Sisyphe s'éleva jusqu'à un cri strident lorsque le serpent d'airain referma ses mâchoires. Ce n'était pas pour rien que les mains de Sisyphe avaient passé une bonne partie de leur existence à explorer les poches de ses semblables : elles y avaient acquis, en plus de la fortune, beaucoup d'habileté et de vivacité. C'est pourquoi le serpent d'airain, de toute sa mince et froide vigueur, enserrait maintenant les puissants poignets du sinistre Hadès en personne !

Les dieux abaissèrent les yeux sur le monde inférieur, et la délirante ambition de l'homme qui avait espionné les amours clandestines de Zeus et porté la main sur un immortel les fit frissonner d'horreur. Leur royaume était menacé ; des ombres s'amassaient dans l'univers et commençaient à bouger : on voyait leurs formes immenses obscurcir les étoiles. Les dieux se tournèrent vers Zeus, dont la lubricité et la colère avaient provoqué le désastre, mais le maître du ciel n'avait d'yeux que pour son ennemi, le dieu-fleuve. Alors ils se tournèrent vers la terrible reine des Cieux, qui convoqua le soleil, la lune et la mer...

Ainsi débuta l'étrange triomphe de Sisyphe de Corinthe, qui avait fait prisonnier le dieu des morts.

Il rugit, cria, dansa, courut dans ses champs et éclata de rire en voyant ses troupeaux apeurés s'enfuir et meugler à son approche. Il hurla de tonitruantes proclamations, confiant aux ailes du vent le soin de faire savoir à tous et à toutes que le seigneur des morts était désormais au pouvoir de Sisyphe.

Des hommes se levèrent du lit où ils étaient en train de mourir – des vieux, des jeunes, des grand-mères usées, cassées, aveugles – et reprirent leur place dans les féroces combats de la vie. Des rois agonisants tendirent la main vers le sceptre déjà transmis à un autre, et des fils trop gourmands se brûlèrent les doigts en faisant prématurément main basse sur l'héritage de leur père. Des meurtriers s'enfuirent devant des victimes bien vivantes, et ceux qui avaient sagement pris leurs dernières dispositions se retrouvèrent brusquement en pleine guerre.

La guerre ! Mais c'était une guerre sans dénouement, puisque des survivants mutilés continuaient à se battre en brandissant du bras gauche un vigoureux bras droit sectionné à l'épaule. Et, partout, l'humanité souffrit et peina, écrasée par le monstrueux fardeau d'une immortalité pour laquelle elle n'avait pas été conçue.

Et pendant ce temps-là, au milieu de cette convulsion générale de la nature, le château de Sisyphe, à Corinthe, tremblait sous les coups du gigantesque dieu qui s'y débattait contre le serpent d'airain. Mais l'œuvre d'Héphaïstos était éternelle... et Hadès ne pouvait opposer à la divine puissance de sa main gauche que sa tout aussi robuste main droite.

Tous les serviteurs avaient déserté les lieux et osaient à peine se retourner vers le vacillant édifice, qui se profilait maintenant sur le ciel comme une énorme bête d'un noir surnaturel. Seul Sisyphe était resté sur place et se moquait de son terrible prisonnier avec une jubilation féroce.

– Admirez tous le puissant Sisyphe ! clamait-il triomphalement. Le sauveur du monde ! Maintenant, il sera à nous ! Maintenant, nous sommes à égalité avec les dieux !

Brusquement, le château se lézarda. Les colonnes cédèrent, et l'immense toiture s'effondra avec un bruit de tonnerre. Durant un instant, on aperçut la colossale stature d'Hadès, noir comme la nuit bien qu'on fût en plein midi, et des hommes qui travaillaient dans les champs à des kilomètres de là se jetèrent à plat ventre. Le ciel s'embrasa, empli d'un cliquetis d'armes, et le serpent qui enserrait les poignets du dieu funèbre se rompit.

Arès, le sanguinaire fils d'Héra, l'avait brisé d'un coup de lance. Le dieu de la guerre était venu libérer le dieu des morts.

Alors Arès éclata de rire, et sa voix de bronze retentit sur tous les champs de bataille : il avait rétabli le but principal de la guerre, qui est de tuer.

Sisyphe, égaré, erra dans les décombres, mais pas longtemps : Hadès se saisit de lui en l'empoignant par le cou.

Il poussa un cri strident et se débattit, puis il aperçut Mérope, qui regardait la scène avec consternation.

– Ne m'enterre pas ! lui cria-t-il. Ne m'enfouis pas sous la terre ! Je vais revenir... je vais revenir !

Mais sa combativité s'évanouit dans les sombres nuées du désastre, et le fracas des sabots des gigantesques chevaux étouffa ses cris.

Elle le pleura, bien qu'il ait été une abominable fripouille : c'était son mari, et Mérope avait sa dignité. Les serviteurs lavèrent le visage meurtri et fermèrent les lèvres muettes.

Autolycos vint présenter ses devoirs au défunt. Il observa attentivement ses yeux clos... et offrit à la veuve de l'aider à chasser les effets indésirables.

Puis, le matin du troisième jour, Sisyphe, sous les yeux épouvantés de Mérope, revint à la vie. Ses paupières mortes s'entrouvrirent sur un regard rusé, et un sourire retors étira ses lèvres froides.

Il se redressa. Ses cheveux étaient blancs et sa peau était aussi grise que du plomb, mais il était revenu.

Il porta à ses lèvres un doigt entouré de bandelettes, rit sous cape et toussa pour débarrasser sa gorge de la poussière de mort qui l'encombrait. Les dieux immortels eux-mêmes n'étaient pas parvenus à retenir Sisyphe. Il ricana à nouveau, et ses petits yeux clignèrent joyeusement derrière le voile de la mort qui avait terni leur éclat. La magnanime Perséphone l'avait laissé partir. Il lui avait expliqué, avec beaucoup de dignité et de sincérité, qu'il n'avait pas été enterré. Il avait été enlevé à l'improviste, sans avoir eu le temps de prendre ses dispositions. Il allait pourrir en plein soleil, abandonné de tous, et son cadavre décomposé souillerait les blés d'or comme un hideux coquelicot noir... Il toussa de nouveau, quelques grains de poussière s'étant glissés dans ses poumons. Alors la fille de Déméter lui avait accordé trois jours...

– Trois jours ? murmura Mérope. Que pouvons-nous faire en trois courtes journées ?

Sisyphe regarda sa femme avec stupeur.

– Tu me prends pour un crétin ? Tu ne crois quand même pas que j'aie l'intention de tenir parole ? Alors que je ne l'ai jamais fait de ma vie entière ? Hé hé ! Il va falloir que les dieux ouvrent l'œil et le bon, s'ils veulent rattraper Sisyphe ! Tiens, Autolycos ! Qu'est-ce qui t'amène ?

Sisyphe leva les yeux. A côté de lui, quelqu'un l'observait avec un sourire en coin. Sisyphe tira sur le linceul qui lui serrait la poitrine.

– Tu es venu voler, Autolycos ? Alors, renonces-y, mon ami. Sisyphe est de retour. Hé hé ! Sisyphe a trompé la mort pour la seconde fois !

L'intrus se mit en mouvement. Il leva un bâton doré orné de rubans blancs et s'avança d'un pas léger. Ses pieds pénétrèrent dans le champ visuel de Sisyphe, qui constata qu'ils étaient chaussés de curieuses sandales d'or garnies de petites ailes...

– Autolycos ?

– Je ne suis pas Autolycos, mon ami.

– Alors qui... ?

– Je suis Hermès. Viens, Sisyphe. Tu as pu abuser le dieu des morts, mais tu ne peux pas abuser celui des illusions. Je suis plus malin qu'Hadès, mon ami.

L'immortel Hermès prit Sisyphe par la main avec une force irrésistible. Sisyphe gémit et, pour la dernière fois, fit en pleurant ses adieux au monde des vivants.

Ses serviteurs l'enterrèrent dans une fosse creusée à l'orée du bois dans lequel il avait vu l'apparition. Pour la recouvrir, la fière Mérope chercha des yeux la grosse pierre ronde dont Sisyphe lui avait parlé, mais celle-ci avait disparu. Alors elle égalisa soigneusement la terre, afin que personne ne puisse jamais découvrir la sépulture du grand criminel et la profaner.

« Notre ami est enfin mort », écrivit Autolycos à sa fille, sur la rocheuse Ithaque. Son décès a donné lieu a une grande confusion, mais il a fini par franchir le pas. Maintenant, il repose en paix...

Dans le Tartare blême et froid, au-delà des lugubres champs d'Asphodèles, s'élève une colline noire dont l'érosion a raviné les pentes abruptes. De petits gémissements y retentissent tandis qu'un être, à peine plus gros qu'un scarabée, pousse péniblement devant lui une énorme pierre ronde aux fallacieux reflets dorés. Il s'efforce de la hisser jusqu'au sommet de la colline mais, chaque fois qu'il va l'atteindre, le poids terrible outrepasse ses forces et la pierre dévale en silence jusqu'en bas en soulevant un nuage de poussière suffocante. Alors le petit être pousse un cri de désespoir et fait demi-tour pour recommencer. Aucun espoir, aucune illusion ne peut soutenir le malheureux, car sa tâche est une punition éternelle. Bien qu'il sache qu'il doit échouer, il ne peut s'arrêter. Encore et toujours, il pousse son fardeau vers un sommet illusoire, et la grosse pierre ronde brille ironiquement comme un soleil ancré au milieu de la nuit. L'aube va-t-elle enfin se lever ? Presque... il y est presque... « Aaah ! Laissez-moi mourir ! » sanglote le fantôme lorsque la pierre lui échappe et redescend, comme le veut sa malédiction.

Tel est le repos éternel de Sisyphe, qui a trahi un secret du tout-puissant Zeus.

« Mais assez parlé de Sisyphe, continuait la lettre adressée par Autolycos à sa fille, sur la lointaine Ithaque. Mérope a disparu de Corinthe, et c'est à peine si tu reconnaîtrais son beau château : il tombe en ruine... »

Par le même navire, il expédia également quelques magnifiques gobelets et une caisse de coupes en cristal destinés à son petit-fils Odysseus... à titre d'exécuteur testamentaire, en quelque sorte, de son défunt père...

Mais le navire transportant lettre et cadeaux fut retardé par des tempêtes. Des vents furieux soulevèrent les flots, et d'énormes vagues se dressèrent comme des montagnes déchiquetées couronnées de neige bouillonnante.

Anticlée attendit patiemment, en observant les étranges amas des nuages qui tournoyaient dans le ciel.

20
La seconde chute

L'œil de la tempête arriva au-dessus de Corinthe. Il braqua son regard sur la terre avec une fureur blême qui transforma le vaste paysage en plomb argenté. Quelque chose clochait dans la nature : les cieux étaient détraqués. Les hommes supplièrent frénétiquement les dieux de leur pardonner leurs péchés cachés, et les femmes se hâtèrent de monter leurs bébés sur les toits, car elles se rappelaient les récits du précédent cataclysme.

Des volées d'éclairs zébrèrent le ciel et frappèrent à maintes et maintes reprises le sinueux fleuve Asopos, comme pour flageller le dieu dans son lit. Des rocs embrasés et des pierres chauffées à blanc s'abattirent comme une pluie d'étoiles sur l'eau tremblante qu'ils percèrent en crépitant. Vainement, le fleuve tenta de fuir l'attaque surnaturelle, remontant jusqu'à sa source à la recherche d'une issue. Il écuma, gronda, envahit ses rives, et chaque fois que les roseaux s'écartaient, les yeux caillouteux du dieu se levaient vers le ciel avec désespoir. Et Zeus, déchaîné, ajustait ses coups pour le foudroyer.

Ivre de rage, le grand dieu s'acharnait sur le père de sa dernière conquête, sur celui qui s'était permis d'interrompre ses indispensables débordements. C'était cette énergie refoulée qui rejaillissait maintenant avec une violence capable de tout anéantir. La pluie de feu tomba jour et nuit, jusqu'à ce que les eaux se mettent à bouillonner et à rugir, provoquant exode et terreur aveugle. On vit des groupes de villageois s'enfuir, auréolés de feu, et disparaître dans des nuages de fumée rouge. Ravins et forêts se constellèrent de flammèches tournoyant sous l'œil de l'extraordinaire tempête.

Par moments, le soleil effrayé faisait une brève apparition entre les terribles nuages, pâle et terne, comme si son char déharnaché errait à l'abandon, et des gens vivant au bord de la mer virent le redoutable Poséidon s'élever sur une vacillante montagne d'eau noire à l'assaut du ciel.

Une ombre couvrit le dos du dieu penché sur les remparts de la hautaine Olympe, mais Zeus, obnubilé par sa fureur vengeresse, ne la sentit pas. Inlassablement, ses bras puissants projetaient sur Corinthe une pluie d'éclairs zigzagants. Le dieu-fleuve se tordait de douleur sous le feu du ciel, et Zeus repoussait les amas de nuages chaque fois que ceux-ci lui cachaient l'agonie d'Asopos. Le fleuve saignait sur toute sa longueur, il saignait du feu comme une horrible plaie ouverte dans la chair de la terre. Devant une fureur aussi gigantesque, les dieux eux-mêmes n'étaient plus que des souris affolées, et Zeus ne prêtait aucune attention à la dérive du soleil abandonné, ni à la montagne surgie de la mer, ni à la coque vide de la lune.

Une deuxième ombre traversa son dos doré, et la foudre étincelante, dévastatrice, qu'il avait posée à côté de lui se déplaça insensiblement jusqu'à être hors de portée... Puis vint une troisième ombre, un réseau compliqué de filins dont les cent extrémités se balançaient. Ce filet s'éleva, s'éleva encore et, un instant, le ciel tout entier parut découpé en carrés par ses mailles. Et il s'abattit d'un seul coup.

Un formidable grondement de tonnerre ébranla tous les couloirs de l'univers. Une partie de la voûte céleste se déchira, et une mystérieuse poussière, ressemblant à de la cendre, tomba sur le monde, se déposa à la cime des arbres et macula la surface des flots. Un grand silence tomba. L'orage s'arrêta, l'œil de la tempête s'éteignit et le ciel fut soudain vide. Tous les êtres vivants levèrent la tête, ébahis : le roi des dieux était renversé, Zeus avait été détrôné. L'impensable s'était enfin produit... même si Cronos avait déjà subi le même sort lorsque le monde était encore jeune.

Il gisait au pied des remparts de l'Olympe, empêtré dans un filet divin assujetti par cent nœuds disposés de telle façon qu'aucun d'eux ne pouvait être dénoué sans que soient dénoués en même temps ses quatre-vingt-dix-neuf voisins. Le dieu était ligoté par les liens de l'éternité, dont chaque extrémité était le début d'un enchevêtrement plus compliqué, plus serré, qui lui labourait les chairs. Il souleva sa tête colossale et dévisagea ses ennemis triomphants.

Poséidon abaissa les yeux sur lui en grognant avec la cupidité qui l'avait toujours caractérisé. Apollon abaissa les yeux sur lui, l'orgueilleux Apollon auquel son char-soleil avait donné envie de régner sur tout l'espace qu'il parcourait chaque jour. Artémis abaissa les yeux sur lui, la froide, la rancunière Artémis dont les regards virginaux avaient dû contempler les viols et les rapts auxquels son père se livrait jusque dans ses bois sacrés. Déméter abaissa les yeux sur lui, la furieuse Déméter que Zeus avait dépossédée de sa fille pour la donner à Hadès. Athéna elle-même était avec eux, la sage Athéna née de la propre tête de Zeus ; son regard insondable le condamnait pour la cruauté avec laquelle il avait fait souffrir la Création tout entière pour satisfaire sa lubricité.

Et les dominant tous dans sa robe rouge et noir se dressait la reine des Cieux en personne, la puissante Héra dont le terrible sourire était le plus menaçant de tous les signes qu'on pouvait voir dans le ciel. Son orgueil bafoué avait fini par l'amener à cette formidable vengeance.

Très loin de là, dans le souterrain Tartare, parmi les falaises de jais voilées de fumée, les Titans enchaînés redressèrent leurs têtes millénaires dans l'espoir d'une libération, maintenant que le cruel Zeus était détrôné. L'immense Atlas coulé dans la pierre gémit et rêva de pardon. Seul Prométhée, saignant dans les neiges du Caucase, vit ses espérances exaucées. Et à l'autre bout du monde, sur l'île où s'était réfugiée la dernière nymphe de Zeus, un serpent pondit un œuf dans un ruisseau et, aussitôt, tout le pays fut infesté par des milliers de reptiles. Une tyrannie avait déjà remplacé l'autre... La vengeance d'Héra était aussi brutale que celle de Zeus.

– Lequel d'entre vous ? gronda Zeus en se débattant contre ses liens.

Il les fixa à tour de rôle avec une intensité telle que les Olympiens mutinés frissonnèrent.

– Lequel d'entre vous ?

Seul Hermès était absent, cet immortel politicien n'ayant pas encore décidé à quel parti il allait se rallier. Le respect et l'admiration qu'il portait à tous les dieux étaient tels qu'il ne pouvait pas – pour être loyal envers lui-même – rejoindre l'un des clans sans savoir avec certitude lequel l'emporterait.

Il avait cherché un refuge discret sous la mer, dans la caverne de Thétis et d'Eurynome, et il y attendait patiemment l'issue de la grande affaire.

Il examinait avec intérêt les parois rocheuses et admirait les ravissantes babioles qu'Héphaïstos avait forgées dans sa jeunesse. De temps en temps, il s'arrêtait et tendait l'oreille comme s'il attendait un appel, mais tout était silencieux, en dehors de la musique impétueuse de l'eau s'engouffrant dans la conque à l'entrée de la grotte. Il scruta la mer à travers le hublot de cristal, mais les profondeurs vertes étaient obscures et vides. Toute vie, mortelle ou divine, se tenait prudemment à l'écart de la révolution du ciel.

Soudain, Thétis se leva. La peur assombrissait son radieux visage. Elle ajusta les plis de sa robe en inclinant la tête pour qu'on ne puisse pas déchiffrer ses intentions dans ses yeux, puis ses sandales d'argent chatoyèrent en virevoltant comme des créatures marines et elle s'enfuit de la caverne.

Hermès haussa ses lumineuses épaules et retourna au hublot de cristal regarder la déesse, enveloppée dans son tourbillon de bulles, s'enfoncer rapidement dans les profondeurs glauques, jusqu'à ce qu'elle disparaisse et que les forêts sous-marines reprennent leur place en dissimulant le chemin qu'elle avait emprunté.

Thétis poursuivit sa route, toujours plus vite, toujours plus loin, sa douce nature plongée dans la consternation. Des rêves, de terribles rêves, hantaient son esprit immortel de souvenirs des sombres récits faits jadis à Héphaïstos. Des souvenirs de crimes monstrueux et de nuits peuplées d'Érinyes ; de guerres démentes terrorisant les cieux et pulvérisant les étoiles ; et du Chaos réapparaissant comme une immense mer noire...

Elle atteignit le bord de l'océan, mais elle continua son chemin, et sa hâte forcenée était telle que, pendant un instant, on aurait pu croire que c'était la mer qui tendait un doigt. Et puis toute l'eau qui l'entourait s'égoutta, la laissant fendre l'air comme une flèche d'argent, toute blanche de peur.

Elle traversa le bois de peupliers noirs et se couvrit la tête de sa cape. La gentille déesse arrivait dans le royaume du Tartare, où elle n'avait jamais pénétré autrement qu'en rêve.

Elle n'osait pas baisser les yeux vers le sol et s'efforçait de ne pas entendre les cris et les gémissements étouffés qui montaient vers elle, mêlés aux couinements d'invisibles chauves-souris.

Elle finit par atteindre l'endroit le plus effrayant. Déroutée, elle contempla les gigantesques falaises de jais auxquelles les Titans vaincus étaient suspendus par les chaînes qui avaient jadis retenu les Cyclopes. La sueur qui s'écoulait éternellement des énormes corps prisonniers avait creusé les hautes murailles noires de profonds sillons, en ruisselant jusqu'à des flaques où elle s'évaporait en déposant des croûtes de sel.

Mais ce n'était pas pour les Titans que la déesse était venue de si loin, et elle se détourna de leurs immenses yeux implorants. C'était pour quelqu'un qu'elle ne connaissait que de nom... et dont elle voyait maintenant la forme gigantesque flotter dans les vapeurs qui s'élevaient péniblement des profondeurs du ravin.

– Briarée ! appela-t-elle. Briarée ! Viens vite...

Il y eut un tourbillon dans le ciel, un tourbillon

causé par cent bras battant l'air. Il avait surgi du bord de l'océan, et il fendit les cieux à une vitesse inimaginable en direction des fortifications silencieuses de l'Olympe.

Briarée, le géant aux cent mains, était venu du Tartare à l'appel de la déesse de la mer. Plus ancien que Zeus, beaucoup plus ancien que tous les dieux, il tourna avec lassitude ses yeux chassieux vers les remparts, puis, de ses mille doigts agiles, s'attaqua aux nœuds compliqués qui immobilisaient le maître du ciel...

Dans la vaste salle du conseil, les dieux triomphants discutaient en jetant de temps à autre, avec une ambition naissante, un regard envieux sur le trône vide qui les dominait de sa magnificence.

Chacun d'eux observait les autres, et tous redoutaient de faire le premier pas. Seule Athéna gardait le silence ; sa chouette bien-aimée était perchée sur son épaule, voilant ses merveilleux yeux d'or derrière les plumes de la consternation. Au-delà des croisées, le soleil et la lune à la dérive erraient dans le ciel vide.

Il n'y avait que le sanguinaire Arès pour sourire de toutes ses dents en entreprenant les divinités les unes après les autres, pour préconiser les joyeuses festivités d'une guerre universelle. Tels étaient les dons d'Arès qu'il ne paraissait jamais fou et cruel qu'à l'autre parti ; son souffle chaud dans l'oreille était toujours le chuchotement divin d'un dieu.

Soudain, une inquiétante clarté envahit la salle. Les dieux se turent au milieu d'une phrase, surpris par cette lumière qui éclipsait leur propre rayonnement.

– Lequel d'entre vous ?

Ils se retournèrent. Sur le seuil, sa terrible tête dorée frôlant le haut linteau gravé, se dressait l'éternel Zeus, dieu de la foudre exterminatrice et maître du ciel. Il avait été libéré !

Les dieux battirent humblement en retraite, chacun sur son petit trône. Ils tremblaient de peur, et la montagne immortelle elle-même semblait trembler à l'unisson comme si elle allait tomber en morceaux et s'écrouler dans la mer.

– Lequel d'entre vous ?

L'éclat doré de leurs auras se ternit devant le rayonnement qui s'avançait, puis Héra se leva et marcha à sa rencontre. Si son pouvoir était en miettes, son immense orgueil était intact.

– C'est moi, redoutable Zeus. Qui d'autre que la puissante Héra aurait osé ?

Il la suspendit à la voûte céleste par des bracelets d'or attachés à ses poignets tandis que des enclumes d'or pendaient à ses chevilles : sa punition était celle d'une reine. Sa fulminante beauté s'étendit sur le monde inférieur, tandis que sa somptueuse chevelure noire barrait la face blême de la lune apeurée. Des étoiles transpercèrent le bout de ses doigts, mais la force de son orgueil était telle qu'elle serra dédaigneusement les poings se servant des étoiles comme d'une nouvelle parure de diamants pendant que, vers le nord, sa robe noire et rouge pendait en grands pans immobiles. Et elle resta ainsi jusqu'à ce que la colère de Zeus fût calmée.

Zeus punit moins sévèrement Poséidon et Apollon. Il les envoya travailler comme esclaves dans le monde inférieur, où il les condamna à construire – Poséidon durant la journée et Apollon durant la nuit – une ville digne d'un roi. Mais dès qu'ils eurent posé les premiers blocs de pierre, Zeus voua la ville à la destruction afin qu'ils comprennent qu'ils travaillaient en vain. Ils bâtirent les tours, édifièrent les remparts et gravèrent les dallages de bronze en ayant continuellement conscience d'élever le fantôme d'une future ruine. Cette ville s'appelait Troie.

Telles furent les peines imposées par Zeus. Aux autres divinités, il pardonna... à une exception près.

Héphaïstos, le monstrueux Héphaïstos, observa la grande dame suspendue dans le ciel en plissant ses petits yeux larmoyants, et de douloureux souvenirs creusèrent de rides profondes son visage noirci par le feu de sa forge.

Il se mit à clopiner de long en large, regardant tantôt les croisées ouvertes sur le ciel, tantôt son gigantesque père qui ruminait de sombres pensées avec un calme olympien.

Il se rappelait tristement combien il avait souffert de l'orgueil d'Héra et à quel point le désir de vengeance avait rongé son cœur. Il se rappelait les années sombres dans la caverne et la façon dont il avait passé sa fureur sur le bronze et l'or, les malaxant et les martelant jusqu'à ce que la sueur l'aveugle et le contraigne à s'arrêter. Puis il se rappela comment l'objet de sa haine – cette puissante déesse qui était maintenant écartelée sur la voûte des cieux – lui avait tendu la main et l'avait aidé à reprendre sa place parce qu'elle admirait ce qu'il fabriquait et souhaitait le posséder.

A ce moment-là, la colère l'avait quitté et la joie avait envahi son étrange cœur. A ce moment-là, il était véritablement devenu un dieu.

Il se traîna jusqu'à son père en louchant affreusement, car l'éclat de Zeus l'accablait toujours.

– Tu resteras éternellement un sauvage, digne fils de Cronos, marmonna-t-il amèrement. Toi seul ne changeras jamais...

Zeus abaissa les yeux sur son avorton de fils. Pendant un instant, il parut ne pas avoir entendu : il y avait presque un sourire sur ses lèvres. Et, brusquement, telle une flamme meurtrière qui jaillit d'un feu assoupi et menace d'anéantir le foyer, il se pencha en avant.

Avec une effrayante rapidité, il empoigna par un pied Héphaïstos stupéfait.

– Va-t'en ! fulmina Zeus ivre de colère. Hors d'ici, sale petit monstre ! Pour la seconde fois, disparais !

Et de toute la puissance de son immense bras, il jeta Héphaïstos dans le ciel effrayé.

La force qui l'avait lancé était telle qu'il commença par monter avant de se mettre à redescendre, donnant l'impression que quelque gigantesque graveur dessinait un arc flamboyant dans les cieux à l'aide d'un burin qui traçait sa route en se livrant à force contorsions. Des oiseaux migrateurs qui croisaient son chemin furent secoués, dégringolèrent lorsque leurs ailes furent tordues par un hurlement strident venu de l'objet étincelant qu'ils survolaient.

Le dieu tomba en hurlant mais, cette fois, il ne s'agissait plus des vagissements d'un bébé coléreux, c'était le cri sauvage, inhumain, de la terreur lucide. Aucune gentille déesse ne tendrait ses bras blancs au-dessus des flots pour le sauver : il fonçait tout droit vers la terre dure, rocheuse.

Loin, très loin au-dessous de lui, il vit celle-ci se ruer en tournoyant à la rencontre de ses cris. Des champs, des rivières, des mers et des montagnes se mêlèrent en un vaste tourbillon puis, tandis que ses yeux égarés roulaient follement, toutes les couleurs s'éparpillèrent en mille petits morceaux séparés, bruns, verts ou argentés, aussi isolés et inutiles que les brins de fil tranchés par les ciseaux des Moires.

Héphaïstos glapit de terreur et agita ses énormes

bras comme pour voler, mais il ne réussit qu'à tournoyer encore plus vite et le bariolage, au-dessous de lui, redevint un tourbillon multicolore, bordé par les flots infinis de la mer.

On aurait dit un bouclier, un immense bouclier que le déferlement continu des vagues frangeait d'argent martelé. Oubliant son angoisse, le dieu, bouche bée d'admiration, contempla avec des yeux éblouis la splendeur complexe de l'ensemble, avec ses vastes éléments et la perfection de sa forme.

Là, un fleuve majestueux reflétait le soleil qui le transformait en une éblouissante traînée d'or coulant entre des champs émaillés, dans des vallées de bronze rouge et vert. Deux villes d'une blancheur nacrée s'élevaient à un travers de main l'une de l'autre. Apparemment, elles avaient été en guerre, mais leurs dissentiments devaient être aplanis, car un imposant cortège vêtu de couleurs chatoyantes se dirigeait de l'une vers l'autre, hérissé de hautes bannières de paix flottant au vent. A quoi ressemblaient-elles donc, ces bannières ? Elles lui rappelaient quelque chose de très, très ancien. Oui... oui. Les yeux du dieu en train de tomber s'embuèrent en revoyant les volutes des coquillages qui l'enchantaient jadis, dans la caverne de Thétis. Ces bannières blanches leur ressemblaient étrangement...

– Un bouclier, murmura-t-il. Il faut que je fasse un bouclier...

Ses yeux se tournèrent alors à nouveau vers le bas, et il constata que tout s'était transformé en une immense étendue de verdure. A une vitesse effrayante, le monde se précipitait à sa rencontre, et Héphaïstos, dans un dernier hurlement d'horreur, entra en collision avec lui.

Sa chute, telle celle d'un flamboyant météore arraché au soleil, avait duré du début de la matinée au crépuscule. Elle s'achevait, dans une fracassante explosion de douleur, dans les forêts de l'île de Lemnos.

On le découvrit gémissant au milieu des décombres d'une chênaie. La violence de sa chute avait brisé les grands arbres qui l'entouraient et, çà et là, quelques petites branches tremblaient encore.

Les habitants de l'île commencèrent par avoir très peur, et ils observèrent le monstre phosphorescent à bonne distance. Puis, voyant qu'il était réduit à l'impuissance, ils s'approchèrent et lui offrirent timidement à boire et à manger. Il avait les deux jambes cassées, et son esprit immortel semblait irrémédiablement endommagé. Ce fut presque sans les voir qu'il regarda les frêles créatures de Prométhée dont l'amicale sollicitude l'importunait.

Tout comme son puissant père l'avait été la veille, lui aussi, ligoté par cent nœuds de douleur, était à leur merci. Qu'allaient-t-ils faire de lui ? Qu'allaient-ils lui demander ? Comment tireraient-ils parti de leur pouvoir sur un dieu déchu ?

Ils essayèrent de remettre ses jambes en état, mais n'y parvenant pas, ils lui firent une couche de paille et de joncs et lui apportèrent tous les onguents adoucissants dont ils disposaient. Il était leur hôte, et ils le traitèrent en tant que tel.

On ne sait pas au juste combien de temps il resta couché dans la forêt de Lemnos. Cela dura sûrement plusieurs jours et plusieurs nuits, car des marins croisant un soir au large de l'île observèrent avec stupeur l'étrange lueur qui semblait émaner de son centre.

Et le dieu finit par s'en aller et traîna ses jambes inutilisables tout le long de l'épuisant trajet de retour vers l'Olympe, laissant derrière lui des ornières profondes et des sillons tortueux partout où le sol était assez maléable pour retenir l'empreinte de ses pieds.

Il s'éleva inlassablement, sans jamais s'arrêter malgré la souffrance atroce, parfois se hissant uniquement à la force des doigts, parfois grimpant plus aisément là où il pouvait utiliser la formidable puissance de ses bras. Ce fut ainsi que le grand Héphaïstos regagna le ciel qui était sa place.

– Un bouclier ! haletait-il comme pour puiser des forces dans ce souvenir. Il faut que je fasse un bouclier... et quel bouclier ! Oui, c'est ça, un bouclier...

Les remparts de l'Olympe finirent par se dresser devant lui et, comme cela s'était déjà produit une fois, une main secourable se tendit vers lui pour l'aider à les franchir. Le dieu leva les yeux : Hermès se tenait devant lui.

– Viens, mon frère, murmura le dieu des illusions avec un sourire ambigu. De toi à moi, hein ? Ça reste toujours entre nous.

Héphaïstos prit la main tendue et hocha la tête. Puis il se retourna, et les deux puissants frères contemplèrent le monde en silence. Leurs mains étaient toujours jointes et, durant de longues minutes, ils restèrent côte à côte, le dos tourné vers l'Olympe et le visage vers l'humanité, l'artisan de l'or et du bronze et l'artisan des rêves.

« Le temps s'est enfin amélioré, écrivit Autolycos à sa fille, sur la rocheuse Ithaque. Tout le monde est à nouveau actif et prospère. Il paraît qu'on bâtit une nouvelle ville et que ce sera la plus belle du monde. En tout cas, d'après ce que j'ai entendu dire, on ne saurait trouver de meilleurs ouvriers. Elle s'appellera Troie. Plus tard, quand il sera un homme, mon petit-fils Odysseus la visitera peut-être... »

Généalogie des dieux

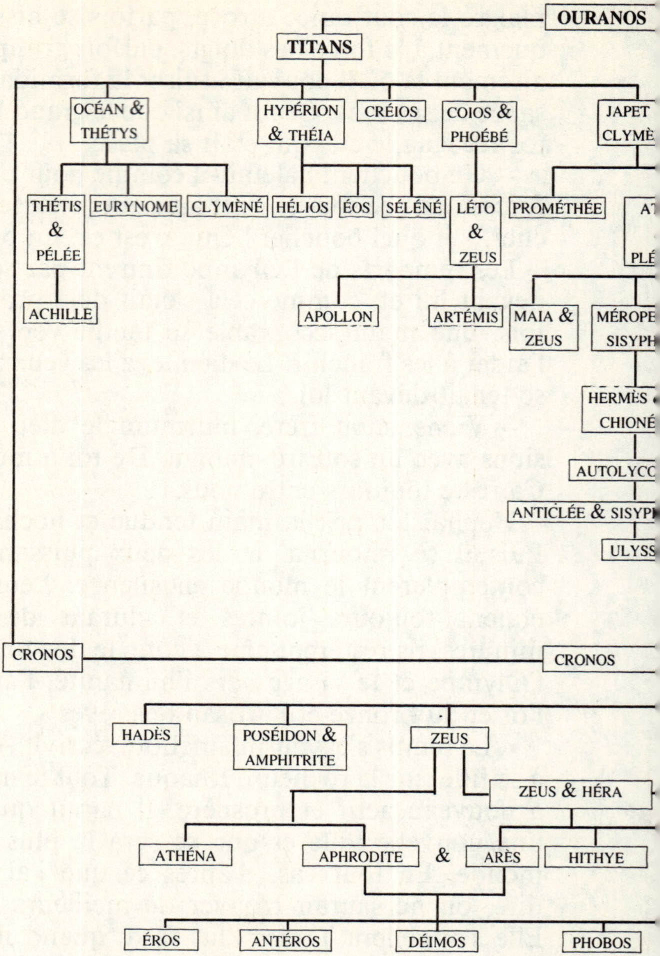

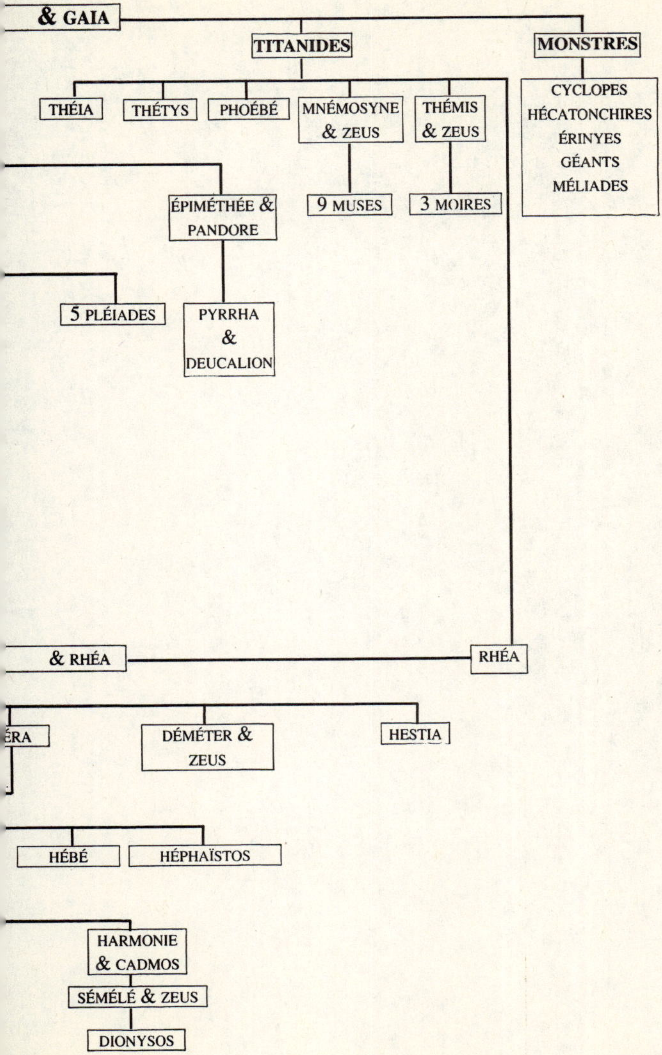
& GAIA
TITANIDES
MONSTRES
THÉIA
THÉTYS
PHOÉBÉ
MNÉMOSYNE & ZEUS
THÉMIS & ZEUS
CYCLOPES
HÉCATONCHIRES
ÉRINYES
GÉANTS
MÉLIADES
ÉPIMÉTHÉE & PANDORE
9 MUSES
3 MOIRES
5 PLÉIADES
PYRRHA & DEUCALION
& RHÉA
RHÉA
ÉRA
DÉMÉTER & ZEUS
HESTIA
HÉBÉ
HÉPHAÏSTOS
HARMONIE & CADMOS
SÉMÉLÉ & ZEUS
DIONYSOS

Dieux, héros, hommes de la mythologie

Abas : Habitant d'Éleusis, changé en lézard par Déméter pour le punir de son insolence.

Achéron : Fleuve que doivent traverser les morts sur la barque de Charon.

Anticlée : Fille d'Autolycos, enlevée par Sisyphe, dont elle a un fils, Ulysse, après son mariage avec Laërte, roi d'Ithaque.

Aphrodite : Déesse de l'amour, de la beauté et de la fécondité. Elle est, selon les légendes, fille de Zeus et de Dioné de Dodone ou simplement née de l'écume de la mer. Épouse d'Héphaïstos, le dieu laid et difforme, premier fils de Zeus et d'Héra, elle est éprise d'Arès, dieu de la guerre, second fils de Zeus et d'Héra.

Apollon : Fils de Zeus et de Léto, frère jumeau d'Artémis, il est représenté comme le dieu de la lumière, de la musique et de la divination. Dieu guérisseur et poète, il est le lien entre les dieux et les hommes. On lui prête de nombreuses aventures amoureuses avec des nymphes et des mortelles. Ses attributs distinctifs sont la lyre dorée et l'arc d'argent.

Arès : Fils de Zeus et d'Héra, dieu de la guerre, il est représenté casqué, armé d'un bouclier, d'une lance et d'une épée. Par sa violence et son agressivité, il se fait de nombreux ennemis au sein même de l'Olympe.

Artémis : Fille de Zeus et de Léto, sœur jumelle d'Apollon, elle est comme lui armée de l'arc d'argent. C'est l'une des trois déesses vierges de l'Olympe. Chasseresse, farouche et libre comme la nature sauvage dont elle a fait son domaine, elle est aussi la protectrice des Amazones.

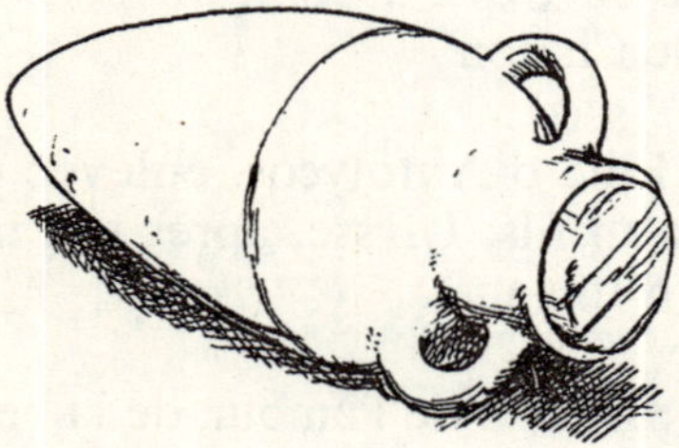

Ascalaphos : Il se trouvait dans le jardin d'Hadès lorsque Perséphone a mangé les pépins de grenade, nourriture des morts qui la condamne à rester éternellement dans le sombre royaume. Pour se venger, Déméter le transforme en effraie.

Asopos : Dieu du fleuve Asopos.

Athéna : Fille de Zeus, elle est sortie tout armée de la tête de son père. Déesse guerrière, déesse de la

Cité, protectrice de la vie civile, de l'artisanat et de l'agriculture, c'est la plus importante des trois divinités vierges. Ses attributs sont la lance, le bouclier et l'Égide (peau de chèvre qui donne la puissance) offerts par Zeus car elle est son enfant préféré.

Atlas : Titan, frère de Ménoetios, Prométhée et Épiméthée. Pour avoir pris le parti de Cronos dans sa lutte contre les Olympiens, Zeus le punit en l'obligeant à porter le ciel sur ses épaules.

Autolycos : Fils d'Hermès et de Chioné, une mortelle, il reçoit de son père, dieu des voleurs, le pouvoir de commettre des larcins sans jamais être surpris. Il aura une fille, Anticlée, qui donnera naissance à Odysseus (Ulysse).

Briarée : Géant aux cent mains. A la prière de Thétis, il défait le filet aux cent nœuds qui emprisonnait Zeus.

Cerbère : Chien des Enfers, monstre à trois têtes, gardien des morts, il interdit l'entrée des Enfers aux vivants.

Charon : Génie des Enfers, passeur des morts d'une rive à l'autre du fleuve Achéron, c'est lui qui guide les âmes jusqu'aux Enfers. En paiement, les morts doivent lui donner une obole.

Chioné : Amante d'Hermès, dont elle a deux jumeaux.

Clymènè : Fille d'Océan et de Thétys, elle épouse Japet et est donc la mère d'Atlas, Prométhée et Épiméthée.

Cronos : Titan, fils d'Ouranos (le Ciel) et de Gaia (la Terre). Pour mettre fin aux souffrances de sa famille, il mutile son père et règne à sa place. Il épouse sa sœur Rhéa mais, pour maintenir sa suprématie, avale ses enfants dès leur naissance, sauf un, le plus jeune, Zeus. Par la suite, il restitue les enfants avalés et, au terme d'une guerre de dix ans, est fait prisonnier par Zeus.

Cyclopes : Comme les Géants, ils sont fils d'Ouranos et de Gaia et sont caractérisés par leur œil unique. Enchaînés par Cronos dans le Tartare, ils sont délivrés par Zeus. Ils lui offrent alors le tonnerre, l'éclair et la foudre qui lui permettront de vaincre les Titans; à Hadès, ils font présent du casque qui rend invisible et à Poséidon, d'un trident.

Déméter : Fille de Cronos et de Rhéa, elle est la déesse de la terre cultivée. Couronnée d'épis et de coquelicots, elle personnifie l'épanouissement de la nature à la saison des récoltes.

Deucalion : Fils de Prométhée. Lorsque Zeus détruit les Hommes en noyant la terre sous un terrible déluge, Deucalion et sa femme, Pyrrha, sont épargnés. Ils repeupleront la terre en interprétant l'oracle de Thémis, déesse de la justice.

Dionysos : Fils de Zeus et de Sémélé, c'est le dieu du vin, du plaisir et de la nature. On le représente souvent escorté par des Bacchantes.

Épiméthée : Frère d'Atlas et de Prométhée. Il épouse Pandore qui lui est offerte par Zeus. C'est le père de Pyrrha.

Éos : Fille d'Hypérion et de Théia, elle personnifie

l'Aurore. Elle est mère des Vents et de l'Étoile du matin.

Érinyes : On les appelle aussi les Euménides. Elles sont nées du sang d'Ouranos. Comme les Moires ou les Destins leur autorité est supérieure à celle de Zeus. Elles vengent les victimes de crimes familiaux et protègent l'ordre social.

Éros : Dieu de l'Amour. La mythologie lui attribue différentes filiations, mais il est généralement considéré comme le fils d'Aphrodite. On le représente sous les traits d'un enfant nu, parfois ailé, qui se plaît à enflammer les cœurs des amants en les blessant de ses flèches.

Eurynome : Fille d'Océan et de Thétys. Eurynome et Thétis, sa sœur, recueillent Héphaïstos jeté du haut du ciel par sa mère.

Géants : Nés de Gaia et du sang d'Ouranos, ils sont forts et effrayants. Ils peuvent cependant être tués. Zeus les enferme dans le Tartare pour les punir d'avoir combattu les Dieux.

Hadès : Frère de Zeus, il est maître du monde souterrain et du royaume des morts, dieu des richesses et des métaux précieux. Il possède le casque qui rend invisible. Époux de Perséphone qu'il a ravie à sa mère, Déméter, il fait d'elle la reine des Enfers.

Hébé : Fille de Zeus et d'Héra, elle personnifie la Jeunesse, mais ne joue dans l'Olympe qu'un rôle subalterne.

Hélios : Frère d'Éos et de Séléné, dieu du Soleil, il est représenté comme un jeune homme d'une très grande beauté, dont la tête est environnée de rayons dorés. Il parcourt le ciel sur un char de feu, tiré par quatre chevaux fougueux.

Héphaïstos : Fils de Zeus et d'Héra, il est le dieu du feu et de la forge. A sa naissance, sa mère le jette du haut du ciel tant elle le trouve laid et difforme. Il tombe sur l'île de Lemnos où il est recueilli par Eurynome et Thétis. Avec Athéna il est le patron des artisans, des arts et de l'agriculture. Zeus lui offre comme épouse la merveilleuse et volage Aphrodite. Doué pour la fabrication de bijoux en or et d'armes magiques, il participe à la création de Pandore en façonnant son corps avec de l'argile.

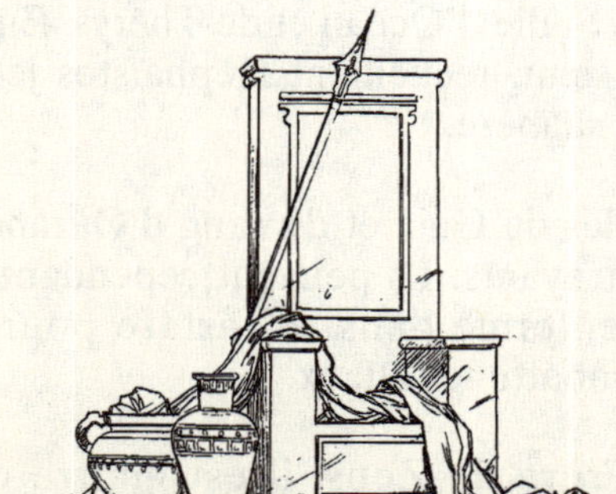

Héra : Femme et sœur de Zeus, c'est la plus grande des déesses de l'Olympe. Jalouse des nombreuses aventures amoureuses de Zeus, persécutant cruellement ses rivales et leurs enfants, elle est néanmoins représentée comme la protectrice du mariage et la gardienne des vertus domestiques. Elle est la mère d'Héphaïstos, d'Arès, d'Hithye et d'Hébé.

Hermès : Fils de Zeus et de Maïa, il devient le messager de Zeus et porte des sandales ailées. Subtil et astucieux, il est le dieu des commerçants et des voleurs et le guide des morts. Apollon lui offre la houlette d'or, le caducée, avec laquelle il est toujours représenté, et les Muses lui enseignent l'art de la divination.

Hestia : Sœur de Zeus, vierge divine comme Athéna et Artémis, elle est la déesse du foyer. Chaque cité, chaque demeure possède un foyer qui lui est consacré et qui ne doit jamais s'éteindre.

Léto : Fille de Titans, elle est la mère d'Apollon et d'Artémis.

Lycaon : Roi d'Arcadie, il est transformé en loup par Zeus pour l'avoir défié insolemment. Après quoi Zeus déchaîne sur la terre le déluge qui anéantira l'humanité, sauf Deucalion et sa femme Pyrrha.

Maïa : Fille d'Atlas et mère d'Hermès.

Mérope : Fille d'Atlas, c'est la seule des Pléiades à avoir épousé un mortel, Sisyphe.

Mnémosyne : Fille d'Ouranos et de Gaia, c'est la nymphe de la mémoire. Neuf nuits de suite, elle se donne à Zeus et met au monde un an plus tard neuf filles, les Muses.

Moires : Plus connues sous leur nom romain de Parques, ce sont les divinités du Destin, filles de Zeus et de Thémis. Elles président à la vie et à la mort des hommes. Clotho tire de sa quenouille le fil de la vie, Lachésis l'enroule et Atropos le tranche. Divinités implacables, elles agissent souvent contre la volonté de Zeus lui-même.

Muses : Filles de Mnémosyne et de Zeus, elles sont au nombre de neuf et symbolisent les arts : Calliope, Clio, Erato, Euterpe, Melpomène, Polhymnie, Terpsichore, Thalie et Uranie. Guidées par Apollon (Apollon *Musagète*, conducteur des Muses), elles chantent et dansent aux fêtes des Dieux et des Héros.

Néréides : Nymphes marines, ce sont les filles de Nérée et les petites-filles d'Océan. Elles représentent les vagues de la mer et sont au nombre de cinquante. Les plus connues sont Thétis, mère d'Achille, et Amphitrite, épouse de Poséidon.

Nymphes : Divinités féminines incarnant la nature, elles se divisent en plusieurs groupes : les **dryades** ou **hamadryades** vivent dans les forêts, les **naïades** peuplent les sources et les étangs, les **oréades** habitent les montagnes et les grottes.

Océan : Fils d'Ouranos et de Gaia, ce Titan représente la source de toutes les eaux.

Olympe : Le mont Olympe, séjour des Dieux, s'élève entre la Macédoine et la Thessalie. Il culmine à 2885 mètres.

Ouranos : Fils et époux de Gaia (la Terre), il représente le Ciel. Jaloux de ses enfants, il les enferme dans les entrailles de la terre. Il sera détrôné par son fils, Cronos.

Pan : Dieu des bergers et des troupeaux, il est mi-homme, mi-bouc. Agile, véloce, il escalade avec aisance les parois rocheuses.

Pandore : Modelée dans l'argile par Héphaïstos, elle reçoit de chacun des Dieux une qualité physique ou morale. Seul Hermès la dote de fourberie et de curiosité... Par son intermédiaire, Zeus châtiera la race humaine en libérant les maux qui ravageront la terre.

Pélée : Roi de Phtie, en Thessalie. Pour punir Thétis qui se refuse à lui, Zeus décide de la marier, de gré ou de force, à un mortel. Mais une fois unie à Pélée, Thétis tue ses enfants en les trempant dans le feu pour les rendre immortels. Seul le dernier-né, Achille, échappe aux flammes.

Perséphone : Fille de Zeus et de Déméter, appelée aussi Coré, elle est la vierge du printemps. Hadès s'éprend d'elle et l'enlève pour en faire la reine des Enfers. Pour avoir mangé des pépins de grenade, elle sera obligée de partager sa vie entre les Enfers et l'Olympe.

Pléiades : Les sept filles d'Atlas et de Pléioné. L'une d'elles, Maïa, est la mère d'Hermès.

Poséidon : Frère de Zeus, dieu de la mer, il est toujours représenté tenant à la main un trident, et accompagné de dauphins et de créatures marines. Il est l'époux d'Amphitrite.

Prométhée : Fils du Titan Japet, frère d'Atlas, il crée les premiers hommes en les façonnant avec de l'argile, et leur apprend les techniques et les arts nécessaires à leur subsistance. Pour eux, il dérobe le feu des forges d'Héphaïstos, et encourt la colère de Zeus qui le condamne à être enchaîné à un rocher pendant qu'un vautour lui dévore le foie.

Pyrrha : Fille d'Épiméthée et de Pandore, épouse de Deucalion, elle l'aide à repeupler la terre après le déluge qui les a déposés sur le sommet du Mont Parnasse. Son nom signifie « La rousse ».

Rhéa : Sœur et épouse de Cronos, divinité de la Terre, elle aide son fils Zeus, qu'elle a caché à sa naissance, à triompher de son mari qui a avalé ses autres enfants.

Séléné : Fille d'Hypérion et de Théia, elle personnifie la Lune. On la représente traversant le ciel sur un char d'argent traîné à deux chevaux.

Silène : Fils de Pan, il ne révèle sa sagesse que sous la contrainte. Très laid, il est aussi très souvent ivre.

On le représente souvent porté par un âne, sur le dos duquel il ne peut se soutenir tant il est pris de vin.

Sisyphe : Fils d'Éole, c'est le plus rusé des mortels. Il réussit même à revenir des Enfers après avoir brièvement triomphé d'Hadès et épié les ébats amoureux de Zeus. Celui-ci, pour le châtier, le condamne à pousser éternellement un rocher le long d'une pente abrupte. Il est l'époux de Mérope, l'une des Pléiades.

Styx : Fleuve des Enfers qui entoure la terre et dont l'eau a des propriétés magiques. Le serment par le Styx est de ceux qu'un dieu même ne peut rompre sans s'exposer à un châtiment terrible.

Thémis : Fille d'Ouranos et de Gaia, déesse de la loi, c'est elle qui enseigne à Apollon les procédés de la divination.

Thétis : C'est la plus célèbre des Néréides, divinités marines immortelles. Élevée par Héra, elle lui restera fidèle et repoussera les avances de Zeus. Après avoir épousé un mortel, elle donnera naissance à Achille.

Titans : Ce sont les six fils d'Ouranos et de Gaia : Océan, Coïos, Créios, Hypérion, Japet et Cronos.

Titanides : Ce sont les six filles d'Ouranos et de Gaia : Thétys, Théia, Thémis, Mnémosyne, Phobé et Rhéa.

Zeus : Fils de Cronos et de Rhéa, il est le roi des Dieux et le souverain suprême des mortels. Ses attributions sont nombreuses : gardien des coutumes, protecteur de la maison, de la propriété, du mariage, de la cité, garant du pouvoir royal et de la hiérarchie sociale, il est aussi et avant tout dieu de la lumière et du ciel, maître du beau ou du mauvais temps. On lui prête d'innombrables aventures amoureuses, tant avec des déesses qu'avec des mortelles... et la jalousie d'Héra est aussi légendaire que les frasques de son divin époux ! On le représente généralement vêtu de l'Égide, une cuirasse en peau de chèvre qui lui donne sa puissance. Ses attributs sont la foudre, l'aigle et le serpent.

Sommaire

Leon Garfield / Edward Blishen

Le printemps des dieux

Supplément réalisé par
Christine Féret-Fleury

QUEL OLYMPIEN ÊTES-VOUS ?

POUR LES GARÇONS (ET LES FILLES...)

Quel Olympien êtes-vous ? Par quel trait saillant de votre caractère vous rapprochez-vous du rayonnant Zeus, du prudent Hermès, du coléreux Arès ou du sombre Héphaïstos ? Pour le savoir, répondez – avec sincérité ! – aux questions du test et courez ensuite à la page des solutions !

1. *A l'issue du conseil de classe, vous apprenez qu'on vous a refusé les encouragements que vous pensiez pourtant avoir mérités :*
A. Rouge de colère, vous prenez à partie votre professeur principal en réclamant, haut et fort, des explications Δ
B. Profondément blessé, vous rentrez chez vous en rongeant votre frein ❐
C. Vous n'éprouvez qu'une déception passagère. Le plus important, c'est que votre voisine a l'air de vous trouver à son goût... ❍
D. Discrètement, vous interrogez votre délégué et vous projetez déjà une offensive de charme sur les professeurs qui ont émis des réserves à votre égard ▼

---

2. *Une violente dispute oppose deux de vos amis :*
A. Vous criez un peu pour la forme et finissez par les faire rire en leur racontant des histoires drôles ❍
B. Soucieux de ne peiner aucun d'eux, vous les interrogez séparément et tentez de les réconcilier ▼
C. Vous foncez dans le tas. Qui a raison ? c'est le cadet de vos soucis Δ
D. Vous leur tournez le dos ❐

---

3. *Il ne reste qu'un gâteau dans le plat :*
A. Vous n'osez pas le prendre, même si vous en avez très envie ❐
B. Vous demandez poliment à chacun s'il désire se servir... et vous vous débrouillez pour faire en sorte que la réponse soit négative ! ▼
C. Vous le prenez, quitte à vous faire réprimander Δ
D. Avec un rayonnant sourire à la ronde... vous vous servez ! ❍

Solutions page 272

4. *Bientôt Noël. Vous choisissez des cadeaux pour toute votre famille :*
A. Vous achetez ce qui vous plaît, à vous ∆
B. Vous faites vos courses à la dernière minute ❍
C. Vous les confectionnez vous-même ❒
D. Vous tenez compte du caractère et des goûts de chacun avant de faire votre choix ▼

---

5. *C'est le premier jour des vacances. Vous vous entassez à six dans un compartiment-couchettes, direction les pistes de ski :*
A. Vous passez la nuit dans le couloir : la promiscuité, très peu pour vous ❒
B. Vous réquisitionnez la couchette du haut. Et personne n'a intérêt à élever la moindre objection ! ∆
C. Vous aidez chacun à s'installer, en gardant l'œil sur la meilleure couchette... ▼
D. Vous avez apporté de quoi pique-niquer, votre guitare et des jeux de société. Dormir ? Mais qui a parlé de dormir ? ❍

---

6. *Vous allez au cinéma avec quelques copains. Mais quel film choisir ?*
A. Le dernier James Bond ∆
B. La vie de Van Gogh ❒
C. Le film le plus cher de toute l'histoire du cinéma ! ❍
D. Une comédie parodique ▼

---

7. *Votre sport préféré :*
A. Le tennis ❍
B. Le rugby ∆
C. Le polo ▼
D. Le tir à l'arc ❒

---

8. *Il pleut. Vous allez vous plonger dans :*
A. Les œuvres complètes de Machiavel ▼
B. Les carnets de Léonard de Vinci ❒
C. Les Mémoires de Napoléon ∆
D. *Les Trois Mousquetaires* ❍

---

9. *Dans une équipe de football, vous seriez :*
A. Défenseur ❒
B. Ailier ▼
C. Avant-centre ❍
D. Capitaine de l'équipe, de toute manière... ∆

---

10. *Dans quelques années, vous serez, c'est sûr :*
A. Un poète maudit ❒
B. Un acteur célèbre ❍
C. Un grand général ∆
D. Ministre des Finances ▼

Solutions page 272

POUR LES FILLES (ET LES GARÇONS...)

Quelle Olympienne êtes-vous ? Ressemblez-vous à la sage Athéna, à l'impérieuse Héra, à la sauvage Artémis ou à la troublante Aphrodite ?
Pour le savoir, répondez – sans complaisance ! – aux questions du test et courez ensuite à la page des solutions !

1. *Pour vos prochaines vacances, vous aimeriez :*
A. Vous faire dorer au soleil sur une plage de rêve ❍
B. Partir en trekking au Tibet ▼
C. Faire le tour des musées de New York ❒
D. Louer un château en Toscane Δ

2. *Comment occupez-vous les week-ends pluvieux ?*
A. Vous entraînez vos parents au cinéma, mais vous vous réservez le choix du film ! Δ
B. Vous vous plongez dans un bon livre ❒
C. Vous enfilez un ciré et sortez marcher sous la pluie ▼
D. Vous foncez à l'institut de beauté pour un soin complet ❍

3. *Dans quelques années, vous serez, c'est sûr :*
A. Exploratrice ▼
B. Philosophe ❒
C. Comédienne ❍
D. Premier ministre Δ

4. *Vous organisez une soirée dont vos amis se souviendront longtemps. Ce sera :*
A. Une chasse au trésor, de nuit, à la lueur des torches ▼
B. Un somptueux dîner avec spectacle et feu d'artifice Δ
C. Un concert ❒
D. Un bal masqué ❍

5. *Et si vous étiez invité(e) vous-même à un bal masqué, quel déguisement choisiriez-vous ?*
A. La reine de la Nuit Δ
B. La fée des fleurs ❍
C. La statue de la Liberté ❒
D. L'elfe des bois ▼

6. *Pour vous plaire, il faut :*
A. Pratiquer un sport ▼

Solutions page 273

B. Vous accompagner au théâtre ❐
C. Composer des poèmes en hommage à votre beauté ❍
D. Vous emmener dîner chez le président de la République Δ

7. *Pour laquelle de ces femmes célèbres éprouvez-vous le plus d'admiration ?*
A. Marie Curie ❐
B. Jeanne d'Arc ▼
C. L'impératrice Catherine de Russie Δ
D. Hélène de Troie ❍

8. *Vous aimeriez vivre :*
A. A la campagne ▼
B. Au bord de la mer ❍
C. Dans une ville universitaire ❐
D. Dans la capitale Δ

9. *Vous choisissez vos vêtements en fonction de :*
A. Leur confort ▼
B. Leur qualité Δ
C. Leur beauté ❍
D. Vous ne savez pas, d'ailleurs, vous avez bien autre chose en tête... ❐

10. *Pour faire le tour du monde, vous opteriez pour :*
A. Un luxueux paquebot ❍
B. Un cheval ▼
C. Un avion ultra-rapide Δ
D. Le train ❐

Solutions page 273

1
AU FIL DU TEXTE

PREMIÈRE PARTIE : LA CRÉATION DES DIEUX

Douze questions pour commencer

1. *Le point lumineux qui, du haut du ciel, tombe près de la grotte sous-marine de Thétis est :*
A. Un astéroïde
B. Un bébé
C. Un homme-poisson

2. *Que signifie Héphaïstos ?*
A. Celui qui brille
B. Celui qui tombe
C. Celui qui survit

3. *Qui sont les dieux ?*
A. Des êtres immortels nés de l'air
B. Des rochers qui ont pris vie
C. Les enfants des Titans

4. *Les Titans étaient au nombre de :*
A. Neuf
B. Cinq
C. Sept

5. *Comment se nommait le roi des Titans ?*
A. Ouranos
B. Cronos
C. Hadès

6. *Quelle est la mission des Érinyes ?*
A. Elles mesurent le destin des hommes
B. Elles accompagnent les Ombres
C. Elles châtient les parricides

7. *Comment Rhéa soustrait-elle Zeus à l'appétit féroce de son père ?*
A. Elle le dissimule sous sa robe
B. Elle remplace le nouveau-né par une grosse pierre enveloppée de langes
C. Elle sacrifie un animal familier

8. *Qui sont les frères de Zeus ?*
A. Hadès et Poséidon
B. Hadès et Apollon
C. Poséidon et Arès

9. *Quel présent les Cyclopes offrent-ils à Hadès ?*
A. Le trident qui ébranle le monde

Solutions page 274

B. Le casque qui rend invisible
C. L'éclair qui assure la puissance

10. *A quel dieu est attribuée la Terre ?*
A. A Zeus
B. A Poséidon`
C. Elle est ouverte à tous

11. *Qui est la mère des Muses ?*
A. Athéna
B. Mnémosyne
C. Aphrodite

12. *Athéna est née tout armée :*
A. De la tête de Zeus
B. Du bras de Poséidon
C. De la bouche d'Hadès

Solutions page 274

Une histoire pour s'endormir

Pour endormir Héphaïstos, Thétis lui conte des histoires « de la Crète et du mont Ida où Zeus passa toute sa jeunesse. » (p. 29) Deux de ces histoires sont rapidement esquissées dans le récit que vous venez de lire.
A vous de les écrire, en une page environ... vous pourrez ensuite les tester, si le cœur vous en dit, auprès de votre petit frère ou de votre petite sœur et de vos amis !

La broche marine

Le sombre Héphaïstos est un orfèvre de grand talent. « Le plus ravissant objet qui sortit de ses mains fut une broche. Il avait enchâssé, dans de l'argent étiré et battu jusqu'à ressembler à de l'écume, une nymphe marine et son amant enlacés dans une étreinte de nacre et de corail. » (p. 31)
Vous n'avez bien sûr à votre disposition ni argent, ni nacre, ni corail... mais vous pouvez rassembler des matériaux de couleurs à peu près semblables, papier d'argent, perles de verre, coquilles d'huîtres, etc., afin de réaliser un collage qui exprimera votre propre vision de l'œuvre d'Héphaïstos.
Utilisez différentes techniques et supports, et surtout, faites preuve d'imagination !

Que les Muses vous inspirent !

Zeus est resté neuf nuits auprès de Mnémosyne, la nymphe de la mémoire, qui a engendré les neuf Muses.

1. Quel adjectif, dérivé du nom de cette nymphe, désigne un moyen simple et commode de retenir un texte, une liste, etc. ?

2. Rendez à chaque Muse l'art qu'elle symbolise :

A. Euterpe - **B.** Clio - **C.** Érato - **D.** Melpomène - **E.** Terpsichore - **F.** Thalie - **G.** Uranie - **H.** Polymnie - **I.** Calliope

1. Danse - **2.** Musique - **3.** Histoire - **4.** Poésie épique - **5.** Tragédie - **6.** Astronomie - **7.** Comédie - **8.** Poésie érotique - **9.** Poésie lyrique

Solutions page 274

Lumineuse Aphrodite

Aphrodite, « née de l'écume de la mer, déesse du désir » (p. 73), a souvent inspiré les peintres. Mais le tableau le plus connu est sans doute *La Naissance de Vénus* de Botticelli, exposé au musée des Offices à Florence.

1. Que savez-vous sur ce peintre ? Rédigez une courte biographie et citez quelques-unes de ses œuvres les plus importantes.

2. Procurez-vous une reproduction de *La Naissance de Vénus* et, à partir des éléments du tableau, rédigez en une ou deux pages votre propre version de la naissance de la déesse.

DEUXIÈME PARTIE : LA CRÉATION DES HOMMES

Dix questions pour poursuivre

1. *Comment s'appelaient les Moires ?*
A. Clotho, Lachésis et Atropos
B. Clio, Thétis et Euterpe
C. Chloé, Alcmène et Artémis

---

2. *De quel matériau Prométhée s'est-il servi pour créer les hommes ?*
A. De marbre
B. D'os
C. D'argile

---

3. *Qui a causé la mort du premier homme ?*
A. Zeus, dans sa colère
B. Les Titans
C. L'une des Moires, pour essayer ses ciseaux

---

4. *Quel est le premier sacrifice offert par les hommes à Zeus ?*
A. Un cheval
B. Un taureau
C. Une brebis

---

5. *Quelle part Zeus choisit-il ?*
A. La graisse et les os
B. La chair
C. Les entrailles

---

6. *Comment se venge-t-il quand il comprend qu'il a été dupé ?*
A. Il déchaîne sur la terre un orage formidable
B. Il frappe toutes les femmes de stérilité
C. Il interdit aux hommes d'utiliser le feu

---

7. *Que signifie le nom de Pandore ?*
A. Beauté du monde
B. Don de tout
C. Destin

---

8. *Quel est le châtiment de Prométhée ?*
A. Il doit vider l'océan jusqu'à la dernière goutte
B. Il doit soutenir le ciel
C. Un vautour, jour après jour, vient lui dévorer le foie

---

9. *Que trouve Pandore dans la pièce interdite ?*
A. Un coffret
B. Un vase
C. Un miroir

---

10. *Que reste-t-il aux hommes, une fois les maux lâchés sur le monde ?*
A. L'espérance
B. L'amour
C. La foi

Solutions page 274

Sculptures humaines

« Prométhée modelait l'argile à l'image des dieux immortels… » (p. 99)
Dans l'Ancien Testament, la Genèse nous donne une autre version de la création des hommes.

1. Recherchez-la et comparez les deux récits. En quoi diffèrent-ils ? Quels sont leurs points communs ?

2. Seul ou en groupe, vous rassemblerez d'autres récits légendaires concernant la création de l'espèce humaine. Quels sont les éléments communs à toutes les civilisations ?

A l'aube de la vie

Relisez le passage des pages 100-101 : « – Allez, murmura-t-il… immobile et froid. »
Cette scène, racontée par Leon Garfield et Edward Blishen, contient de nombreux éléments dramatiques que vous allez utiliser pour écrire une courte pièce de théâtre. Vous pouvez, par exemple, la diviser en trois parties :

a) La découverte du monde par les êtres humains nouvellement créés. Vous pouvez mettre en scène un groupe nombreux ou vous limiter à deux ou trois personnages.
b) La mort tragique de la première des créatures de Prométhée.
c) Sous forme de monologue ou de dialogue, les réactions de stupeur, de désarroi, de douleur… des autres êtres humains face à cette mort.

Cultes : entre les hommes et les dieux

P. 105 et suivantes, nous assistons au premier sacrifice, qui donne à Prométhée l'occasion de jouer un bon tour au tout-puissant Zeus…
Testez vos connaissances des rites en répondant à ce questionnaire vrai/faux… vous ferez aussi quelques découvertes.

	Vrai	Faux
1. Faire une libation consiste à répandre sur le sol, avant de boire, quelques gouttes de vin ou de lait		
2. Une offrande impliquait toujours le sacrifice d'un animal		
3. L'usage était, dans l'Antiquité, d'offrir à la divinité la dîme de tout ce qui passait la mesure, chasse ou pêche, négoce ou butin guerrier		
4. Dans le sanctuaire d'Éleusis, les initiés assistaient à des mystères célébrés en l'honneur de Déméter et de Coré		
5. Les sacrifices étaient toujours publics		
6. Les Panathénées, à Athènes, étaient célébrées en l'honneur du dieu Pan		
7. Les trésors sacrés, alimentés par les dons publics et privés, étaient abrités dans des monuments de petite taille que l'on appelait aussi des trésors		
8. Dans le sanctuaire du dieu médecin Asclépios, on consacrait l'image en relief du membre ou de l'organe malade que le dieu avait guéri		
9. Une hécatombe désigne, étymologiquement, le sacrifice de cent agneaux		
10. Après le sacrifice, un festin réunissait les assistants, qui mangeaient la viande des animaux sacrifiés		
11. Quand l'animal sacrifié n'est brûlé qu'en partie, cela s'appelle un holocauste		
12. Les fêtes religieuses, à Athènes, commençaient toujours par une procession		

Solutions page 274

TROISIÈME PARTIE: LES DIEUX ET LES HOMMES

Dix questions pour conclure

1. *Comment se nomme l'orgueilleux roi d'Arcadie ?*
A. Héraclès
B. Lycaon
C. Hector

2. *Comment Zeus le punit-il ?*
A. En le frappant de mort
B. En le changeant en pierre
C. En le changeant en loup

3. *Que fait Zeus pour tenter de détruire les créatures de Prométhée ?*
A. Il déchaîne sur la terre un vent desséchant
B. Il déclenche le Déluge
C. Il tue tout le bétail

4. *Que doivent faire Pyrrha et Deucalion pour repeupler la terre ?*
A. Jeter des pierres par-dessus leur épaule
B. Offrir des sacrifices à Zeus pour apaiser son courroux
C. Rechercher les survivants du Déluge

5. *Quel est l'autre nom de Perséphone ?*
A. Coré
B. Chloris
C. Clorinde

6. *Qui a enlevé Perséphone ?*
A. Poséidon
B. Zeus
C. Hadès

7. *A quelle condition Perséphone pourra-t-elle sortir des Enfers ?*
A. Il faut qu'elle n'ait pas dit un mot
B. Il faut qu'elle n'ait pas goûté la nourriture des morts
C. Il faut qu'elle n'ait pas dormi un seul instant

8. *De qui Autolycos est-il le fils ?*
A. De Zeus
B. D'Apollon
C. D'Hermès

9. *Comment Sisyphe prouve-t-il qu'Autolycos lui vole son bétail ?*
A. Il marque ses bêtes au sabot
B. Il se déguise en bouvier
C. Il marque ses bêtes à l'oreille

10. *Pourquoi Sisyphe est-il condamné à pousser sans fin le même rocher ?*
A. Parce qu'il a emprisonné le dieu des morts
B. Parce qu'il a trahi un des secrets de Zeus
C. Parce qu'il a enlevé Anticlée

Solutions page 274

Le Déluge

Zeus arrive chez le roi Lycaon, déguisé en simple voyageur. (p. 130 et suivantes)

1. Pourquoi change-t-il le roi et tous ses invités en loups ? Est-ce parce qu'ils ont manqué aux lois de l'hospitalité ? Parce qu'ils consomment de la chair humaine ? Quelle est, en réalité, leur plus grande faute ?

2. Comment Zeus décide-t-il de châtier les créatures de Prométhée ? Que vous rappelle cette phrase « et un déluge s'abattit sur la terre » ? (p. 131)

3. La dispute entre les trois dieux qui doivent décider du sort de Pyrrha et Deucalion dure neuf jours et neuf nuits. Évidemment, elle n'est pas reproduite ici ! Établissez, pour chaque dieu, une liste d'arguments qui feront valoir de manière éclatante son droit à disposer du sort des deux rescapés.

Propos sibyllins

Dans le temple, Pyrrha et Deucalion entendent une voix mystérieuse : « Prenez les os de votre mère, et jetez-les par-dessus votre épaule en partant », dit-elle. (p. 148)

1. Que signifie cette phrase ? Savez-vous ce que sont des propos sibyllins, et connaissez-vous l'origine de cette expression ?

2. Où se trouvait, en Grèce, l'oracle le plus célèbre et le plus consulté ? Comment appelle-t-on, d'autre part, le don qui permet de prédire l'avenir ?

Solutions page 275

La bataille de la mort

Pour avoir trahi Zeus, Sisyphe est condamné à mort, mais, par ruse, il réussit à emprisonner le puissant

Hadès, dieu des Enfers. Les conséquences de son acte sont innombrables… (p. 209-210)
Imaginez maintenant que cette scène mythique se déroule à notre époque. Il y a de quoi écrire le plus fascinant et le plus terrifiant des romans de SF !
Choisissez un thème qui vous intéresse (la victime se relevant face à son meurtrier ; le vieillard ressuscitant devant ses héritiers trop pressés ; l'homme politique découvrant à quel point ses alliés de la veille l'ont vite remplacé, etc.) et composez un récit à faire dresser les cheveux sur la tête !

La guerre de Troie aura-t-elle lieu ?

Le Printemps des dieux se termine sur la naissance du petit-fils d'Autolycos, Odysseus, que vous connaissez peut-être mieux sous le nom d'Ulysse. « On bâtit une nouvelle ville, […] la plus belle du monde, écrit Autolycos à sa fille, qui a épousé le roi d'Ithaque. Elle s'appellera Troie. » (p. 227)

En effet, Ulysse verra Troie ! C'est ce que conte Homère dans *L'Iliade*, *L'Odyssée* racontant les aventure d'Ulysse avant son retour à Ithaque.

Voici quelques-uns des événements marquants qui jalonnèrent les vingt années qu'Ulysse-Odysseus passa loin de sa patrie. Saurez-vous les remettre dans le bon ordre ?

A. Agamemnon rentre à Mycènes, où il est tué par sa femme Clytemnestre et l'amant de celle-ci, Égisthe.

B. Ulysse est recueilli par Nausicaa ; il fait le récit de ses aventures et raconte, entre autres, comment il a réussi à crever l'œil du cyclope Polyphème, qui avait dévoré six de ses compagnons, et comment il a abordé dans l'île de Circé, qui transforme les hommes en pourceaux.

C. L'armée des chefs grecs s'assemble et se prépare à prendre Troie d'assaut. Mais il faut traverser la mer et le vent refuse de se lever. Seul le sacrifice d'Iphigénie, la fille d'Agamemnon, roi de Mycènes, apaisera les dieux courroucés.

D. Ulysse est reconnu par son fils Télémaque.

E. Pénélope déclare qu'elle épousera celui de ses prétendants qui réussira à bander l'arc d'Ulysse et à envoyer la flèche à travers une série de douze haches.

F. Ulysse est retenu prisonnier par la nymphe Calypso.

G. Au bout de neuf ans de guerre, Troie résiste toujours. Les Grecs, à l'instigation d'Ulysse, construisent un immense cheval de bois, y dissimulent des soldats, puis feignent de se retirer. Les Troyens font entrer le cheval dans la ville, causant ainsi leur perte.

H. Pâris, fils cadet du roi Priam, qui règne à Troie, se rend en Grèce et enlève Hélène, l'épouse du roi Ménélas.

I. Ulysse mendie à la porte de son propre palais.

J. Ulysse, sous un déguisement, revient à Ithaque. Il s'abrite dans la cabane du porcher Eumée.

Solutions page 275

2
JEUX ET APPLICATIONS

Un bel arbre

La famille olympienne est nombreuse. Sauriez-vous en dresser l'arbre généalogique ? En cas de difficultés, rendez-vous page 228…

Tous les mêmes !

Les Romains empruntèrent aux Grecs une bonne partie de leur mythologie, se contentant de débaptiser les personnages pour leur donner des noms qui sont souvent plus familiers aux lecteurs français que leurs homologues grecs. Voici, par ordre alphabétique, la correspondance entre quelques divinités grecques et latines.

Les Grecs	*Les Romains*
Aphrodite	Vénus
Arès	Mars
Artémis	Diane
Athéna	Minerve
Cronos	Saturne
Déméter	Cérès
Dionysos	Bacchus
Hadès	Pluton
Héphaïstos	Vulcain
Héra	Junon
Hermès	Mercure
Hestia	Vesta
Moires (les)	Parques (les)
Odysseus	Ulysse
Perséphone	Proserpine
Poséidon	Neptune
Zeus	Jupiter

Un peu d'étymologie

Étudier l'étymologie permet de connaître l'origine des mots que nous employons. Certains mots français dérivent d'un ou de plusieurs mots grecs ; par exemple : dinosaure (de *deinos*, terrible, et *saura*, lézard) ; rhinocéros (de *rhinos*, nez, et *keras*, corne) ; orthographe (de *orthos*, droit, juste, et *graphein*, écrire) ; géographie (de *gê*, terre) ; biologie (de *bios*, vie, et *logos*, discours, science)...

Certains préfixes viennent aussi du grec, par exemple *hypo* (en dessous), *méta* (ce qui dépasse), *télé* (à distance), *péri* (autour de), *micro* (petit), *macro* (grand), *hyper* (très grand).

Expliquez les mots suivants :
Télévision - microphone - hypermarché - périphrase - macroscopie - métamorphose - hypodermique - orthodontie
... et trouvez-en d'autres !

Le dieu caché

Après avoir consulté la liste des dieux grecs et romains, vous n'aurez sans doute aucune peine à retrouver dans les mots suivants le dieu qui s'y cache. Précisons qu'il s'agit, bien sûr, de racines latines. Vous chercherez également la définition de chacun de ces mots et vous essaierez de les utiliser tous dans un court texte d'une dizaine de lignes. Attention ! Ils doivent figurer dans le texte dans l'ordre où ils sont énumérés ici. Cet exercice s'appelle un logorallye. Et si vous cherchiez aussi l'étymologie de ce dernier mot ?

A : Jovial - **B :** Martial - **C :** céréales - **D :** mercuriale - **E :** volcan - **F :** vénérien

Solutions page 276

Des dieux toute la semaine

Du lundi au dimanche, quatre dieux se cachent aussi dans les jours de la semaine. Lesquels ?

Solutions page 276

Parlons des héros

Dans *Le Temps des héros*, de Leon Garfield et Edward Blishen (Folio Junior n° 736), vous assisterez aux travaux d'Héraclès… mais, en attendant, faites le point sur vos connaissances. Saurez-vous rendre à chaque héros ses exploits ou son destin ?

A. Alceste - **B.** Atalante - **C.** Jason - **D.** Thésée

1. Intrépide voyageur, il se rendit en Colchide sur son navire *Argo*, pour y conquérir la Toison d'or, dépouille d'un bélier magique. Une série d'épreuves lui seront imposées, dont il triomphera avec l'aide de Médée, la fille du roi Éétès.
2. Fille d'Iasos, roi d'Arcadie, elle fut la seule femme à se joindre aux chasseurs qui traquaient le sanglier de Calydon. Elle avait la réputation d'être imbattable à la course.
3. Son exploit le plus connu est le combat qui l'opposa au Minotaure, une créature monstrueuse, mi-homme, mi-taureau, qui vivait en Crète, dans le Labyrinthe. Grâce au fil tendu par Ariane, fille du roi Minos, il triompha du monstre et retrouva son chemin.
4. Elle sacrifia sa vie pour sauver son époux de la mort. Héraclès, toutefois, réussit à l'arracher au royaume d'Hadès.

Au fait, vous souvenez-vous des douze travaux d'Héraclès ?

Solutions page 277

Quelques livres pour en savoir plus

Pierre Brulé, *Les Grecs et leur monde*, coll. Découvertes Texto, Gallimard
Simon James, *Rome la conquérante*, coll. Les Yeux de la découverte, Gallimard Jeunesse
Anne Pearson, *Lumières de la Grèce*, coll. Les Yeux de la découverte, Gallimard Jeunesse
Homère, *La Guerre de Troie*, extraits de *L'Iliade*, Folio Junior
Homère, *Voyages et aventures d'Ulysse*, extraits de *L'Odyssée*, Folio Junior

3
LES DIEUX ET LES HOMMES DANS LA LITTÉRATURE

L'Iliade

Pendant la longue guerre qui oppose les Grecs aux Troyens, les dieux prennent parti pour l'un ou l'autre camp ; Zeus tient les Troyens en particulière affection ; aussi Héra le tient-elle prisonnier d'un doux sommeil pour permettre à Poséidon de secourir l'armée grecque. Aussitôt le dieu s'élance au milieu des guerriers et les exhorte à la vaillance :

« – Quoi, peuple grec, laisserons-nous encore la victoire à Hector, fils de Priam, et lui permettrons-nous de prendre nos vaisseaux et de nous ôter la gloire que nous avons acquise ? Il le croit ainsi et s'en vante, voyant qu'Achille, toujours en colère, reste dans ses tentes. Nous n'aurons pas besoin d'Achille pour repousser Hector si nous nous donnons courage les uns aux autres. Sus donc, faisons tous comme je vous aurai dit. Prenons dans l'armée les boucliers les meilleurs et les plus grands, couvrons nos têtes de casques resplendissants et prenons les lances les plus longues ; moi je vous conduirai, et je ne pense pas qu'Hector, malgré sa grande ardeur, soutienne notre choc. Que l'homme belliqueux qui a sur son épaule un petit bouclier le donne à un guerrier moins brave que lui, et qu'il prenne lui-même un bouclier plus grand.

Les Grecs l'entendirent et lui obéirent. Les rois eux-mêmes, le fils de Tydée, Ulysse, Agamemnon, rangeaient leurs soldats et faisaient échanger les armes. L'homme fort endossait les bonnes, et le faible prenait les mauvaises. Lorsqu'ils se furent armés, ils se mirent en marche ; Poséidon les conduisait, semblable à la foudre ; il tenait dans sa main robuste une épée terrible à longue pointe ; il jette une telle épouvante que personne n'ose aller à sa rencontre et que tous, frappés de terreur, prennent la fuite.

Hector, de son côté, mettait les siens en rangs. Alors

Poséidon aux yeux d'azur, protégeant les Grecs, Hector, les Troyens, concentrent la lutte. La mer bouillonna jusqu'aux tentes et aux vaisseaux des Grecs, lesquels en viennent aux mains en jetant de grands cris. Le flot de la mer soulevé par Borée ne mugit pas si fort contre la terre; le feu ne pétille pas avec autant de fracas quand la forêt est en flamme, et le vent ne fait pas entendre de si horribles sifflements en ébranlant les chênes à la haute chevelure, qu'effroyables étaient les clameurs des Grecs et des Troyens se ruant les uns sur les autres.

Hector, le premier, jeta sa lance contre Ajax, qui était tourné droit vers lui, et il ne le manqua pas. Il l'atteignit à l'endroit de la poitrine où se trouvent superposés le baudrier du bouclier et celui de l'épée à clous d'argent; ceux-ci protégèrent le corps tendre d'Ajax. Hector s'irrita de ce qu'un trait inutile venait de s'échapper de sa main, et il se retira vers la foule de ses compagnons pour éviter la Moire. Ajax ayant ramassé une pierre parmi celles qui se trouvaient çà et là aux pieds des combattants et servaient à à caler les vaisseaux, la lance comme une toupie contre Hector qui s'en allait et le frappe près du cou, au-dessus du bouclier. Lorsqu'un chêne tombe, arraché de ses racines sous un coup du grand Zeus, une odeur affreuse de soufre s'en dégage et le courage abandonne celui qui l'a vu de près, car la foudre du grand Zeus est terrible : ainsi le robuste Hector tomba vite à terre. Il lâche sa lance, le bouclier et le casque la suivent, et ses armes firent du bruit à l'entour de lui.

Les Achéens accoururent en poussant de grands cris; ils espéraient l'entraîner avec eux, et lançaient dru leurs traits; mais ce fut en vain : aucun d'eux ne put frapper ni atteindre Hector; les plus braves des Troyens, Polydamas et Énée, Agénor, Sarpédon, chef des Lyciens, et Glaucos, l'avaient entouré auparavant; les autres veillaient sur lui et lui faisaient rempart de leurs boucliers. Ses compagnons l'ayant soulevé avec leurs mains, le portèrent hors du combat, jusqu'à ce qu'il soit arrivé près de ses chevaux rapides, lesquels se tenaient derrière le combat, avec le char aux ornements variés et le conducteur; pendant que ses chevaux l'emportaient vers la ville, il gémissait profondément.

Arrivés au gué du Xante au beau cours, qu'engendra Zeus immortel, ses compagnons le descendirent du char et lui versèrent de l'eau sur la tête ; il reprit haleine et leva les yeux au ciel puis, se mettant à genoux, il vomit du sang noir ; puis il retomba en arrière et une nuit noire lui voila les yeux ; son cœur est encore abattu par la douleur que lui cause la blessure qu'il a reçue.

Les Grecs, voyant qu'Hector avait quitté le combat, se ruent plus furieusement sur les Troyens, n'ayant rien plus à cœur que de combattre. Ajax fils d'Oïlée, s'étant élancé, frappa, bien avant tous les autres, Satnios fils d'Enops, que Naïs nymphe pudique enfanta à Enops lorsqu'il faisait paître ses troupeaux près des rives du Sanioïs ; le fils d'Oïlée s'était approché de lui, l'avait percé au flanc d'un coup de lance, et il fut renversé ; Troyens et Grecs engagèrent autour de lui un combat violent. Polydamas fils de Panthoos, brandissant une lance, s'avance pour le venger ; il frappe à l'épaule droite Prothoénor, fils d'Aréilyce ; le fer impétueux traverse l'épaule. Prothoénor tombe sur la poussière, tenant la terre avec sa main. Polydamas, se glorifiant, crie à haute voix :

– Je ne pense pas qu'un trait inutile s'est échappé de la main robuste du fils de Panthoos, mais que l'un des Argiens l'a reçu dans le corps ; je pense que ce trait lui servira d'appui pour descendre au séjour d'Hadès. »

Homère,
Iliade

Les Métamorphoses

Arachné, une mortelle, prétend être supérieure à Athéna dans l'art du tissage. Elle engage une lutte avec la déesse…

« Aussitôt elles dressent, chacune de son côté, deux métiers et les tendent avec les fils déliés de la chaîne ; le métier est joint à l'aide de la traverse ; le roseau sépare les fils de la chaîne ; dans l'intervalle, à la suite de la navette aiguë, s'insère la trame, que dévident les doigts et qui, conduite à travers la chaîne, est serrée par les dents taillées dans le peigne, chaque fois qu'on le frappe. Toutes deux se hâtent ; leurs vêtements ramenés sur la poitrine par une ceinture, elles agitent leurs bras habiles avec une ardeur qui trompe leur fatigue. Elles emploient pour leurs tissus la pourpre, que Tyr a préparée dans ses vases de bronze, et des couleurs plus foncées, que distinguent entre elles de légères nuances ; tel est, quand les rayons du soleil sont heurtés par la pluie, l'arc dont la courbe immense se détache sur l'étendue des cieux ; il brille de mille couleurs diverses, mais le passage de l'une à l'autre échappe aux yeux du spectateur, tant elles sont identiques là où elles se touchent ; et pourtant à leurs extrémités elles sont différentes. Aux fils s'entrelace l'or flexible ; sur le tissu se déroulent des histoires des anciens temps.

Pallas représente le rocher de Mars, qui se dresse sur la citadelle de Cécrops et le débat auquel donna lieu jadis le nom de la contrée. Les douze dieux du ciel, rangés autour de Jupiter avec une auguste gravité, sont assis sur des sièges élevés ; chacun d'eux est reconnaissable à son extérieur ; l'image de Jupiter est celle d'un roi. Pallas montre le dieu des mers debout, frappant de son long trident des rochers escarpés ; du milieu d'un rocher entrouvert jaillit l'eau de la mer, gage qu'il invoque pou revendiquer la ville. A son propre personnage Pallas attribue un bouclier, une lance à la pointe acérée ; un casque couvre sa tête, l'égide protège sa poitrine ; elle figure la terre, frappée par sa lance, produisant un olivier chargé de baies et d'un pâle feuillage, et les dieux saisis d'admiration ; une Victoire termine son ouvrage. Cependant, pour que sa rivale comprenne par des exemples quel prix elle peut attendre de son audace insensée, la déesse ajoute encore dans les quatre coins quatre autres débats, d'un brillant coloris, qui se distinguent du premier par la petitesse des figures. A l'un des angles, on voit Rhodope de Thrace et Hémus, aujourd'hui des montagnes glacées, autrefois des mortels qui usurpèrent les noms des plus grandes divinités. Dans le second est retracé le destin lamentable de la mère des

Pygmées; Junon, qu'elle avait provoquée, l'ayant vaincue, la changea en grue, et la condamna à déclarer la guerre à son propre peuple. Ailleurs est représentée Antigone, qui osa jadis se mesurer avec l'épouse du grand Jupiter et que Junon, reine du monde, transforma en oiseau; ni Ilion, ni Laomédon, son père, ne purent l'empêcher de devenir une cigogne au blanc plumage, qui s'applaudit elle-même en claquant du bec. Le dernier angle est occupé par Cinyras, privé de ses enfants; on le voit embrasser les degrés d'un temple, membres de ses filles, et, couché sur la pierre, verser des larmes. Tout autour de ces tableaux, Pallas tisse une bordure de rameaux d'olivier, emblème de paix; là elle s'arrête; elle termine son ouvrage par l'arbre qui lui est consacré.

La Méonienne dessine Europe abusée par l'image d'un taureau; on croirait voir un vrai taureau, une vraie mer. Europe paraissait tourner ses regards vers la terre qu'elle avait quittée, appeler ses compagnes et, pour ne pas être touchée par les flots qui l'assaillaient, ramener en arrière ses pieds craintifs. L'ouvrière représente aussi Astérie prisonnière d'un aigle qui l'étreint; elle représente Léda couchée sous les ailes d'un cygne; puis encore Jupiter caché sous la forme d'un satyre et rendant mère de deux enfants la belle princesse, fille de Nyctéus; prenant les traits d'Amphitryon pour te séduire, ô reine de Tirynthe; se changeant en or pour tromper Danaé, en flamme pour tromper la fille d'Asopus; berger pour Mnémosyne, serpent bigarré pour la fille de Déo. Toi aussi, Neptune, elle te montre transformé en taureau menaçant, épris de la fille d'Éole; sous la figure d'Énipée, tu engendres les Aloïdes; bélier, tu abuses la fille de Bisalte; la déesse aux blonds cheveux, mère bienfaisante des moissons, a senti tes ardeurs, quand tu te fis coursier; oiseau, tu les as fait sentir à celle que couronne une chevelure de serpents, à la mère du coursier ailé; dauphin, à Mélantho. A tous les personnages, à tous les lieux Arachné donne l'aspect qui leur convient; on voit Phébus sous le costume d'un paysan, puis revêtu tantôt des plumes de l'épervier, tantôt de la peau du lion et, sous les traits d'un berger, séduisant Issé, fille de Macarée; Liber abuse Érigonne sous la trompeuse apparence d'une grappe de raisin ; Saturne, devenu cheval, engendre Chiron à la double nature. Les extrémités du tissu sont remplies tout autour par une bordure légère, où des fleurs se mêlent à des rameaux de lierre entrelacés.

Ni Pallas, ni l'Envie ne pourraient rien trouver à reprendre dans cet ouvrage ; la vierge aux blonds cheveux, irritée d'un tel succès, déchire l'étoffe colorée qui reproduit les fautes des dieux ; elle tenait encore à la main sa navette, venue du mont Cytore ; trois ou quatre fois elle en frappe le front d'Arachné, fille d'Idmon. L'infortunée ne peut supporter l'outrage et, dans son dépit, elle se noue un lacet autour de la gorge. Elle était pendue quand Pallas, ayant pitié d'elle, adoucit son destin : "Vis, lui dit-elle ; mais reste suspendue, misérable ! Je veux que le même châtiment, pour que tu ne comptes pas sur un meilleur avenir, frappe toute ta race et jusqu'à tes neveux les plus reculés." Puis, en s'éloignant, elle répand sur elle les sucs d'une herbe choisie par Hécate ; aussitôt, touchés par ce poison funeste, ses cheveux tombent, et avec eux son nez et ses oreilles ; sa tête se rapetisse ; tout son corps se réduit ; de maigres doigts, qui lui tiennent lieu de jambes, s'attachent à ses flancs ; tout le reste n'est plus qu'un ventre ; mais elle en tire encore du fil ; devenue araignée, elle s'applique, comme autrefois, à ses tissus. »

Ovide,
Les Métamorphoses

Les Travaux et les Jours

Il fut un heureux temps où les hommes étaient proches des dieux... ainsi Hésiode nous raconte-t-il l'origine de la race humaine.

« D'or fut la première race d'hommes périssables que créèrent les Immortels, habitants de l'Olympe. C'était au temps de Cronos, quand il régnait encore au ciel. Ils vivaient comme des dieux, le cœur libre de soucis, à l'écart et à l'abri des peines et des misères; la vieillesse misérable sur eux ne pesait pas; mais, bras et jarret toujours jeunes, ils s'égayaient dans les festins, loin de tous le maux. Mourants, ils semblaient succomber au sommeil. Tous les biens étaient à eux : le sol fécond produisait de lui-même une abondante et généreuse récolte, et eux, dans la joie et la paix, vivaient de leurs champs, au milieu de biens sans nombre. Depuis que le sol a recouvert ceux de cette race, ils sont, par le vouloir de Zeus puissant, les bons génies de la terre, gardiens des mortels, dispensateurs de la richesse : c'est le royal honneur qui leur fut départi. [...]

Puis une race bien inférieure, une race d'argent, plus tard fut créée encore par les habitants de l'Olympe. Ceux-là ne ressemblaient ni pour la taille ni pour l'esprit à ceux de la race d'or. L'enfant, pendant cent ans, grandissait en jouant aux côtés de sa digne mère, l'âme toute puérile, dans sa maison. Et quand, croissant avec l'âge, ils atteignaient le terme qui marque l'entrée de l'adolescence, ils vivaient peu de temps, et, par leur folie, souffraient mille peines. Ils ne savaient pas s'abstenir entre eux d'une folle démesure. Ils refusaient d'offrir un culte aux Immortels ou de sacrifier aux saints autels des Bienheureux, selon la loi des hommes qui se sont donné des demeures. Alors Zeus, fils de Cronos, les ensevelit, courroucé, parce qu'ils ne rendaient pas hommage aux dieux bienheureux qui possèdent l'Olympe. Et, quand le sol les eut recouverts à leur tour, ils devinrent ceux que les mortels appellent les Bienheureux des Enfers, génies inférieurs, mais que quelque honneur accompagne encore.

Et Zeus, père des dieux, créa une troisième race d'homme périssables, race de bronze, bien différente de la race d'argent, fille des frênes, terrible et puissante. Ceux-là ne songeaient qu'aux travaux gémissants d'Arès [la guerre] et aux œuvres de démesure. Ils ne mangeaient pas le pain; leur cœur était comme l'acier rigide; ils terrifiaient... Ils succombèrent, eux, sous leurs propres bras et partirent pour le séjour moisi de l'Hadès frissonnant, sans laisser de nom sur la terre. Le noir trépas les prit, pour effrayants qu'ils fussent, et ils quittèrent l'éclatante lumière du soleil.

Et, quand le sol eut de nouveau recouvert cette race, Zeus, fils de Cronos, en créa encore une quatrième sous la glèbe nourricière, plus juste et plus brave, race divine des héros que l'on nomme demi-dieux et dont la génération nous a précédés sur la terre sans limites. Ceux-là périrent dans la dure guerre et dans la mêlée douloureuse, les uns devant les murs de Thèbes aux sept portes, sur le sol cadméen, en combattant pour les troupeaux d'Œdipe; les autres au-delà de l'abîme marin, à Troie, où la guerre les avait conduits sur des vaisseaux, pour Hélène aux beaux cheveux, et où la mort, qui tout achève, les enveloppa. A d'autres enfin, Zeus, fils de Cronos et père des dieux, a donné une existence et une demeure éloignées des hommes, en les établissant aux confins de la terre. C'est là qu'ils habitent, le cœur libre de soucis, dans les Iles des Bienheureux, aux bords des tourbillons profonds de l'Océan, héros fortunés, pour qui le sol fécond porte trois fois l'an une florissante et douce récolte. Et plût au ciel que je n'eusse pas à mon tour à vivre au milieu de ceux de la cinquième race, et que je fusse ou mort plus tôt ou né plus tard. Car c'est maintenant la race du fer. Ils ne cesseront ni le jour de souffrir fatigues et misères, ni la nuit d'être consumés par les dures angoisses que leur enverront les dieux. Du moins trouveront-ils encore quelques biens mêlés à leurs maux. Mais l'heure viendra où Zeus anéantira à son tour cette race d'hommes périssables : ce sera le moment où ils naîtront avec des tempes blanches. Le père alors ne ressemblera plus à ses fils ni les fils à leur père; l'hôte ne sera plus cher à son hôte, l'ami à son ami, le frère à son frère, ainsi qu'aux jours passés. A leurs parents, sitôt qu'ils vieilliront, ils ne montreront que mépris; pour se plaindre d'eux, ils s'exprimeront en paroles rudes, les méchants! et ne connaîtront même pas la crainte du Ciel. »

Hésiode,
Les Travaux et les Jours

4
SOLUTIONS DES JEUX

Quel Olympien êtes-vous ?
(p. 247)

Pour les garçons (et les filles...)

Si vous obtenez une majorité de ○ : Insouciant, généreux, impulsif, vous êtes né sous l'influence de Zeus. Grâce à votre charisme, à votre indéniable gentillesse et à votre autorité naturelle, vous vous imposez partout où vous allez, vous êtes celui qui donne le ton et qui fait respecter sa loi. Mais attention, Zeus lui-même a eu parfois bien des ennuis avec ses proches... souvenez-vous que tout ce qui brille n'est pas or, et demandez-vous parfois si vous donnez autant que vous recevez.

Si vous obtenez une majorité de Δ : Arès, dieu de la guerre et de la discorde, a sur vous une bien fâcheuse influence ! Pour faire entendre votre opinion, vous avez trop souvent recours à la force ; mais il se trouvera toujours en face de vous des adversaires que vous ne saurez ou ne pourrez désarmer ! La prochaine fois que vous serez tenté de vous mettre en colère – même si cette colère est dictée par un sentiment généreux – réfléchissez bien. Un peu de modération ne vous nuira pas... et vous permettra parfois d'obtenir plus vite ce que vous désirez !

Si vous obtenez une majorité de ❒ : Solitaire, taciturne, vous fuyez la compagnie de vos semblables. Seul, votre univers intérieur vous intéresse. Peut-être êtes-vous simplement timide ? Ou avez-vous, comme Héphaïstos, subi des déceptions que vous ne pouvez pardonner à ceux qui vous les ont infligées ? Allons, donnez au moins une chance à l'humanité... car il s'y trouve, soyez-en persuadé, d'autres timides qui deviendront peut-être vos amis... à condition que vous les laissiez approcher !

Si vous obtenez une majorité de ▼ : Habile diplomate, fin et subtil, attentif à ne peiner personne tout en veillant jalousement à vos propres intérêts, vous êtes paré de toutes les séductions d'Hermès, le messager des dieux. Prenez garde toutefois, à force de vouloir plaire à tout le monde, de ne pas abdiquer votre véritable personnalité. La vérité est quelquefois bonne à dire, sachez reconnaître les occasions de vous exprimer franchement !

Pour les filles (et les garçons...)

Si vous obtenez une majorité de Δ: Comme Héra, vous aimez prendre des décisions, être écoutée et suivie. Entre autres, vous avez décidé que vous obtiendriez de l'existence ce qu'elle peut offrir de meilleur ! Mais attention, toute médaille a son revers et le pouvoir se paie... un prix qui pourra parfois vous paraître trop élevé. Soyez un peu plus souple, écoutez les autres, ils ont, eux aussi, bien des richesses à vous apporter.

Si vous obtenez une majorité de ❍ : Sous l'influence d'Aphrodite, vous aimez la vie et vous recherchez avant tout, en vous et autour de vous, le bien-être et l'harmonie. On vous aime, et le monde vous sourit... peut-être êtes-vous un brin trop conciliante ? Pour mener à bien vos projets personnels, il vous faudra de la ténacité et... de la fermeté. Cultivez dès aujourd'hui ces qualités, on ne vous en aimera pas moins !

Si vous obtenez une majorité de ▼ : Indépendante et sportive, vous aimez l'action, le mouvement, la nature. On vous dit parfois que « vous ne tenez pas en place ! » Savez-vous, jeune Artémis, que les musées racontent bien des aventures humaines et que les livres permettent de voyager dans le temps ? Alors, prenez le temps de muscler vos capacités de réflexion et mettez à profit dans tous les domaines votre curiosité et votre enthousiasme.

Si vous obtenez une majorité de ❐ : Studieuse, réfléchie, vous aimez les livres, les tableaux, la musique, les activités calmes, tout ce qui élargit votre horizon intellectuel. Vous êtes celle à qui l'on aime se confier, qui écoute et dispense de bons conseils. Attention toutefois à ne pas vous enfermer dans votre « cité idéale ». Prenez le temps de vous amuser, de flânez, prenez le temps de vivre, et ne musclez pas que votre cerveau !

Douze questions pour commencer

(p. 251)

1 : B (p. 19) - 2 : A (p. 19) - 3 : C (p. 20) - 4 : C (p. 21) - 5 : A (p. 22) - 6 : C (p. 24) - 7 : B (p. 27) - 8 : A (p. 36) - 9 : B (p. 37) - 10 : C (p. 41) - 11 : B (p. 43) - 12 : A (p. 54)

Que les Muses vous inspirent !

(p. 253)

1. Mnémotechnique
2. A : 2 - B : 3 - C : 8 - D : 5 - E : 1 - F : 7 - G : 6 - H : 9 - I : 4

Dix questions pour poursuivre

(p. 254)

1 : A (p. 93) - 2 : C (p. 99) - 3 : C (p. 101) - 4 : B (p. 105) - 5 : A (p. 106) - 6 : C (p. 107) - 7 : B (p. 114) - 8 : C (p. 120) - 9 : B (p. 122) - 10 : A (p. 125)

Cultes : entre les hommes et les dieux

(p. 255)

1 : vrai - 2 : faux (on pouvait offrir des vêtements, des objets précieux, un fruit, une poignée d'épis, quelques fleurs, des gâteaux…) - 3 : vrai - 4 : vrai - 5 : faux - 6 : faux (les Panathénées sont célébrées en l'honneur d'Athéna) - 7 : vrai - 8 : vrai - 9 : faux (de cent bœufs) - 10 : vrai - 11 : faux (quand l'animal est entièrement brûlé) - 12 : vrai.

Dix questions pour conclure

(p. 257)

1 : B (p. 132) - 2 : C (p. 136) - 3 : B (p. 139) - 4 : A (p.

148) - 5 : A (p. 152) - 6 : C (p. 171) - 7 : B (p. 172) - 8 : C (p. 184) - 9 : A (p. 194) - 10 : B (p. 214) -

Si vous obtenez plus de 25 bonnes réponses : Bravo ! Vous avez une mémoire remarquable et un sens aigu du détail. Dans la même collection, vous lirez avec plaisir *Le Temps des héros* de Leon Garfield et Edward Blishen.

Si vous obtenez de 15 à 25 bonnes réponses : Les multiples aventures contées dans ce livre vous passionnent sans aucun doute... mais, dans votre hâte d'en connaître la conclusion, vous négligez certains détails qui ont pourtant leur importance. Ralentissez votre course à travers ces pages, sinon, tel Apollon sur son char, vous risquez l'excès de vitesse !

Si vous obtenez moins de 15 bonnes réponses : Entre les dieux, les nymphes, les mortels et les Titans, vous ne savez plus très bien où vous en êtes. Cette foule de personnages vous a tourné la tête ! Prenez le temps d'une petite balade ou d'une bonne nuit de sommeil, vous reprendrez votre lecture à tête reposée...

Propos sibyllins

(p. 258)

1. Des propos sibyllins sont des propos dont le sens est caché, énigmatique, obscur. Une sibylle, dans l'Antiquité, était une femme qui prédisait l'avenir et rendait des oracles.

2. A Delphes. Le don de prédire l'avenir s'appelle le don de prophétie.

La guerre de Troie aura-t-elle lieu ?

(p. 259)

1 : H - 2 : C - 3 : G - 4 : A - 5 : F - 6 : B - 7 : J - 8 : D - 9 : I - 10 : E

Le dieu caché

(p. 262)

A : Jupiter - B : Mars - C : Cérès - D : Mercure - E : Vulcain - F : Vénus

Jupiter est caché dans l'adjectif jovial. Les astrologues médiévaux considéraient que l'influence de cette planète rendait joyeux. Cérès, déesse des moissons, a trouvé tout naturellement sa place dans les céréales. Mars, dieu de la guerre, a donné l'adjectif martial, à l'allure toute militaire. Mercure patronne le mercredi. Or, deux fois par an, un mercredi, les cours de justice de Paris se réunissaient autrefois pour entendre un discours de leur président, qui pointait les fautes ou les erreurs commises par les juges lors du dernier exercice. Cette réprimande s'appelait une mercuriale. [...] Saturne, un dieu bien inquiétant, le dieu du temps, dispense la mélancolie. Saturnien est le contraire de jovial. [...] Vulcain, dieu du feu et forgeron divin, nous a donné volcan et le verbe vulcaniser qui consiste à améliorer la résistance d'un caoutchouc par adjonction de soufre. Flora, déesse des fleurs, devint la Flore. Fauna, l'épouse de Faunus, dieu des troupeaux, devint la Faune. « Tout est plein de dieux », disait le philosophe Thalès !
« Vénus est un nom charmant, vénérien est abominable », écrit Voltaire dans son Dictionnaire philosophique. *L'adjectif vénérien, forgé au* XVe, *signifia d'abord qui concerne l'amour charnel et se spécialisa vite dans le domaine médical, avec les maladies vénériennes.*

(Régine Detambel, *La Nouvelle Comédie des mots*, coll. Page Blanche, Gallimard Jeunesse)

Des dieux toute la semaine

(p. 262)

Lundi, Luna dies, *est le jour de la Lune. Mardi,* Martis dies, *est le jour de Mars. Mercredi,* Mercurii dies, *est le jour de Mercure, messager des dieux. Jeudi,* Jovis dies, *est le jour de Jupiter. Vendredi,* Veneris dies, *est le jour de Vénus. Samedi,* Sabbati dies, *est le jour du sabbat. Enfin, dimanche,* dies Dominica, *est le jour du Seigneur. Les noms propres sur lesquels les Latins ont formé les dénominations des jours de la semaine ne se référaient pas directement aux dieux mais aux astres auxquels ils avaient donné le nom de leurs dieux.*

(Régine Detambel, *La Comédie des mots*, coll. Page Blanche, Gallimard Jeunesse)

Parlons des héros

(p. 263)

A : 4 - B : 2 - C : 1 - D : 3

Voici les douze travaux d'Héraclès :

Il tue le lion de Némée et revêt sa peau - il tue l'hydre de Lerne et trempe ses flèches dans le sang du monstre - il capture le sanglier d'Érymanthe - il saisit à la course la biche de Cérynie aux pieds d'airain - il abat les oiseaux du lac Stymphale - il nettoie les écuries d'Augias - il capture le taureau de Crète - il s'empare des juments de Diomède, qui se nourrissaient de chair humaine - il dérobe la ceinture de la reine des Amazones - il capture les troupeaux de bœufs de Géryon - il s'empare des pommes d'or du jardin des Hespérides - il va chercher Cerbère aux Enfers.

Découvrez des classiques de tous les temps et de tous les pays

dans la collection FOLIO **JUNIOR**

Les « classiques »… de vieux bouquins poussiéreux, dont le nom seul évoque des dictées hérissées de pièges grammaticaux perfides et des rédactions rébarbatives ? Pas du tout ! Avec les classiques, tout est possible : les animaux parlent, une grotte mystérieuse s'ouvre sur un mot magique, un homme vend son ombre au diable ; on s'y préoccupe de trouver un remède contre la prolifération des baobabs et la mélancolie des roses ; les sous-préfets y font l'école buissonnière…

LE ROMAN DE RENART I

Anonyme
n° 461

LE ROMAN DE RENART II

Anonyme
n° 629

LA MERVEILLEUSE HISTOIRE DE PETER SCHLEMIL

Adalbert **von Chamisso**
n° 630

COPPÉLIUS
ET AUTRES CONTES

Ernst Theodor Amadeus **Hoffmann**
n° 734

LA GUERRE DE TROIE
(EXTRAITS DE L'ILIADE)

Homère
n° 729

VOYAGES ET AVENTURES D'ULYSSE
(EXTRAITS DE L'ODYSSÉE)

Homère
n° 728

TRISTAN ET ISEUT

André **Mary**
n° 724

CYRANO DE BERGERAC

Edmond **Rostand**
n° 515

LE PETIT PRINCE

Antoine de **Saint-Exupéry**
n° 100